CHRISTINE EICHEL (Hrsg.)

Es liegt mir auf der Zunge

Buch

Die Zunge ist etwas Eigenartiges: Sie ist Sprechwerkzeug und Geschmacksorgan zugleich. Sie tastet, fühlt und schmeckt, die Wörter ebenso wie die Speisen. Dennoch stehen die Themen Essen und Kochen derzeit eher am Ende der literarischen Speisekarte – vorbei sind die großen Diners eines Maupassant oder Proust, dahin die Tradition der Tafelkonversation, so scheint es. Christine Eichel hat sich damit nicht abgefunden, sondern junge deutsche Autoren auf den Geschmack gebracht. Wir erfahren alles über Esslust und Fressfrust unserer Tage, über neue Rituale und alte Leidenschaften rund um Küche, Käsetheke und Kultrestaurant. Die Esskultur spiegelt sinnlich die Befindlichkeit und das Lebensgefühl jeder Generation wider, vom tiefgekühlten Fischstäbchen bis zum gestylten Sushi-Happen, vom fettigen Fastfood bis zum biologisch korrekten Slow-Food. Was da schließlich literarisch angerichtet wird, liegt dem Leser lustvoll auf der Zunge.

Herausgeberin

Christine Eichel, 1959 in Buer/Niedersachsen geboren, studierte in Hamburg Philosophie, Literaturwissenschaft und Musikwissenschaft und arbeitete nach der Promotion als Autorin, Regisseurin und Moderatorin fürs Fernsehen. 1993 erschien »Vom Ermatten der Avantgarde zur Vernetzung der Künste« über Th. W. Adorno, 1998 der Roman »Gefecht in fünf Gängen«, 2000 der Roman »Schwindel«. Im Frühjahr 2002 erscheint der Roman »Der Salon«, den sie zusammen mit Gerhard Meir schrieb. Christine Eichel lebt als freie Autorin in Berlin, wo sie eine Gastprofessur an der Universität der Künste hat.

Von Christine Eichel außerdem als Goldmann Taschenbuch lieferbar:

Gefecht in fünf Gängen. Ein Roman mit Rezepten (44547)

Christine Eichel
(Hrsg.)

Es liegt mir auf der Zunge

Geschichten mit Geschmack

von
Wladimir Kaminer
John von Düffel
Tanja Dückers
Georg Klein
Maxim Biller
Joseph von Westphalen
u. v. a.

GOLDMANN

Quellennachweise und Kurzbiografien der Autoren finden sich am Ende des Bandes.

Umwelthinweis:
Alle bedruckten Materialien dieses Taschenbuches sind chlorfrei und umweltschonend.

Originalausgabe März 2002

Umschlaggestaltung: Design Team München
Satz: Uhl+Massopust, Aalen
Druck: Elsnerdruck, Berlin
Verlagsnummer: 45133
JE · Herstellung: Katharina Storz/HN
Made in Germany
ISBN 3-442-45133-7
www.goldmann-verlag.de

1 3 5 7 9 10 8 6 4 2

Wladimir Kaminer

Die lustigen Japaner in Berlin

Unsere Freundinnen Katja und Irina kommen aus Weißrussland und studieren seit zwei Jahren Journalistik an der Uni. Die notwendigen Lebenskenntnisse für ihre zukünftige journalistische Arbeit sammeln sie in einem Restaurant am Wittenbergplatz – als Kellnerinnen. Das Restaurant steht für »traditionelle deutsche Küche mit Stil« und ist nie leer. Dort auf einer großen Terrasse verzehren die letzten Altberliner ihre Nürnberger Rostbratwürstchen mit Sauerkraut und dazu bestellen sie Kaffee mit Apfelkuchen.

Seit einiger Zeit ist das Lokal durch ungezähmte Touristenmassen gefährdet. Immer mehr Busse mit Berlinreisenden machen vor dem Laden Halt. Die Gäste der Hauptstadt wollen die traditionelle deutsche Küche mit Stil kosten. Ihr übertriebenes Interesse hat zur Folge, dass diese eigentlich anständige Gaststätte sich immer mehr in eine Touristenattraktion verwandelt. Die Fremden wollen ständig unterhalten werden, mit einem Stück Kuchen und einer Wurst gibt sich keiner zufrieden. Am meisten Ärger haben die Kellnerinnen mit den Japanern. Diese halten die »traditionelle deutsche Küche« des Lokals für eine weitere Sehenswürdigkeit der Hauptstadt. In immer neuen Schüben kommen sie rein und wollen sich mit einer Portion Eisbein fotografieren lassen. Besonders fasziniert sind sie von der Größe und Unappetitlichkeit des Gerichts, alles Barbarische zieht sie an. Die Japaner zeigen mit dem Finger auf den Teller und rufen laut »Ai«, was auf Japanisch »Kuck mal, was für ein Ding!« bedeutet. Dabei lächeln sie begeistert in die Kamera. Die Kellnerinnen müssen die Schnappschüsse machen. Dafür kriegen sie ein gutes Trinkgeld und die Eisbeinportion zurück. Auf die Idee, das Ding zu essen, kommen sie nicht. Der Koch ist darüber natürlich beleidigt. Kaum landet das Gericht wieder in der Küche, schon wird eine neue Portion von neuen Japanern zum Fotografieren bestellt. Die Altberliner auf der Veranda schütteln darüber nur die Köpfe. »Diese Ausländer«, sagen sie immer wieder zu Katja und Irina, »haben die alle eine Meise oder was?« »Das kann man wohl sagen«, bestätigen die beiden Mädchen.

Inzwischen hat der Koch eine clevere Lösung zur Rettung seiner Kochkunst gefunden: Er kreierte einfach ein mehrmals einsetzbares überdimensionales Eisbein, das auch nach Wochen noch fotogen wirkt. Das Ding wurde von den Kellnerinnen sofort als »Japsbein« bezeichnet und wird immer wieder nach Bedarf aus der Küche zu zweit rausgetragen. Die Touristen sind glücklich, das Trinkgeld hat sich beinahe verdoppelt. Dennoch sind die Probleme damit noch nicht für immer vom Tisch. Letztens kam ein Japaner ins Restaurant und erkundigte sich bei Katja auf Englisch, ob er seine 45 Kinder bei ihnen im Restaurant abfüttern könne. Katja dachte zuerst, dies sei ein japanischer Touristenwitz und nickte nur freundlich mit dem Kopf. Aber dann kamen sie tatsächlich: 45 hungrige japanische Schüler. Sie nahmen auf der Veranda Platz. Ihr Gruppenführer bestellte Wurst mit Sauerkraut für alle, das waren anscheinend die einzigen Wörter, die er auf Deutsch konnte. Katja schlug dem Gruppenleiter zuerst vor, die Kinder im Imbiss nebenan abzufüttern, erfolglos. »Wurst und Sauerkraut«, wiederholte er immer wieder. Die Küche musste für alle anderen Gäste schließen. Das gesamte Personal des Lokals machte sich an die Arbeit. Die Nürnberger Würste werden in dem Restaurant auf riesengroßen Bratpfannen serviert. Nach ungefähr anderthalb Stunden kamen die 45 Pfannen auf den Tisch. »Ai«, sagten die japanischen Kinder im Chor und zogen sofort ihre Fotoapparate aus den Rucksäcken. Die weißen, fettspritzenden Würstchen wurden von allen Seiten wie wild fotografiert. Danach packten die Kinder ihre Kameras wieder ein und wollten was zum Essen bestellen. Nach langem Hin und Her verließ die Gruppe das Lokal, jeder mit einem Stück Apfelkuchen gratis in der Hand. Der Koch saß auf 45 Wurstpfannen und war außer sich vor Wut: »Wenn jemand heute noch ein einziges Würstchengericht bei mir bestellt, dem haue ich sofort eins aufs Maul«, verkündete er laut auf der Veranda. Die Altberliner, die dort saßen, versuchten ihn zur Vernunft zu bringen. »Das sind doch nur hungrige Kinder, was verstehen die schon von Kochkunst«, sagten sie. »Ah, ja«, rebellierte der Koch weiter, »dann sollen sie sich zu Hause ein paar mehr Reisrollmöpse einstecken, bevor sie verreisen«, meinte er. »Lieber koche ich für hungrige Kinder aus Afrika, die sind bestimmt nicht so zimperlich wie die Japaner.« Der Koch wütete noch eine Weile, kippte zur Beruhigung drei Jägermeister in sich rein und ging nach Hause. Am nächsten Tag hängte er ein Schild auf: »Heute nur Kaltgerichte«. Es half nichts, die 45 japanischen Kinder tauchten erneut auf. »Nein, nicht schon wieder«, regte sich der Koch auf. »Es sind nicht die von gestern, das sind andere«, beruhigten ihn die Kellnerinnen.

Und so stellte er sich grummelnd wieder an den Herd.

Thomas Klausmann

To die for

Da gab es nun unser wunderschönes Wirtshaus in Amerika, alles war fertig und dennoch dazu verdammt, brachzuliegen. Ich wollte für einige Zeit dort wohnen, für mich sein und lauschen, was die heiligen Hallen der Schänke mir noch zu sagen hatten, sodass ich, wenn schon alles den Bach hinunterginge, wenigstens für kurze Zeit in meinem Traum gelebt hätte.

Im Mission Candle Shop kaufte ich so viele Kerzen in Glaszylindern mit Heiligenbildchen, wie ich ergattern konnte. Ich versorgte mich mit reichlich Wein und Lebensmitteln und zog mich zurück.

Mein Freund Sancho hatte die frisch abgeschliffenen Bänke, Tische und Stühle seit Wochen immer wieder mit Zitronenöl und Bienenwachs eingelassen. Das Wirtshaus roch so rein und köstlich, als wäre es für ein heiliges Ritual hergerichtet worden. In der Abenddämmerung entzündete ich alle Kerzen und spielte die *Vier letzten Lieder* von Richard Strauss. Diese unglaublichen Abschiedsgesänge des verzweifelten alten Mannes, der sich verirrte und so tief beschämt war, mit den Nazis paktiert zu haben, dass er, dem Tode nahe, seinen ganzen Schmerz und seine Sehnsucht nach der ewigen Ruhe in diesen Liedern zum Ausdruck brachte – sich bereit machte für seine letzte Reise auf den Strahlen des Lichtes zum Mond.

In dämmrigen Grüften träumte ich lang / von deinen Bäumen und blauen Lüften / von deinem Duft und Vogelsang, erklang die kraftvoll-geheimnisvolle Stimme von Elisabeth Schwarzkopf. *Nun liegst du erloschen / in Gleiß und Zier / von Licht übergossen / wie ein Wunder vor mir.*

Mir wurde heimelig zu Mute. Diese sonderbare Mischung aus Frühlingserwachen und Sehnsucht, die die Musik hervorzauberte. Überdeutlich, wirklicher als die Wirklichkeit, so als wäre es der letzte Frühling, den man erleben durfte. Die Musik vermischte sich aufs Innigste mit den Wohlgerüchen im Raum und ich begann, mit einem Mal wieder munter und fröhlich zu werden. Es war ja nicht das erste Mal im Leben, dass ich in einer Sackgasse gelandet war. In Gefahr und größter Not fing ich immer an zu kochen und meistens löste sich dann alles von selbst.

Eine Suppe, eine Frühlingssuppe sollte es sein. Eine *Sternderlsuppe.* Hühnerbouillon mit frischen Gemüsestreifen und Nudeln – mit den Sternchennudeln, die ich bei *Speckmann's* gekauft hatte. Die Ingredienzien der Erde, das Wasser, das Huhn, das Gemüse, die der Sonne zugewandt sind, sollten sich vereinen mit dem Mond, den strahlenden Sternen, sodass man mit einem Löffel alles Irdische und Himmlische auf einmal in den Mund nehmen konnte, um es sich einzuverleiben. Während die Brühe vor sich hinköchelte, sang Madame Schwarzkopf: *Du kennst mich wieder / du lockest mich zart / es zittert durch alle meine Glieder / deine selige Gegenwart.* Draußen dämmerte es bereits, und drinnen sorgten die vielen Kerzen für einen flirrenden, goldenen Zauber an den Wänden. Für den Bruchteil einer Sekunde war mir, als wäre draußen ein Schatten vorbeigehuscht. Aber bald verlor ich mich wieder in der Musik. Ich kenne keine Musik, die inbrünstiger von Sehnsucht durchdrungen ist als diese so deutsche, so zarte, so melancholische, so liebliche, so überirdisch schöne, dass man schreien mag vor Wonne, vor Zufriedenheit, vor Glückseligkeit. Meine mir wahrscheinlich angeborene Missachtung der meisten Dinge, nach denen sich Menschen oft nächtelang verzehren, um derentwillen sie rennen, arbeiten und kämpfen, fand in dieser Musik ihren Widerhall. Wie albern und unbedeutend erschienen da all unsere alltäglichen Ängste und Sorgen ums Überleben.

Eine solche Musik verlangte nach einem besonderen Hauptgericht. Zart und leicht sollte es sein. Vielfarbig und frisch. Das lustige Sprudeln eines reinen Bächleins musste darin ebenso enthalten sein wie die Vielfarbigkeit der Gemüse. Also *Leipziger Allerlei,* das vergessene und durch Dosenware aufs Übelste geschmähte und verratene Gericht der alten Könige. Frische Erbsen, Karotten, Frühlingszwiebeln, Morcheln, Wiesenchampignons, Spargelspitzen, Kohlrabi – in sprudelndem Salzwasser kurz gegart. Flusskrebse, von ihrem Panzer befreit und enthauptet, in einem Sud mit reichlich Butter, Safran und Salz gezogen. Die Häupter der Schalentiere gesäubert und mit Krebsbutter gefüllt, wieder an die Leiber der Tiere gesetzt, alles mit gelber Safransauce übergossen und mit kleinen, neuen Kartoffeln serviert.

Der Safran, die zarten Blütenfäden einer Orchidee mit ihren geheimnisvollen Kräften, war genau das richtige Gewürz, um meiner Speise rituelle Kraft zu verleihen. Avicenna hatte über den Safran geschrieben, dass er das Herz derart erfreut, dass er einem sogar das Leben nehmen kann, wenn man eine übergroße Menge davon zu sich nimmt. Er verursacht die übermäßige Erweiterung und Auflösung der Gefäße, sodass das Herz dessen beraubt wird, was es funktionieren lässt, und so das Leben unter den Auswirkungen eines solchen Freudenexzesses erlöschen kann, man also vor Freude stirbt. So war es recht.

Das zweite Lied widmet sich dem Herbst. *Der Garten trauert / kühl sinkt in die Blumen der Regen / Der Sommer schauert / still seinem Ende entgegen / Golden tropft Blatt um Blatt / nieder vom hohen Akazienbaum.* Das musste das Dessert sein. Golden tropft Blatt um Blatt vom hohen Akazienbaum. Etwas mit Akazienhonig, Äpfeln und Rosinen, Nüssen und Calvados. Ein Apfelkuchen mit Brandteig, in der Eisenpfanne zubereitet und mit Honig überglänzt. Eiskaltes, weißes Vanilleeis, das auf dem warmen Kuchen langsam schmilzt und den herannahenden Winter repräsentiert. So ließ es sich leben. Wie schön konnte es doch sein, wenn man sich nur um die wichtigsten Dinge kümmerte: Kochen und Trinken, Musik und Poesie.

Jemand klopfte plötzlich am Fenster, und ich ärgerte mich über die Störung meiner Einsamkeit. Es war Monica, Monica aus Virginia, die Studentin. Sie kam zufällig vorbei, sah all die Kerzen, hörte die Musik und klopfte. Das Essen war ohnehin gerade fertig, also lud ich sie ein, mit mir in dem leeren, von Kerzenlicht und deutscher Musik verzauberten Wirtshaus zu speisen.

Einsamkeit hin oder her – wenn man etwas nicht vermeiden kann, so soll man es feiern. Doch fast im selben Moment bereute ich bereits die Einladung. Diese quäkende Stimme, diese Mickey-Mouse-Stimme, die so viele amerikanische Frauen haben, auch die allerschönsten. Unsäglich plapperte Monica in jenem Tonfall, der so ganz und gar nicht zu ihrer hübschen Gestalt passen wollte und obendrein das schöne Deutsch der Lieder kaputtmachte. Doch es war bereits zu spät, und außerdem hatte sich in all den Monaten – mal abgesehen von aztekischen und persischen Göttinnen – kein einziges weibliches Wesen in meine Nähe verirrt.

Ein gewisser indianischer Zug in ihrem Gesicht, das ihr halblanges brünettes Haar umspielte, war unverkennbar. Sie hatte einen wirklich schönen Mund mit beinahe unnatürlich strahlend weißen Zähnen. Sie trug einen Faltenrock, Kaschmirweste, Kniestrümpfe und Collegeschuhe mit Bommeln und sah aus wie ein englisches Schulmädchen, frisch und sauber. »Amazing, beautiful, it's great«, rief sie in ihrer direkten und typisch amerikanischen Art durch die heiligen Hallen, mitten hinein in die schöne Musik.

Ich zeigte ihr die Küche. Sie liebte den Duft der Speisen, und ich begann, ihren Duft zu lieben. Sie roch so sauber, so frisch geduscht, und ich bekam es mit der Angst zu tun. Ich stellte den CD-Spieler auf Wiederholung, um sicherzugehen, dass ein Gegengewicht zu ihrem amerikanischen Gequäke da war. Nervös zündete ich mir eine Zigarette an.

»What music is this?«, fragte sie. »It is beautiful, a kind of sad.« »That's why the music is beautiful. It is beautiful, because it is sad«, sagte ich, servierte die Suppe und öffnete eine Flasche kühlen Sauternes.

»This is the best soup, I have ever had, incredible, this soup is amazing!«, rief die in Kaschmir gehüllte, frisch duftende Amerikanerin, die meiner Meinung nach der Suppe in nichts nachstand. Ich freute mich, dass es ihr schmeckte, und goss uns von dem Wein nach. Leicht gesättigt von der Suppe und etwas angeregt vom Wein, schenkte sie mir ein Lächeln, das mich, aus welchem

Grund auch immer, erröten ließ. Selbst ihre Stimme klang jetzt weitaus angenehmer. Geradezu bezaubernd wirkte sie auf mich und vertrug sich mehr und mehr mit der Musik. *Nun der Tag mich müd gemacht / soll mein sehnliches Verlangen / freundlich die gestirnte Nacht / wie ein müdes Kind empfangen / Hände, lasst von allem Tun / Stirn vergiss du alles Denken,* tönten nun die Worte von Hermann Hesse durch den Raum, und ich war froh, dass Monica zu reden begann und ich sie weiter wie ein stummer Trottel anstarren und in Ruhe weiterrauchen konnte.

»How can you smoke with this incredible food?«, fragte sie. »I have to smoke, because the food is incredible«, antwortete ich. Sie schüttelte nur den Kopf und fragte noch einmal: »What music is this?« »German music«, antwortete ich, »the best. The lyrics are from Eichendorff and Hermann Hesse, the music is from Richard Strauss.«

»Oh, I know Hermann Hesse, I read Siddhartha, it is beautiful, but a kind of sad«, säuselte das Mädchen und ich war froh, dass ich in die Küche musste, um die Hauptspeisen anzurichten. Sie hatte etwas Direktes, Einfaches, Selbstverständliches. Einen ängstlichen Typen wie mich brachte das ganz schön in Verlegenheit. Doch beim Kochen war ich in Sicherheit, trank schnell noch einen Obstler und zündete mir eine Zigarette an. Wenn der Mut nicht aus der Flasche kam, wo sonst sollte er herkommen?

Wein, Weib und Gesang, dachte ich bei mir, keine schlechte Alternative zur Einsamkeit, öffnete eine zweite Flasche Wein und freute mich, das Mädchen so genussvoll essen zu sehen. Sie kostete und schlürfte, sie roch und zermalmte mit ihren Zähnen, sie schluchzte und zuzelte, sie leckte sich die Lippen und seufzte, sie hielt inne und stöhnte, sie verschlang und verschluckte die Krebse aus dem Bach, die Karotten, die Erbsen, den Kohlrabi aus der Erde, die Morcheln von der Wiese, den Spargel vom Acker, tunkte sie in die Sauce aus den Fäden der Orchidee.

Mir wurde heiß. Ich schwitzte und versuchte zu denken. Vielleicht aber träumte ich nur einen amerikanischen Traum. So, wie sie sich zeigte, in ihrer Lust, wenn sie hingebungsvoll kaute und schmeckte, erinnerte mich das an meine frivolen kulinarischen Träume, die mich zuweilen heimsuchten.

»I want to eat you«, hörte ich mich plötzlich, offenbar endgültig verblödet, sagen. Zum Glück antwortete sie nicht. Sie trank den kühlen Wein, als wäre er Wasser, obwohl sie nie mehr als ein, zwei Gläser trank, wie sie mir versicherte. *Und die Seele unbewacht / will in freien Flügen schweben / um im Zauberkreis der Nacht / tief und tausendfach zu leben,* drang der Gesang durch die Stille des Abends, verheißungsvoll.

Für den Nachtisch hatte ich einen Rotwein, einen Brunello von 1986. Um mich abzulenken, um meine Verkrampfung irgendwie zu lösen, öffnete ich gleich zwei Flaschen davon. Schließlich musste der Wein atmen, langsam seinen Geist entfalten – und ich brauchte jede Menge Mut.

Der warme Kuchen und das kalte Eis gaben uns den Rest. Stumm saß sie auf der Bank unter dem Herrgottswinkel, ihre Augen leuchteten, sie lauschte der Musik und glücklicherweise war nichts mehr *great,* schon gar nicht *amazing,* auch nicht *incredible,* sondern nur noch *to die for,* wie sie sagte.

»This food is to die for«, wiederholte sie diesen Ausdruck, der mir sehr gefiel. Sie kauerte wie ein Kind auf der Bank, nahm ihre Beine hoch und umschlang sie mit ihren Armen, wobei ihr Rock hochrutschte und mich in den genussvollen Anblick ihrer nackten Schenkel brachte. Ich fand, dass der Rotwein noch etwas zu kalt war, worauf sie sich sogleich bereit erklärte, die Flasche zu wärmen. Sie nahm sie zwischen ihre Schenkel und unter ihren Rock. Mit einem leichten Seufzer, als die kalte Flasche ihr warmes Fleisch berührte, nahm sie den edlen Wein in die Obhut ihres Schoßes.

Mein Problem war jetzt die Wirklichkeit. Würde ich träumen, kein Problem, da konnte mir keiner was vormachen. Aber so, Himmel hilf! *Wir sind durch Not und Freude / gegangen Hand in Hand / vom Wandern ruhen wir beide / nun überm stillen Land*, waren es nun die Worte Eichendorffs, die mir ein wenig halfen, den Übergang vom Traum zur Wirklichkeit halbwegs unbeschadet zu überstehen. Jesus, war ich aufgeregt. Es vermischte sich mein Verlangen nach dem Wein mit der Sehnsucht nach dem Ort, an dem sich die Flasche befand. Ich stand erst mal auf, um die CD-Hülle zu holen, in der die Texte auch auf Englisch abgedruckt waren. Ich wollte sie ihr vorlesen, um mich abzulenken, in der Hoffnung, meine Gier zu verhüllen, so wie der feine Baumwollstoff, die gewebten Karos knapp ihr Höschen verhüllten und den Wein, den sie an ihre Scham drückte.

Ich rauchte noch eine Zigarette und las ihr vor: *Around us the valleys incline / Rings sich die Täler neigen / already the air grows dark / es dunkelt schon die Luft / two larks still soar alone / zwei Lerchen nur noch steigen / half dreaming, into the haze / nachträumend in den Duft*. Ihr Duft machte mich schwindelig, und ich war wieder einmal bereit zu sterben. »Those cigarettes are gonna kill you some day«, sagte sie und brachte mich ganz aus der Fassung. »We have to die anyway«, sagte ich schnell und hoffte, dass die Diskussion über meine Sterblichkeit damit beendet wäre.

»So beautiful, so sad«, säuselte die Begehrenswerte nach einer Weile, worauf sie meine Hand nahm, unter ihren Rock führte und mich bat, die Temperatur des Weines zu prüfen und die Zigarette aus der Hand zu legen. Ich prüfte den Wein, ertastete ihr warmes Fleisch und verirrte mich. Ihre Lippen, auf denen eben noch das kalte Eis schmolz, berührten wie aus Versehen die meinen, verschlangen, verschluckten den letzten Rest meines Verstandes. Ich schmeckte den zartbitteren Safran, die herben Äpfel und den süßen Vanillezucker an ihren Lippen, kostete *Chanel No. 5* an ihren Schultern, ihren Brüsten, und ehe ich mich versah, schien der Wein richtig temperiert zu sein.

Wie bei jeder Wahrheit, war es auch hier nur eine Frage der Zeit, bis sie ans Licht des Tages kam, bis ich kam, bis alles wie eine Seifenblase zerplatzte und ich träumend erwachte, während mir der wunderbare Mund der Schönen das tat, was sie zuvor den Speisen tat. Kein lieblicherer Ton wurde je auf den Posaunen der Engel geblasen.

Mir war, als stünde draußen jemand und würde uns beobachten. Undeutlich sah ich etwas Schwarzes, als der Rauch der brennenden Zigarette im Aschenbecher mir Tränen in die Augen trieb und alles zu flirren begann. Jetzt war sowieso schon alles zu spät. Mein Kopf fiel zurück und ich blickte unweigerlich auf den Mann im Herrgottswinkel, und mir wurden im Angesicht des Herrn die größten irdischen Freuden zuteil. *Tritt her, und lass sie schwirren / bald ist es Schlafenszeit / dass wir uns nicht verirren / in dieser Einsamkeit.*

Ich rezitierte die kostbaren Worte laut, um die Freude so lange als möglich zu kosten, den kleinen Tod hinauszuzögern, und liebte die so genossene Einsamkeit, während Monica für einen Moment ihren Kuss unterbrach, um zu sagen, wie traurig, wie schön alles sei, so traurig, aber schön.

O weiter, stiller Friede! / So tief im Abendrot, / wie sind wir wandermüde / ist dies etwa der Tod? »This is«, hauchte ich nur mehr, »this is«, und schwang mich empor, in den nächtlichen Himmel auffahrend, alle Engel der Wollust küssend. Und an dem Ort, wo Eros und Tod sich begegnen, rief ich: »It's to die for!«

John von Düffel

Sieger

Eigentlich hatte er alles richtig gemacht. Beim Abendessen gestern war er eisern geblieben und hatte auf fetthaltige Soßen verzichtet. Dabei gehörten sie zu den Spezialitäten des Hauses. Seine Spagetti aß er nur mit einer Prise Salz. Er war sogar in die Küche gegangen, um sicherzustellen, dass sie ohne den üblichen Esslöffel Olivenöl zubereitet wurden, obwohl Isabell sich dafür schämte. Es war ihr Lieblingsitaliener. Zum Frühstück hatte er zwei Bananen, anderthalb Liter stilles Wasser und eine Tasse schwarzen Tee, zwei Stunden vor dem Start.

Er hatte sich im vorderen Drittel des Feldes eingereiht. Doch er war nicht zu schnell losgelaufen. Dazu hatte er schon zu viel erlebt. Seit einigen Jahren absolvierte er den Marathon immer auf dieselbe Weise. Er ging die ersten dreißig Kilometer in einer Grundgeschwindigkeit an, von der er wusste, dass er sie durchhalten konnte. Dieses Tempo war ihm längst in Fleisch und Blut übergegangen, er nannte es seine »genetische Schnelligkeit«. Auf den restlichen zwölf Kilometern sah er dann, ob ihn der Engel anschob. An guten Tagen konnte er im letzten Viertel noch zulegen und sich weiter nach vorne arbeiten. An den schlimmen Tagen musste er darauf vertrauen, dass sein Körper trotz Schmerz und Erschöpfung die Strecke unerbittlich zu Ende lief. Womit er noch nie zu kämpfen hatte, war dieser Hunger.

Er versuchte, sich auf den Augenblick zu konzentrieren. Die Läufer vor ihm stauten sich an einem der Checkpoints, die im Abstand von fünf Kilometern entlang der Strecke postiert waren. Dort würde auch er verlangsamen und sich einen Becher Wasser reichen lassen. Er verspürte keinerlei Durst, nicht im Geringsten. Aber er wusste, dass er trinken musste, auch wenn sich das Hungergefühl dadurch noch verschlimmern würde.

Ein Mädchen in einem signalfarbenen Jersey schöpfte Wasser aus einem Metallbehälter. Die vollen Becher hielt sie mit einer mechanischen Geste in die Menge. Als er danach griff, berührte er ihre Hand. Ihr Haar war zu einem Pferdeschwanz gebunden und fiel in einem Bogen zwischen ihre Schulterblätter. Sie hatte langes, glattes Haar. Er merkte sich das. Es würde ihm später vielleicht noch einmal helfen.

Isabell hatte Recht, er war ein hoffnungsloser Fall.

Die nächsten Schritte trampelte er lautstark über weggeworfene Plastikbecher. Er trank nur drei, vier kleine Schlucke, den Rest schüttete er sich über den Kopf. Das Wasser war nicht sehr kalt.

Vielleicht hätte er mehr Fisch essen sollen. Nach dem Verzehr von gedünsteten Schollenfilets oder Kabeljau am Vorabend brachte er regelmäßig die besten Trainingsleistungen. Das war dem hochwertigen Eiweiß von Seefischen zu verdanken, ihrem Jodgehalt und den stoffwechselkatalysierenden Omega-3-Fettsäuren. Doch er hasste Fisch. Er hasste alles, was aus dem Meer kam.

Das Wasser stach, als es seinen Magen erreichte. Er lief die nächsten zwei-, dreihundert Meter mit einer gewissen Vorsicht. Doch es fing nicht an, hin und her zu schwappen, sondern verursachte nur einen Unterdruck. Die Magenwände hatten sich gierig um dies bisschen kalorienlose Flüssigkeit zusammengekrampft. Das Hungergefühl wurde immer unerträglicher.

Isabell hatte frutti di mare. Ihm war den ganzen Abend nicht klar geworden, was sie eigentlich wollte, warum sie sich so gab. Sie wusste, wie sehr er sich vor Schalentieren ekelte. Allein der Gedanke an ihr rostrot geflecktes, weißfaseriges Fleisch und dessen knorpelige Konsistenz trieb ihm den Schweiß auf die Stirn. Andererseits beförderten Scampi durch ihren hohen Gehalt an Vitamin B 12 die Blutbildung und damit auch die Sauerstoffversorgung der Muskulatur.

Sie hatte um dieses Treffen gebeten. Ihm war es alles andere als recht gewesen, knapp zwölf Stunden vor dem Wettkampf. Aber sie hatte nicht locker gelassen, es musste unbedingt dieser Abend sein. Vielleicht hätte er nicht einlenken sollen. Es gab keinen Grund, auf einmal so zu drängen. Schließlich hatten sie sich seit Wochen nicht gesehen. Doch ihre Stimme am Telefon klang endgültig.

Er hatte vor dem Restaurant auf sie gewartet. Er konnte nicht still sitzen, dazu war er zu aufgeregt, sicherlich ihretwegen, aber auch wegen des Wettkampfs am nächsten Morgen. Wenn er die Augen zumachte, sah er sich laufen.

Isabell kam viereinhalb Minuten zu spät. Er hatte gerade angefangen zu überlegen, ob er wieder gehen solle. Sie begrüßten sich ungeschickt, irgendwo zwischen Händedruck und Umarmung, fast wie beim ersten Mal. Er versuchte, in ihrem Gesicht zu lesen, was sie ihm mitzuteilen hatte. Stattdessen stellte sie ihm lauter Fragen, auf die er keine Antwort wusste.

Er brachte eine leichte Steigung hinter sich. In den Oberschenkeln und Waden spürte er das vertraute milchsaure Kribbeln, das mit überdurchschnittlichen Anstrengungen einherging. Nie nahm er am Hügel das Tempo raus. Im Gegenteil. Er achtete darauf, dass Schrittlänge und -frequenz konstant blieben. Auf diese Weise konnte er den Rhythmus halten. Nur seine Atmung wurde schneller. Er verbrannte mehr.

Sie kannte ihn wie niemand sonst. Es war absehbar, wie er reagieren würde. Trotzdem hatte sie ihm diese Frage gestellt, die ihn mehr ärgerte als alles andere: »Wovor läufst du eigentlich weg?« Im selben Atemzug orderte sie eine Portion Pizzabrot mit Knoblauchbutter.

Es ging den Hügel wieder hinab. Das Gefälle betrug vier bis fünf Prozent. Um seine Knie nicht zu sehr zu belasten, setzte er verstärkt mit den Fersen auf. Er lief die nächsten zweihundert Meter wie ohne Stoßdämpfer. Die Erschütterung nahm zu bei jedem Schritt. Sein Magen verkrampfte immer mehr. »Weglaufen«, als ob das so einfach wäre!

Von diesem Punkt an hatte er noch geschwiegen und ihr beim Essen zugeschaut. Was sie sagte, hörte er nicht mehr. Er wäre gar nicht dazu in der Lage gewesen, selbst wenn er gewollt hätte. Sie aß ihre Scampi mit den Fingern, brach deren weißfleischige Rücken auf und schob sich die faserigen Brocken genüsslich in den Mund. Zwischendurch verspeiste sie ein, zwei Bissen Pizzabrot, das unverkennbar frisch aus dem Ofen kam. Auf dem warmen, mehligen Teig schmolz die Butter und versickerte. Sie hinterließ kleine Streusel von gepresstem Knoblauch und einen öligen Glanz auf ihren Lippen.

Gegen Knoblauch war an sich nichts einzuwenden. Er schätzte ihn wegen seines hohen Thiamingehalts, den beachtlichen Anteilen an Vitamin C und durchblutungsförderndem Allizin. Außerdem stärkte Knoblauch das Immunsystem insgesamt. Doch leider zog er zu viel Wasser. Auf Langstrecken war das tödlich. Isabell ließ sich noch einen Teller mit Antipasti bringen: gefüllte Oliven, eingelegte Paprika, Pilze und Auberginenscheiben in Balsamicosoße. Sie aß bereits die fünfte Ecke Pizzabrot.

Sein Hunger biss sich fest.

Er versuchte es mit einem Trick aus Anfängerjahren. Er wusste von Läuferkollegen, die an Sex dachten, um den Schmerz zu verdrängen. Das hatte bei ihm nie funktioniert. Er musste sich etwas anderes einfallen lassen. Früher, als sein Körper die langen Distanzen noch nicht so gewöhnt war, teilte er seine Strecken meist in zwei Teile. Während der ersten Hälfte dachte er an all das, was er gegessen hatte. Er stellte sich vor, wie die Vollkornnudeln vom Vortag seine Glykogenspeicher mit hochwertigen Kohlehydraten füllten. Er spürte den Müsliriegeln, Kartoffelstücken und Bananen nach – allesamt Energielieferanten, die ihm wichtige Reserven verschafften. Er dachte an seine Geheimwaffe, den Senf, der die Fettverbrennung des Körpers erleichterte. Je länger die Strecke, desto mehr zehrte er davon. In der Regel nahm er seine Senfration mit Hüttenkäse zu sich, um dem Stoffwechsel ausreichend Eiweiß für Muskelaufbau und -reparatur zur Verfügung zu stellen. All das hielt ihn auf Trab. Während der zweiten Hälfte der Strecke dachte er daran, was er essen würde, wenn er am Ziel war.

Isabell hatte immer sehr auf ihre Figur geachtet. Sie war in ihrem Speiseplan nicht ganz so konsequent wie er. Doch im Großen und Ganzen stimmten ihre Ernährungsgewohnheiten mit den seinen überein. Nur ab und zu gönnte sie sich unbegreifliche Dinge, ein Stück Kuchen oder Pralinen, obwohl sie ohne weiteres darauf hätte verzichten können. Sie liebte es geradezu, Ausnahmen zu machen. Manchmal brach sie eine Tafel Schokolade an und aß nur einen einzigen Riegel. Den Rest ließ sie mitunter wochenlang unangetastet auf dem Küchentisch liegen. Einen Heißhunger hätte er verstanden, nicht aber diese – waren es Launen, innere Kämpfe oder bloße Koketterie? Doch was immer es sein mochte, es kam selten vor und blieb ohne Folgen. Ihr Körper hatte ihr bislang jede Entgleisung verziehen. Isabell war in all den Jahren mit ihm keinen Tag älter geworden. Jetzt trank sie schon die dritte Karaffe Rotwein (0,25 l) und bestellte zum Nachtisch Tiramisu.

Er spürte, dass diese Gedanken nicht gut waren. Sie machten ihn langsamer. Die Gerade, die vor ihm lag, wirkte endlos und zäh. Ermüdend auch das Keuchen seiner Gegner um ihn herum. Er betrachtete sie fast schon als Leidensgenossen. Sein Siegeswille war ihm abhanden gekommen. Beim Anblick ihrer auf und ab wippenden Nacken überkam ihn ein Gefühl unsagbarer Schwere. Er musste an etwas anderes denken. Er musste den Punkt der maximalen Härte in sich aufsuchen. Das war jetzt klar.

»Müdigkeit existiert nicht«, hatte ihm sein Trainer immer wieder zugerufen. »Müdigkeit ist eine Illusion.« Sein gesamtes Trainingsprogramm zielte auf die Implantierung dieses Satzes. Er sagte ihn sich ständig vor, morgens, mittags, abends. Er rannte an gegen die Müdigkeit. Es gab sie nicht. Es gab nur Leistung, unbedingte Leistung und irgendwann Schlaf. Trotzdem blieben diese Worte wirkungslos. Er bezog die Kraft, immer weiterzumachen, aus einem ganz anderen Gedanken. Irgendwann gegen Ende der Wettkampfvorbereitungen hatte er sich über die stereotypen Trainingsmethoden beklagt. Er war es leid, ewig nach denselben Prinzipien zu funktionieren. »Es gibt nur einen Ausweg aus dem System von Belohnung und Strafe«, hatte sein Trainer ihm geantwortet, »streich die Belohnung.«

Auf einmal wusste er, dass er so laufen musste. Er lief jetzt, um keine Belohnung zu wollen. Nie mehr.

Er verschärfte das Tempo und zog an zwei Läufern vorbei, deren Startnummern niedriger waren als seine. Beim Überholen zählte er die Höcker ihrer Nackenwirbel vom Kragenausschnitt bis zum Haaransatz. Bei dem einen waren es sechs, bei dem anderen acht. Er schwor mit zusammengebissenen Zähnen, sich auf keinen Fall von ihnen wieder einholen zu lassen. Aber er wollte nichts dafür. Er wollte nur diese Bewegung, nur Geschwindigkeit.

Diesmal war Isabell zu weit gegangen. Ihre Motive waren ihm nach wie vor unklar. Vielleicht wollte sie ihn mit ihrer Esserei gar nicht quälen, sondern auf irgendeine Art in Versuchung führen. Vielleicht wusste sie auch selbst nicht, was sie tat. Doch sie hatte die Grenze eindeutig überschritten.

Er war davon ausgegangen, sie würde nur ein bisschen probieren und den Rest Tiramisu wieder zurückgehen lassen. Das allein hätte gereicht, um ihn in Rage zu bringen. Doch sie naschte einfach immer weiter, als wüsste sie es nicht besser. Seelenruhig verspeiste sie den kompletten Nachtisch: die unglaublichen Fettprozente von doppelrahmstufigem Mascarpone auf weichen, in Kaffee und Amaretto getränkten Löffelbiskuits. Er war fassungslos. Und wie sie aß! Sie ließ sich die Cremeflocken unendlich langsam auf der Zunge zergehen und leckte sich die Lippen nach dem mandelsüßen, mokkaschwarzen Saft, mit dem sich der Biskuitteig voll gesogen hatte. Keinen Happen, den sie nicht auskostete bis ins Letzte – ohne Eile, ohne jede Spur von schlechtem Gewissen. Zunächst hatte er noch gemeint, sie würde ihm nur etwas voressen. Doch je länger es dauerte, desto weniger demonstrativ erschien ihm das Ganze. Sie genoss diese schwere, hinunterziehende Süße nicht, um ihn zu provozieren, sondern so, als sei er gar nicht da.

Die Wut bei diesem Gedanken brachte ihn vorwärts. Sein Ekel beflügelte ihn.

Er hatte Isabell eine Weile kommentarlos zugeschaut und die letzten Tropfen aus seiner Apfelschorle geschüttelt. Sie beachtete ihn nicht. Um ihre Lippen bildeten sich Ränder von Kakaostaub. In den Mundwinkeln vermengten sich Pulver und Speichel zu glänzend dunkelbraunen Schokoladenfädchen. Er hatte aufgehört, über ihre Absichten nachzudenken. Er dachte an gar nichts mehr. Das Einzige, was ihm immer wieder durch den Kopf ging, war die Formel, dass es zwar schwer sei zu verzichten, aber noch viel schwerer sein würde, wenn er nicht verzichtete. Unvorstellbar die Qual, einen Marathon mit überhöhten Blutfettwerten zu laufen! Ganz abgesehen von der Trägheit, die von seinem Körper Besitz ergreifen würde. Vor einem Wettkampf waren Sattsein und Süße genau das falsche Signal. Er blieb bei seinem Hunger. Damit kannte er sich aus. Wenn er die Augen schloss, sah er die Strecke vor sich. Er sah sich laufen in Endlosigkeit. Er lief wie für immer.

Es gab keine Belohnung mehr. Belohnungen waren eine Illusion.

Er spürte einen plötzlichen Schmerz im Knie und riss die Augen weit auf. Für einen Moment hatte er nicht auf die Strecke geachtet und war voller Wucht in ein Schlagloch getreten. Die Erschütterung traf ihn wie ein Beil. Dann folgten feine, pulsierende Schmerzverästelungen, wie sie von einer Stauchung ausgingen. Sein erster Reflex war, das Bein anzuziehen. Doch er verbot es sich zu humpeln oder zu hinken. Er durfte jetzt nicht aus dem Rhythmus kommen. Er verlagerte nur den Atemakzent auf die andere Seite und setzte etwas vorsichtiger mit der Fußspitze auf. Nach ein paar Schritten, so hoffte er, würde sein Knie in den gewohnten Bewegungsablauf zurückfinden und sich selbst betäuben. Aber der Schmerz ließ nicht nach.

Er dachte an Sex mit Isabell. Er versuchte es. Doch ihm entglitt jede Erinnerung an die immer wieder nachgeträumten Nächte mit ihren Unschärfen und Momenten von in Nähe aufgelöster Zeit. Er dachte an ihren Körper, den er so begehrt hatte, an die Vasenform ihrer Hüften und ihre zarte, geschmeidige Haut. Zwecklos. Es gelang ihm nicht, die Bilder, die ihm vorschwebten, zu fixieren. Er hatte jegliches Gefühl für sie verloren. Isabell ließ sich nicht zwischen ihn und den Schmerz schieben. Wenn er sich ihren Namen ins Gedächtnis rief, sah er sie essen, sonst nichts. Also konzentrierte er sich auf das Mädchen mit dem Pferdeschwanz.

Im Nachhinein schien es fast, als hätte sie ihn angelächelt mit ihren jungen Augen. Bevor er nach dem Plastikbecher griff, hatte er kurz ihren Handrücken gestreift. Diese Berührung war in ihm lebendig. Wenn er sich nicht täuschte, wollte sie ihm etwas zurufen, ein paar aufmunternde Worte wahrscheinlich, er verstand sie nicht. Doch er hatte die Bewegung ihrer Lippen gesehen und ihre milchweißen Zähne. Er hielt den Augenblick an, um sich hineinzudenken in ihr Mädchengesicht und in den Bogen ihres langen, glatten Haars. Er umkreiste die schutzlose Stelle, wo es zwischen ihre Schulterblätter fiel. Der Schmerz blieb.

Er hatte keine Wahl. Es war unmöglich, diesem Schmerz länger auszuweichen. Er musste ihn wollen. Solange sein Knie funktionierte, würde er weiterlaufen. Lange genug hatte er während der Wettkampfvorbereitungen seine Schmerztoleranz trainiert. Er hatte sich in Bergläufen geschunden und Steigungen bewältigt, bis sie für ihn zum Normalzustand wurden. Irgendwann, unter dem Druck der Dauer, hatte sein Kopf es geschafft, sämtliche Höhenmeter in die Horizontale umzudenken. Er war so programmiert, dass er Berge ebnen konnte. Schmerz schreckte ihn nicht. Er beschäftigte ihn nur ein bisschen und lenkte von seinem Hunger ab. Dafür war er sehr dankbar.

Vielleicht würde er das Mädchen mit dem Pferdeschwanz am nächsten Checkpoint wieder sehen. Oder spätestens am Ziel. Er wusste, dass dies kein realistischer Gedanke war, aber er gönnte ihn sich. Sehnsüchte waren harmlos, sie machten nicht satt. Er hielt das Tempo, das Tempo hielt ihn. Der nächste Stützpunkt konnte nicht mehr weit sein. Dreihundert, vierhundert Meter vielleicht. Es würde ihm mehr als alles andere helfen, ihr Gesicht noch einmal zu sehen, das wusste er. Doch er schaffte es nicht, den Kopf zu heben.

Es gab keinen Hunger mehr. Hunger war eine Illusion.

Er war aufgestanden. Isabell hatte die letzten Mascarponestreifen zusammengekratzt und ein Muster von einander durchkreuzenden Gittern auf ihrem Teller hinterlassen. Aber sie war noch nicht fertig. Gemächlich schenkte sie sich Wein nach, sie leerte die Karaffe ganz. Zwei, drei Tropfen liefen über den Glasrand und breiteten sich violett auf der Tischdecke aus. Diese Frau ließ sich durch nichts aus der Ruhe bringen. Vielleicht hätte er einfach gehen sollen. Stattdessen trat er von einem Bein aufs andere und starrte sie an, als würde er auf etwas warten. Doch sie trank nicht. Sie hob nur das Glas, wie um ihm zuzuprosten, und lächelte vor sich hin. Er wusste, dass sie sich in diesem Moment als Sieger fühlte.

Gerne hätte er ihr ins Gesicht gesagt, wie billig dieser Triumph war, den sie über ihn zu feiern glaubte, wie durchschaubar und lächerlich die Rache, die sie an ihm nahm, wenn es denn Rache sein sollte. Möglicherweise wartete er nur auf den Moment, in dem sie sich verriet und ihre als Anteilnahme getarnte Häme offenbarte. Er wollte nicht wahrhaben, dass sie nach all den Jahren ein Mensch geworden war, mit dem ihn nichts mehr verband.

Viel zu lange schon stand er da an diesem Tisch, irgendwo zwischen Gehen und Bleiben. In ihren Augen fand er nichts, was ihn zurückhielt. Er hatte aufgehört, nach Worten zu suchen. Die Zeit dafür war vorbei. Isabell schürzte die Lippen zum Kuss und lachte. Sie lachte ihn aus, doch das kümmerte ihn nicht mehr. Er sah die Kakaospuren auf ihren Zähnen. Diagonal zu ihrer Oberlippe verlief ein hellbrauner Schokoladenstreifen, dessen Ränder allmählich verflossen. In dem Moment wurde ihm klar, dass ihr Abschiedskuss schon Vergangenheit war. Es gab keine Belohnung für dieses Gespräch und seine Demütigungen. Es hatte noch nie eine gegeben. Für den Bruchteil einer Sekunde dachte er daran, das Mädchen mit dem Pferdeschwanz zu küssen, wenn er ins Ziel kam. Nicht weil er sie begehrte, sondern um die Milch ihrer Zähne zu trinken.

»Wasser! Wasser!«, hörte er rufen. »Iso!«, gellte es dazwischen. Helfer in signalfarbenen Jerseys teilten Getränkebecher aus. Vor dem Streckenposten staute sich die Menge. Er drehte den Kopf kurz nach links und rechts, es kostete ihn viel Kraft. Schmerzblitze zuckten am Rand. Er musste sich zwingen, einzelne Gesichter zu unterscheiden. Doch er konnte das Mädchen mit dem Pferdeschwanz nirgends entdecken und ließ die Umstehenden wieder zu den Schemen werden, die sie waren. Das Wasser, das man ihm entgegenstreckte, nahm er nicht.

Sein Blick fiel auf eine Reihe von Tischen rechter Hand, auf denen unzählige geschälte Bananen bereit lagen. Es gab keinen Hunger mehr, daran hatte sich nichts geändert. Doch er griff mitten hinein und erwischte zwei Bananenhälften, die er in der Faust zerquetschte, während er sie an die Lippen führte. Eine warme, breiige Soße füllte seinen Mund.

Joseph von Westphalen

Öl ist nicht so keusch wie Butter

Eine Dokumentation

Wie immer, wenn ich an einem Roman saß, wollte ich keine anderen Schreibarbeiten annehmen, wie immer tat ich es dann doch. Diesmal war eine Fress- beziehungsweise Feinschmeckerzeitschrift am Telefon, und ich litt von Beginn des Gesprächs darunter, dass ich nicht wusste, woher mir die Stimme der Frau bekannt war, die mich zu einem Beitrag gewinnen wollte und daher entsprechend gewinnend war. Schließlich fiel es mir ein. Diese Stimme hatte ich vor nicht allzu langer Zeit aus der Redaktion einer kämpferischen Ökozeitschrift vernommen, von wo aus sie mich zu einem Ökoartikel gewinnen wollte. »Sie wissen«, hatte ich damals gesagt, »mein Ruf verbietet mir, pro öko zu schreiben, auch wenn ich vernünftigerweise nicht dagegen bin, möchte ich mich wenigstens darüber lustig machen.« – Deswegen rufe sie ja an, hatte die Stimme gesagt, man wolle endlich einmal einen heiteren Text in dem meist sehr trostlosen Heft.

Damals schrieb ich für ein mageres ökologisches Goodwill-Körnerhonorar eine Geschichte über zwei Ökos, die sich so verlieben, dass ihnen die Giftstoffe und die Umwelt mitsamt der Ozonschicht ziemlich egal sind. Achtspurige Autobahnen finden sie wunderbar und hoch erotisch, weil man nicht so viel Zeit verliert, wenn man sich besuchen will. Liebe macht gegen Giftstoffe immun, finden sie, und beißen in gespritzte Billigäpfel.

Die treuen Ökoleser hatten für solche ernsten Scherze keinen Sinn und kündigten reihenweise das Abonnement, und dann war auch der Redakteurin gekündigt worden. Ich brauchte mir aber kein schlechtes Gewissen zu machen, denn sie hatte es dort sowieso nicht mehr ausgehalten und fand, es sei an der Zeit für eine Arbeitslosenpause.

»Brauchen Sie wieder eine Kündigung?«, fragte ich, als mir das alles wieder eingefallen war. Sie lachte verlegen. Möglicherweise hieß dieses Lachen: Tut mir Leid, ich lande immer bei den falschen Redaktionen, aber man kann es sich nicht aussuchen. Sie suchten einen Autor für einen Männertext, der davon handeln sollte, wie man mit einem Essen eine Frau verführen könne.

»Verdienen Sie bei der bunten Fresszeitung wenigstens besser als bei der ökograuen Postille?«, fragte ich. Statt zu antworten bot sie mir 3000 gute alte deutsche Mark für die Geschichte an.

»Unmöglich«, sagte ich, ich hätte dergleichen schon mehrfach geschrieben. Tatsächlich hatte ich aus wenigen Gerichten, die ich zubereiten kann, schon Fressgeschichten mit integrierten Rezepten gemacht, in denen Knoblauchpressen nicht gefunden werden und die zu verführenden Frauen beherzt auf den Knoblauchzehen herumkauen und das Ergebnis ihrer Kaukunst dann in die Pfanne spucken, Geschichten, in denen das Essen verkocht, weil das erregte Paar im Schlafzimmer verschwindet, wo es dann doch länger dauert. Nachher sitzen beide nackt und hungrig vor dem Kühlschrank und beißen in einen Stapel nackter Schinkenscheiben. Ich konnte und wollte solches Zeug nicht mehr schreiben, alle Aspekte des missratenen Verführungskochens seien abgegrast.

Die Stimme schlug mir nun vor, die Verführungsgeschichte in ein Restaurant zu verlegen, dann bräuchte ich mich nicht selbst als Koch zu betätigen. »Das ist noch schwachsinniger«, sagte ich.

»Schwachsinn ist alles«, sagte sie, und das fand ich ziemlich sympathisch. Nachdem ich dann noch eine Weile behauptete, ich hätte keine Zeit und bei diesen Behauptungen wie von selbst eine Geschichte in meinem Kopf entstand, wurden noch einmal 1000 gute alte deutsche Mark dazugelegt, um mir die Zustimmung zu erleichtern. Was mich schließlich mehr als das verlockende Honorar zustimmen ließ, war das Geständnis der Redakteurin, dass sie, seitdem sie bei dieser Zeitschrift Unterschlupf gefunden habe, nichts mehr anöde als das Feinschmeckereigewerbe, dass sie sich seitdem nur noch von Kebab und Rostbratwürsten ernähre, die sie auf der Straße in sich hineinschlinge.

Der schwierige Kunde

Seitdem mit deutschen Romanen kein Geld mehr zu verdienen ist, weil alle deutschen Leser nur noch irische, dänische, norwegische, italienische, angloamerikanische und baltische Romane kaufen und verschenken, habe ich umgesattelt. Ich betreibe nun ein florierendes Service-Unternehmen. Service hat Zukunft. Mit Service ist Geld zu verdienen. Keiner weiß mehr Bescheid im großen Durcheinander. Alle wollen beraten werden.

Die Hauptgeschäftsstelle ist in Hannover. Ich habe sie schlicht »Lebenshilfe« genannt. Die Filiale in Düsseldorf bringt mehr Umsatz. Sie brauchte einen schickeren Namen. »Lifelifting« steht auf dem Messingschild. Meine fünf Mitarbeiterinnen sind schlau, schnell, charmant, geschickt und haben gute Figuren. Schlanke und füllige. Für jeden Geschmack ist gesorgt. Die Kunden sollen gerne kommen. Von meinen Mitarbeiterinnen gibt es nur guten Rat – sonst gar nichts. Manche, die es sich leisten können, wollen vom Chef persönlich beraten werden. Von mir.

Einer unserer schwierigsten und treuesten Kunden ist Boris. Der Name wurde geändert. Aber von keiner Redaktion. Von mir. Er kam zu uns als Ortwin. Ortwin Müller. Größter und traditionsreichster Autohändler Bielefelds. Anfang 30, kein Fettbauch, keine Glatze. Er hat den Laden geerbt, er musste sich nicht krumm legen. Eine gute Partie – und trotzdem kein Glück bei den Frauen. Mein erster Rat: Einen flotteren Namen. Geschäftsreise nach Russland, und nach der Rückkehr solle er sich Boris nennen. Einfach eine Anekdote erzählen: Die russischen Geschäftsfreunde hätten Schwierigkeiten mit dem Namen Ortwin gehabt und Boris gesagt. Daran habe er sich gewöhnt. Der Name sei ihm lieb geworden. Ab sofort sei er Boris. Boris aus Bielefeld.

Seitdem er Boris heißt, verkauft er noch mehr Neu- und Gebrauchtwagen. Klingt feuriger. Eine Frau hat ihm der rasantere Vorname nicht gleich beschert. Boris weiß, dass es so einfach nicht ist. Ich kann keine Garantien geben. Boris hat dafür Verständnis. Er ist Geschäftsmann und Realist. Ich habe ihm ein Beispiel aus seiner Autowelt gegeben: So wie Airbag und Antiblockiersystem in den Neuwagen dazu da sind, das Risiko bei Unfällen oder brenzligen Situationen zu vermindern, so ist Lifelifting dazu da, die Fehler der Rat suchenden Kunden zu reduzieren. Dadurch wachsen ihre Chancen. Mehr können wir nicht tun.

Boris macht vieles falsch. Ehe er zu uns kam, war es noch schlimmer. Immer wieder hatte er Frauen zum Essen eingeladen und sich vergeblich angestrengt, sie zu gewinnen. Schon bei der Wahl des Restaurants hatte er keine glückliche Hand. Es verschlug ihn in Lokale, die entweder so laut waren, dass man ungut brüllen – oder so leise, dass man flüstern musste. Flüsternd kann man keine Frau gewinnen. Es wirkt beschwörend und unangemessen intim.

Langsam kannte Boris alle Lokale in Bielefeld und Umgebung und war ein bekannter Gast. »Guten Abend, Herr Müller«, sagten Köche und Ober, wenn er das Restaurant betrat, aber auch diese Bekanntheit nützte ihm nicht, sondern schadete eher. Der Misserfolg hatte ihn verkrampft und die Frauen hatten nun das Gefühl, in eine Falle gelockt zu werden. Als würde sich das Personal mit Boris zu einer Eroberung verbünden. Der unempfindliche Boris, damals noch Ortwin, spürte nicht den schwelenden Verdacht und ließ sich von den Obern abgelegene Plätze zuweisen. Er wusste nicht, dass Nischenplätze etwas Möchtegernseparéehaftes, also etwas leicht Schleimiges an sich haben können. Besser ein ungemütlicher Platz in der Mitte des Lokals, der lebendig und unverfänglich ist.

Nachdem wir ihm den Namen Boris verpasst hatten, arbeiteten wir intensiv ein Programm für ihn aus: Wie gewinne ich eine Frau beim Essen in einem Restaurant. Weil Boris im Grund ein einfacher und bescheidener Mensch ist, neigt er in besseren Lokalen zu gestelzten Reden. Meine Mitarbeiterinnen sind dabei, ihm das abzugewöhnen. Unversehens entgleiten ihm noch immer furchtbare Worte. »Preis-Leistungs-Verhältnis« zum Beispiel. Er darf sich nicht wundern, wenn ihm die Frauen nicht ins Netz gehen. Wer will einen Mann, der beim ersten Treffen das Gespräch mit den Worten eröffnet, das Preis-Leistungs-Verhältnis sei in diesem Restaurant annehmbar. Die Autoverkaufssprache ist ihm nur schwer abzugewöhnen. Mühsam haben wir ihm ausreden müssen, sich nach dem Essen eine Rechnung für die Steuer geben zu lassen. Als wenn es bei seinem Einkommen auf die paar Mark ankäme. Keine Frau will bei den ersten Annäherungsversuchen als Steuerersparnis benutzt werden. Das entwertet.

Das Lieblingsgericht von Boris ist Linseneintopf. Wir haben ihm klar gemacht, dass er natürlich mit einem simplen, vielleicht sogar faden Linsenessen jeder Spelunke, mit einem Döner Kebab im Stehen eine anspruchsvolle Traumfrau durchaus erobern kann – wenn man die fehlende Raffinesse des Essens mit einer raffinierten Art und Weise des Werbens, mit wirklich unerhörten Worten und scharfem Witz lässig ausgleichen kann. »Ich glaube, das ist meine Sache nicht«, sagte Boris kleinlaut und einsichtig. Originalität ist nicht das, was ihn auszeichnet, und er weiß es.

Wir haben schon manchen partnersuchenden Kunden geraten, in teure und zuverlässig schlechte Restaurants zu gehen. Ein Geheimtipp besonderer Art. Beim Einigwerden über den allzu fruchtigen Wein, die affige Speisekarte, die überwürzten Vorspeisen, die viel zu schmantige Sauce und die schwänzelnden Kellner kann man sich oft schneller nahe kommen als beim genießerischen Schwelgen eines makellosen Menüs. Das gemeinsame Erkennen des Reinfalls und der Entschluss, sich nicht von Stümpern die Laune verderben zu lassen, zeigt mehr

Souveränität als der geübte Umgang mit Hummerscheren und kann den weiteren Verlauf des Abends temperamentvoller gestalten als wohliges Nachschwärmen einzelner Gänge und satte Zufriedenheit. Wir raten ab, sich im Fall eines solchen Reinfalls über das Essen zu beschweren oder auch nur beim Zahlen arrogant den Kopf zu schütteln. Das führt nur zu Nachfragen, zu Zetern und unwürdigen Diskussionen. Man sollte sich in einem solchen Fall zu fein sein für Kritik und Belehrung. Man begleicht kühl, fast freundlich die Rechnung und überlässt es dem Ober, ob er das vernichtende Urteil der Gäste ahnt, dass hier Hopfen und Malz verloren sind. Amüsiert, mit einer leisen boshaften Bemerkung, verlässt man mit der Dame den Ort der schlechten Bescherung. Diese Niederlage ist nicht nur schnell verschmerzt, sie schweißt auch zusammen. Wenn die ausgeführte Dame Format hat, wird sie nach dem Arm des Gentlemans tasten und sich einhängen. Eine kleine Geste der Versicherung: Keine Sorge, das nehme ich Ihnen nicht übel.

Boris Müller aus Bielefeld ist für diese chancenreiche Art der Annäherung zu konventionell. Mühsam haben wir ihm ausgeredet, die Damen seiner Wahl in irgendwelche gutbürgerliche Schloss- oder Jagdstuben zu führen, die für ihre üppigen Spätzleportionen und ihre gestärkten Saucen berühmt sind. Er hat es dann bei allen möglichen Chinesen und Indern, Thailändern, Japanern, Vietnamesen und Mexikanern probiert. Er hat den Mann gespielt, der sicher ist, der nicht lang zögert, der sich beraten lässt, kundige Zwischenfragen stellt, dann aus 798 indischen Gerichten Nummer 365 auswählt, der Dame Nummer 669 empfiehlt und sich nach dem Essen die erlesenen Schnäpse so verwegen und gleichsam russisch hinter die Binde gießt, wie man es von einem erwarten kann, der Boris heißt.

Als das nicht half, haben wir ihm geraten, es umgekehrt mit der Rolle des liebenswert Ahnungslosen zu versuchen, dem Essen nicht so wichtig ist und dem es dennoch nichts ausmacht, für Herzdame in einem Sternelokal einen Tausender locker zu machen. Der sich beim Hummerauspulen helfen lässt. Er hat gezahlt, die Zähne zusammengebissen und keine alberne Rechnung verlangt. Nichts. Es funkte nicht.

Boris war besessen davon, eine Frau zu erobern, aber keine der Frauen liebte er wohl wirklich. Vermutlich klappte es deshalb nicht. Wenn man wirklich liebt, sind Restaurant und Essen einerlei. Schließlich half unser letztes Mittel. Wir verbanden ihm vor seiner Verabredung mit einer Frau namens Martina beim Italiener den rechten Arm und hängten ihn in eine malerische Seidentuchschlinge. »Angebrochen«, sagte er. »Sie Ärmster!« Martinas Achtung war echt. Obwohl er schlecht spielte, glaubte sie ihm. »Aber kein Grund, dieses Treffen abzusagen«, sagte Boris und bestellte gegrillte Riesengarnelen. Martina auch. Sie half ihm beim Schälen. Er ließ sich gerne helfen. Sie hatte geschickte Hände. »Nett, aber Ihre Viecher werden kalt«, sagte Boris dann zu Martina, griff mit der Linken eine Garnele am Schwanz, biss ihr den Kopf ab, spuckte ihn aus und zerkaute den Rumpf genüsslich mit der krossen Schale, schluckte alles herunter. »Ballaststoffe braucht der Mensch«, sagte er vergnügt.

Ballaststoffe? Das ließ sich Martina nicht zweimal sagen. Sie ließ das Auspulen sein und verspeiste die Garnelen nun auch mit der Schale. Als sie fertig war, war ihre Papierserviette nur noch ein Knäuel. »Darf ich«, fragte Boris, nahm Martinas Hand und schleckte ihre Finger ab.

»So habe ich mir immer einen leidenschaftlichen Russen vorgestellt«, sagte Martina und war zu allem bereit.

Ich faxte oder mailte meine Geschichte in die Redaktion mit der Bitte um Echo. Denn nicht alle Redakteure sind so höflich, gleich nach dem Eintreffen des Textes ihre Begeisterung mitzuteilen oder wenigstens zu heucheln. Ähnlich wie in der Liebe ist die Unsitte verbreitet, befriedigt zu verstummen, wenn man das seine bekommen hat. Ähnlich wie in der Liebe will aber derjenige, der sich abgerackert hat, wissen, wie er war – auch wenn er weiß, dass sein Wunsch albern ist.

Da die erbetene Antwort nicht kam, wusste ich, dass etwas nicht stimmen konnte. Die Redakteurin würde demnächst anrufen und herumdrucksen und ich würde sagen: »Zahlen Sie 2000 Ausfall, und die Sache ist erledigt.« Ich liebe Ausfallhonorare. Ich hatte einmal ein boshaftes Jahr, in dem ich fast ausschließlich von Ausfallhonoraren lebte. Man wollte ständig etwas Giftiges von mir haben: über den Adel und das Militär und die Weinfeinschmecker und die Kirche, mutigerweise sogar etwas über den Islam und schließlich etwas ganz Gemeines über die political correctness – und ich schrieb so giftig es ging. »Wir haben es gern gelesen«, sagten die Chefredakteure, »aber unseren Lesern können wir das nicht zumuten – zum Beispiel dass Sie der Anblick betender Muselmanen an brünstige Küchenschaben erinnert.« – »Wenn Sie erst wüssten, an was ich bei betenden Christen denken muss«, sagte ich.

Obwohl es mit dem Fressverführungstext doch geeilt hatte, rief mich die Redakteurin erst nach zwei Tagen an und berichtete kleinlaut und mit sonorer, trauriger Stimme von endlosen Diskussionen, die mein Text in der Redaktion ausgelöst habe – als hätte ich ein Pamphlet verfasst, das die Grundfesten des Abendlandes unterhöhlen könnte. Sie sei dafür gewesen und habe sich nicht durchsetzen können. »Wo ist das Problem«, sagte ich, »die Hälfte von 4000 ist 2000, weisen Sie das Ausfallhonorar an und fertig.«

Nein, jammerte sie, mein Text sei doch so gut, nur eben so unverständlich für die Leser ihres Blattes. Der Leser erwarte an dieser Stelle nicht Literatur, nichts um die Ecken herum Gedachtes, sondern meine ganz einfache Stellungnahme: wie ich persönlich die Frauen beim oder mit dem Essen verführe oder zu verführen gedächte. Tipps, Lebenshilfe – das sei es, was der Leser wolle, nicht, was Boris aus Bielefeld empfohlen werde.

»Der Leser Ihres Blattes ist doch Boris«, sagte ich, »Boris ist die Identifikationsfigur, was wollen Sie denn noch?«

»Ihre Meinung«, sagte die Redakteurin, »wie Sie es anstellen, das wollen wir beziehungsweise unsere Leser wissen.«

Jetzt war es genug. »Sind Sie verrückt?«, rief ich ins Telefon, »ich will doch keine Frauenherzen mit dem Fressen gewinnen, was sind denn das für Schicksen, die auf feines Fressen abfahren, feines Fressen ist doch Ersatz für Erotik und kein Weg zur Erotik.«

»Sie sprechen mir aus der Seele«, sagte die Redakteurin und fing plötzlich an zu weinen. Ich solle mich mal in ihre Lage versetzen: Bei einem Blatt für fette Fresswichser mitwirken zu müssen – die Hölle sei das. Sie versuchte mir klar zu machen, es sei besser für mich, wenn sie 1000 Mark auf das Honorar drauflege, als wenn sie 2000 abziehe. Von einem 5000-Mark-Abdruckhonorar hätte ich doch mehr als von einem 2000-Mark-Ausfallhonorar – und alles, was ich zu tun hätte, wäre, meinen Text etwas zu kürzen und als meine persönliche Empfehlung auszugeben.

»Das beschädigt mein Image«, sagte ich, »wenn das jemand liest, der mich kennt, dann bin ich unten durch.«

Die Redakteurin versicherte mir, dass dies nicht der Fall sein werde. Kein Mensch lese dieses Blatt. Jedenfalls kein Mensch, der meine Bücher lese. Ich bestand auf 6000. Wer Poeten erniedrigt, dessen Rechnung muss erhöht werden. Es ging in Ordnung. »Dafür lade ich Sie auf eine Rostbratwurst ein, falls wir uns mal treffen«, sagte ich und machte mich daran, meine Geschichte zu zertrümmern und zu einem verbraucherfreundlichen Ratgebertext umzuschreiben.

Sechs Wochen später wurde mir das Heft zugeschickt. Obwohl ich Wert darauf lege, auf Fotos möglichst misanthropisch auszusehen, war es auf irgendeinem verdammten Buchmesseempfang einem Fotografen gelungen, ein grässlich lebensbejahendes Genießerbild von mir aufzunehmen – mit einem Teller voller Leckereien in der Hand – und einem glasigen Glanzblick, wie ein Starkoch, der zu viel gekokst hat. Dieses hassenswerte Foto war sehr groß, mein Text wurde daneben zu einem Nichts:

> »Das Essengehen ist und bleibt die klassische und chancenreichste Unternehmung, wenn ein Mann eine Frau verführen will. Oder eine Frau einen Mann. Wäre ja schließlich auch denkbar. Geschieht aber trotz fortgeschrittener Emanzipation leider noch viel zu selten.«

Sollte ich diesen Unsinn wirklich geschrieben haben? Ein widerwärtiger Anfang. Und so ging es weiter – betulich wie Puderzucker:

> »Natürlich wird sich kein vernünftiges menschliches Wesen allein auf Grund eines noch so gelungenen raffinierten Essens verführen lassen. Die tolle Frau, die sich von, durch oder gar gleich nach einem Essen verführen ließe, wäre so toll nicht. Während des Essens schon. Das wäre toll in der Tat. Die richtigen Leckereien können einen in der Regel dem Ziel nur ein Stück näher bringen. Immerhin.«

Ich hasste mich. Ich hasste diese Sätze. Danach ging es etwas erträglicher weiter, und ich fing an, mich in meinem eigenen Text festzulesen, wie so ein Koch, der sich schmatzend mit seinem eigenen missratenen Populärgericht anzufreunden beginnt:

> Was sonst soll der teuflische Versucher anderes vorschlagen, als essen zu gehen. Kaffee trinken gehen ist zu wenig. Geht zu schnell. Kino gehen kommt nicht in Frage. Nur wenn man sich nichts zu sagen hat. Obwohl ihre Hand in der Popcorntüte auch schon ein Erfolg ist. Zufällig eine zweite Theater- oder Opernkarte übrig haben ist durchsichtig und viel zu bildungsbürgerlich. Selbst in der Pause kommt nichts zu Stande. Er muss für Eis mit heißen Himbeeren ewig anstehen, während sie sich auf der Toilette sinnlos die Lippen nachzieht. Wenn das Eis erstanden ist, schrillt die Pausebeendigungsglocke und erinnert einen ungut an die Schulzeit. Spätestens hier sollte man den Kulturtempel verlassen und ein Lokal ansteuern, um sich beim Futtern und beim gemeinsamen Schimpfen auf den Regisseur endlich näher zu kommen.
>
> Die Wunschfrau zum Essen nach Hause einzula-

den empfiehlt sich übrigens nur für verheiratete Männer. In dem Fall weiß die Wunschfrau nicht recht, was die Einladung zu bedeuten hat. Wird die Ehefrau mit dabei sein? Die Wunschfrau wird diese Frage nicht stellen. Das könnte so klingen, als vermute sie, dass dieser Mann darauf aus ist, sie zu erobern! Die Ehefrau wird natürlich verreist sein. Dadurch bekommt die Einladung etwas Unverfrorenes. Man ist in der Höhle der Löwin. Das geht eigentlich nicht. Das knistert. Das ist gut. Junggesellen aber sollten Wunschfrauen keinesfalls nach Hause zum Essen einladen. Bei ihnen wirkt es entweder schlüpfrig oder so, als ob der Verehrer Kochkunst und Häuslichkeit demonstrieren will. Der potenzielle gute Ehemann. Womöglich mit Schürze. Ein James Stewart selig im Witwerlook. Das riecht nach Falle. Und törnt ab. Der Annäherungsversuch des Junggesellen in seinen eigenen vier Wänden ist auch keine moralische Kunst. Er ist billig und zu erwarten. Der Ehemann hingegen beweist wenigstens Kühnheit, wenn er die fremde Wunschfrau vor oder nach dem Essen zum Letzten auffordert und zur Zweckentfremdung des ehelichen Schlafzimmers bereit ist.

Das Restaurant ist in jedem Fall der unverfänglichste Ort, um sich näher zu kommen und eine Verführung in die Wege zu leiten. Hier kann man auch würdewahrender als zu Hause oder im Kino notbremsen und sich zurückziehen, wenn das Verführungsvorhaben sich wider Erwarten als ein furchtbarer Irrtum herausstellen sollte.

Natürlich ist die Wahl des Lokals von allergrößter Bedeutung. Ein Spitzenfresstempel verbessert die Chancen keinesfalls, macht die eingeladene Traum-,

Wunsch- oder Trostfrau eher misstrauisch. Wer will sich schon kaufen lassen. Ein luxuriöses Futter in einem Sterneschuppen zwingt den Mann andererseits, alles zu tun, um nicht als Großkotz dazustehen beziehungsweise dazusitzen. Wenn ihm das gelingt, wird sich ihre anfängliche Skepsis in Wohlwollen verwandeln. Der Verführer wird nun als großzügig und zugleich als unaffig erscheinen, eine nicht alltägliche Mischung, die einige Anziehungskraft ausübt.

Hat man einen Fresstempel zum Annäherungsversuch gewählt, ist ein selbstverständlicher, lässiger Auftritt besonders wichtig. Bloß nicht vor ihr den Eindruck erwecken, als schüchtere einen der gute Ruf des Hauses und die zu erwartende Rechnung jetzt schon ein. Man lässt sich keinen abgelegenen Platz zuweisen und bittet gegebenenfalls um einen Tisch mitten im Getümmel. In Nischen kann man später sitzen, wenn die Liebe brennt. Jetzt soll sie erst angefacht werden. Das geht im Offenen besser. Man ist keiner, der die Frauen in den Hinterhalt lockt. Man hat nichts zu verbergen. Wenn die Ober ständig vorbeisausen – umso besser. Bloß keine traute Atmosphäre. Das Leben drumherum muss pulsen. Schummrigkeit ist fehl am Platz. Ich würde die Kerzen ausblasen und um Abtransport bitten. Sie sind im Weg und erzeugen falsche Romantik. Das sollte Herzdame einleuchten. Protestiert sie, kann man Flexibilität zeigen und die Ober um eine Rückgabe der lästigen Wachsstangen bitten. Ist sie mit der Entfernung der Kerzen einverstanden, kann man unter dem Tisch einen Fuß von Herzdame suchen und eine Solidaritätsbekundung vornehmen.

Kein Restaurant ist so furchtbar, dass man es sich nicht mit ein paar giftigen Bemerkungen über das entsetzliche Mobiliar und die niederträchtigen Deckenlampen gut einrichten könnte. Ist man in einem hochgestochenen gelandet, kann man sich darüber ebenso amüsieren wie über ein heruntergekommenes. Wichtiger als der erste Blick in die Speisekarte ist ein kurzes Taxieren der Räumlichkeit und der anderen Gäste. Man lässt den Blick unauffällig schweifen, erkennt sofort die melancholischen Genießer, die hastigen Geschäftsleute und das verlegene Liebespaar. So immerhin sei man nicht, sagt man seiner Dame. Die gemeinsame Einschätzung der Lage eint mehr als jedes Essen.

Egal, wo man gelandet ist, man sollte sich beim Bestellen des Essens nicht verkünsteln. Man rät und lässt sich raten und zaudert nicht lang. Vegetarisch sollte es bei einem Verführungsessen nicht zugehen. Gemüse ist angenehm, aber nicht sexy. Einer Fleisch, einer Fisch – und dann tauschen, schlage ich vor. Tauschen ist immer gut. Neugierig im anderen Teller stochern und im eigenen stochern lassen: damit zeigt man Interesse und Ungeniertheit.

Nie nippe man andächtig, nie mümmle man mit spitzem Mund dem Geschmack hinterher. Das, was man da vor sich auf dem Teller hat, ist heute nicht das große Thema. Man sieht sich längst tief in die Augen und redet über weiß Gott was. Über die Theateraufführung, deren Karten man verfallen ließ, zum Beispiel. Auch was geredet wird, ist nebensächlich, nur was dahinter mitschwingt, ist von Bedeutung. Heute werden keine Speisen geprüft, sondern die Lust aufeinander. Das Essen ist allein Mittel zum Zweck. Es wird nicht zelebriert, sondern fast beiläufig verschlungen. Eine gewisse Gefräßigkeit sollte man an den Tag legen. Gier ist sinnlich. Kein Kauen am Wein mit schrägem Kopf, keine winzigen Häppchen zum Mund führen. Was soll sie denken. Wer vom Wein mit spitzem Munde nippt, der wird auch von der Liebe nur nippen.

Wie man isst, so liebt man vielleicht. Wer artig seine Suppe löffelt, wird auch ein artiger Liebhaber sein. Das tun wir nicht. Ob Selleriecreme oder Ochsenschwanzbouillon oder ein Fischsüppchen mit netten Krebsteilen darin – nach drei Löffeln wandert die Terrine an den Mund und wird getrunken. Dezentes Schlürfen ist erlaubt. Wer auf das Präsentieren seiner guten Sitten bedacht ist, der wird nur einer Spießerin gefallen. Es ist doch aber anzunehmen, dass hier das Herz einer Frau von Format erweicht werden soll.

Und nicht das Tauschen vergessen. Ihr geben und von ihr probieren. Bei der Tauschaktion berühren sich Hände und Arme. Und schon kommt der nächste Teller. Dass man einen eigenen Willen hat und sich nicht zum Knecht der Köche machen lässt, kann man zeigen, indem man sich nicht zu jedem Gang einen anderen Wein aufschwatzen lässt. Man bleibt bei seinem Roten, trinkt aber ständig von ihrem Weißen. So zeigt man seine Treue. Auch das eint und ebnet.

Schmeckt ein Gang oder das ganze Essen nicht, ist auch das nicht der Rede wert. Dann verbindet eben der Reinfall. Das ist kein Tag für Beschwerden. Dann bestraft man den Koch, indem man sich fröhlich an Weißbrot und Butter hält. Man zetert, klagt und nörgelt nicht, wenn man verführen will. Souverän, wie man die fade Pastete mit dem blöden Muster liegen lässt. Das muss ihr auffallen. Stattdessen einfach ein Stück Butter auf die dünne Weißbrotscheibe streichen. Aber bitte lustvoll. Fortgeschrittene Verführer bestellen etwas Olivenöl und tunken das Brot hinein. Öl trieft. Öl ist nicht so keusch wie Butter.

Wenn der Blick von Herzdame nun verheißungsvoll wird, ist es Zeit, Schalentiere aus dem Meer zu ordern. Es muss wirklich nicht Hummer sein. Hummer, Kaviar und Champagner, den man bemüht salopp Schampus nennt, sind noch immer die einfallslosesten Symbole besseren Speisens. Darauf fallen wir natürlich nicht herein. Wir nehmen keine Symbole des Luxus zu uns und bestellen lieber einen großen Haufen gegrillter Garnelen. Fingerdicke Dinger bitte. Die Menge macht sie sprachlos. Die machen schlank, sagt man, und es ist fast die reine Wahrheit. Man hilft ihr beim Schälen. Natürlich ohne Besteck. Sie macht es nach. Dann zupft man einer Garnele den Kopf ab und verspeist demonstrativ den Rumpf mit der Schale. Wenn der Schwanz kross geröstet ist, vertilgt man ihn gleich mit. »Ballaststoffe braucht der Mensch«, sagt man gut gelaunt. Das gefällt ihr, wie man zum Tier wird, das hat sie nicht gedacht. Die dritte Garnele pult sie noch aus, ab der vierten isst sie die Viecher auch mit der leckeren Schale. Jetzt sollte ihr Blick allmählich abgrundtief und verschwörerisch werden. Der Nachtisch wird nicht mehr im Restaurant genommen.

Ist die Garnelenplatte leer, sind die Servietten

völlig besudelt. Jetzt bloß nicht einfach den Ober um neue bitten. Man beugt sich vielmehr vor, fragt freundlich und rhetorisch: »Darf ich?«, nimmt eine Hand von Herzdame und schleckt ihre Finger sauber.

»So habe ich mir immer einen leidenschaftlichen Mann vorgestellt«, wird die Frau von Welt begeistert sagen, die andere Hand zur Reinigung über den Tisch halten und dann zu allem bereit sein.

Das also war 6000 alte deutsche Mark wert. Zuzüglich Mehrwertsteuer. Ich schrieb spaßeshalber in die Rechnung hinein, der Betrag sei »inklusive Schmerzensgeld wegen möglicher Beschädigungen an meinem seriösen Image als deutscher Dichter«. Die Formulierung erschien dann auch in der Verwendungszweckspalte meiner Bankauszüge: »Schmerzensgeld wegen möglicher Beschädigungen am seriösen Image als deutscher Dichter«. Ich habe diese Summe bei meiner Einkommenserklärung nicht angegeben. Oder muss man Schmerzensgeld versteuern?

Der Text tat mir weh, weil er zu lieblich war. Auch die erste Version hatte keine Schärfe gehabt. Die zivilisierte Gesellschaft hat andere Ohrfeigen verdient. Dennoch oder deswegen: Ein paar Mal hat mir der Text sogar geholfen. Denn natürlich habe ich das nachgemacht, mit dem Abschlecken der Finger. Mit einigem Erfolg. Später habe ich auch die Redakteurin getroffen und mein Einladungsversprechen gehalten: Als sie mir ihre Finger mit dem Rostbratwurstfett und den Senfresten zur oralen Säuberung anbot, habe ich gepasst. Sie arbeitet jetzt bei einer Zeitschrift für Segler. Man hatte ihr bei der Fresszeitschrift gekündigt, weil sie mit den Autorenhonoraren etwas zu freigiebig gewesen war. »Ich finde, Segeln ist das Stumpfsinnigste überhaupt«, sagte ich. Sie würde mich vertrauensvoll um einen Antiseglerartikel bitten, wenn sie die Nase von dem Segelheft voll habe, sagte sie. »Kein Problem«, sagte ich, »wenn es sein muss, hasse ich sogar das Meer und Wellen und den Wind.«

Zu einem Happyend ist es noch nicht gekommen. Ein Happyend wäre es, wenn diese Redakteurin und ich ein privates Paar wären. Noch aber sind wir nur Geschäftskomplizen. Mein Text über den Idiotismus des Segelns ist schon in Vorbereitung, und schon spitzt die Redakteurin auf eine Stelle in einer Kunstzeitschrift. Und das wollte ich schon immer mal: In einer dieser stockaffirmativen Kunstgutfindezeitschriften der modernen Kunst nach allen Regeln meiner Kunst den Arsch versohlen. Wir haben noch viel zu tun: Architektur, Musik, Design, Literatur, Autos …

Eine erotische Verbindung habe ich mit meinem Verführungsempfehlungsartikel für die Fresszeitschrift übrigens tatsächlich gestiftet. Eines Tages erhielt ich einen Leserbrief: Als ihr der Mann, der seit langem vergeblich hinter ihr her war, Olivenöl auf den Nabel goss und auf ihrem nackten, noch unwilligen Körper in alle Richtungen zu verteilen begann, habe sie das zwar nett, aber ziemlich herkömmlich gefunden, verriet mir eine schöne energische Frauenhandschrift, doch als dieser Mann dann dazu die Worte sprach: »Öl ist nicht so keusch wie Butter« – da sei sie von seinem Esprit überzeugt gewesen und habe seinem Drängen nach Hochzeit und Ehe nachgegeben. Leider habe sie feststellen müssen, dass ebendieser Mann nichts anderes im Kopf habe als feines Fressen, und der Satz, mit dem er ihr Herz gewonnen habe, sei auch nicht von ihm, sondern von mir, weswegen sie mich am kommenden Sonntag zu sehen hoffe. Sie mache in der Stadt, in der ich wohne, Station und erwarte mich in ihrem Hotelzimmer – zu ein paar Oliven und einem simplen Fläschchen Wein.

Jonathan Heine

Faki-Starter *oder* Wie das Essen mich formte

Eine palatal-peristaltische Autobiographie samt Freunden und Umfeld

»mixt, püriert, emulgiert, lockert, schlägt, mahlt«
(Maurice Chevalier)

1973

Es war Morgen,

und die neue Sonne flimmerte golden über dem Wellengekräusel der stillen See. Von einem Fischerboot, eine Meile vor der Küste, wurden die Netze ausgeworfen. Blitzschnell verbreitete sich die Nachricht in der Luft und lockte einen Schwarm Seemöwen an. Tausende flitzten hin und her und balgten sich kreischend um ein paar Brocken. Ein neuer Tag voller Geschäftigkeit hatte begonnen.

Ich hielt so lange durch, bis das Sausen der Zugluft um meinen Kopf nur noch ein leises Flüstern war und der Ozean unter mir still zu stehen schien. In äußerster Konzentration machte ich die Augen schmal, hielt den Atem an, erzwang noch ein... einziges... kleines... Stück... Dann war ich geboren.

Ich war ein junger Knabe von wilder Schönheit, der blonde Elvis genannt. Und mein besonderes Augenmerk auf die verschiedenen Modalitäten der Nahrungszufuhr hatte sich ganz offensichtlich von der mütterlichen Linie her durchgemendelt. Aber vielleicht konnte dies damals noch gar nicht gedacht werden, denn das Deutsche, Arsch-Idiom des Erdkreises, ermangelte zu dieser Zeit noch einiger seiner zentralen Schlüsselbegriffe. Böse, hässliche Sprache. Weswegen ich vorsichtshalber in Paris gezeugt worden war, wie mir die Wöchnerin späterhin erzählt hat. »Und? – Wie war ich?« war wohl die adäquate Replik auf diese ansonsten nicht weiter folgenschwere Enthüllung. Da war es also, das Leben – für viele nicht viel mehr als ein stetiges Kontinuum von Schluckreflexen und Ausscheidungsvorgängen. Doch nicht so für mich …

1974

An die tausend Jahre sind wir nur mühselig hinter Fischabfällen her gewesen, jetzt aber hat unser Leben einen neuen Inhalt bekommen – zu lernen, zu forschen, frei zu sein! Anfangs ließ sich davon allerdings nicht allzu viel bemerken. Ich verbrachte nämlich meine ersten Lebensjahre, wie mir später erst klar werden sollte, als »Exi«, eine Daseinsform, welche in einem zeitgenössischen Wörterbuch beschrieben wird als (im Sprachgebrauch der Rocker, abwertend) Jugendlicher, der auf übliche bürgerliche Weise existiert.

Früh bereits nehme ich feste und grießförmige Nahrung in erstaunlichen Mengen zu mir. Man will den weitläufig verwandten Schocker-Regisseur Fred zum Taufzeugen berufen und mich »Vertilgo« heißen. Ich bin, noch nonverbal, nicht einverstanden. Verlust des Milchschorfes. Gehen lernen, treppauf eskalieren, alles noch sehr französisch. Gemessenen Schrittes klomm ich die große Freitreppe wieder hinab. Eines Morgens wurde ich dann meines Mundinnenraums gewahr. Die Zunge ist etwas Eigenartiges, dachte ich bei mir. Sie ist Sprechwerkzeug und Geschmacksorgan zugleich. Sie tastet, fühlt und schmeckt, die Wörter ebenso wie die Speisen. Ein feierliches Gefühl machte sich in mir breit.

1975

Als kleines Kind »bricht« man gelegentlich. Ob die verprollten Eltern des neuen Millenniums mittlerweile »Der Kleine kotzt ab« sagen, möchte ich gar nicht wissen. »Abkotzt« gab's nich. Wir haben stets gebrochen. Ich einmal sogar im Einkaufscenter, und zwar Spinat mit Bandnudeln und Spiegelei. Da kam gleich ein Ausruf über die Lautsprecheranlage, er lautete zu unser aller Erstaunen: »Die 16 auf die 34, die 16 auf die 34!« Ich und meine Spinatnudelkotze, oder die Fläche da drunter, wir waren offensichtlich die 34, und die Frau, die dann mit Putzeimer und Wischmopp kam, die 16. Anlässlich meines Brechens erwerben wir kompensationshalber ein sog. »Oink-Oink-Schwein« aus spinatgrünem Plüsch.* Unser Hund indessen hatte der Kuschelabteilung des Warenhauses etwa hundert feine Härchen verschiedenster Melierung sowie eine unzweideutige Unmutsbekundung im geruchsempfindlichen Bereich seiner Mitmenschen hinterlassen.

1976/77

Klobasse, die; –, ...sen [slaw.] (*österr.* eine grobe, gewürzte Wurst). Sonst nicht viel passiert.

1978

Sinnlich spiegelt die Esskultur die Befindlichkeit und das Lebensgefühl meiner Generation wider. Zunächst ist es die um das Essen herum angesammelte Hardware-

* Vgl. S. 113, Abb. 4 c).

peripherie, die mich und meine Mitkinder fasziniert. Oft und gerne verwenden wir den Pürierstab als Waffe gegen die anstürmenden Karthager und Thraker. Highlife.

Wir gucken nie fern, und ein Käsemesser ist noch nicht das an der Glotze anzubringende Medienevaluationsgerät, sondern Angriffs- und Verteidigungsutensil bei den alles entscheidenden Schlachten von Zypern, Verdun und Köthen. In der Wohnküche duellieren wir uns mit den Waffen einer Frau. Es waren dies, wie wir damals dachten, hauptsächlich Kochlöffel und Teigwalze sowie dieser fette Hammer (Schlagfläche mit dangerous Spikes bewehrt), mit welchem unsere Mamas gelegentlich sehr eindrucksvoll auf rohe Schnitzelfleischlappen einhieben.

Mein Bruder Clint wird geboren. Alle treiben viel Unfug mit dem Kleinen, aber meine Eltern toppen sogar unsere wildesten Spinnereien: Zum Entsetzen der anderen Restaurantbesucher pflegte Mutti den schlafenden Säugling schön gemütlich auf den vorgewärmten Teller zu betten, um in aller Ruhe das rund um den Buben herum drapierte Gericht sorgsam mit geschärftem Bestecke zu verschmausen. Hier bekam man viel Problem für wenig Geld, und immer nur in letzter Minute gelang uns die Flucht aus der aufgebrachten Proteinmasse.

Als Kind hast du einen hohen Datendurchsatz, der Kopf läuft auf Hochtouren. Im Laden um die Ecke kruschen wir sämtliche Safttüten mit der Aufschrift »Vor Genuss schütteln« zusammen, trinken alles durcheinander und schütteln uns vor Genuss. Nur zwei Drittel der verfügbaren Gehirnkapazitäten jedoch werden von diesem Treiben tatsächlich ausgelastet. Das verbleibende Drittel unserer Kinderhirne beschäftigte sich mit einem völlig anderen Problem: Die Westgoten!

Den Sommer über ernähren wir uns fast ausschließlich von Colasemmeln. Schrippe in zwei Hälften zersäbelt, Cola rein, zuklappen, fertig.

1979

Meine Schwester ist so wertvoll wie ein kleines Steak.

Viele Kollegen essen in ihrer Freizeit Labello Erdbeer oder Klopapier mit Nutella. Das Anthroposophenkind Mitch bevorzugt »Danke«-Tissue. Nachbarsbub oft auf Besuch da. Sitzt viel auf Tischkante. Von dort wird er dereinst herunterrutschen und schrecklich am Boden zerbersten.

Erstmals erblicke ich jene grammofonförmigen Trichtertüten, die die Hunde vom Tierarzt mitbringen, als kämen sie von der Einschulung. Im Herbst bin ich dann selbst an der Reihe. Schule ist sehr seltsam, alles hier ist so anders. Ergraute Kreaturen bewegen sich zu unzeitgemäßen Rhythmen, die Lautstärke immer knapp unterhalb der Wahrnehmungsgrenze. Langsam und ungelenk kreist die senile Masse um ihre eigene Achse. Die Lehrkraft sieht aus wie ein Seilbahnunglück und roch aus dem Anus. Wir Kinder werden angehalten, unseren Eltern Aschenbecher zu töpfern. Ich produziere ein superhässliches, völlig unfunktionales Kaffeeservice aus Fimo und überquere den nach Erbrochenem riechenden Schulhof (eine Art Remake der 34) mit sicherlich nicht allzu schwer nachvollziehbarer Hast. Bin *ich* jetzt die 16? »Nicht mit dem Wagenführer sprechen«, gebietet uns ein unfreundliches Schild im Schulbus. Wie man sich manchmal so durch das Gemäuer des Lebens perscht…

1980

Waldfruchteis an Pistazien-Estragon mit Ananas aus der Dose. Jetzt Landwirtschaft zu Hause, täglich Kleintiertraining zwischen den Fischabfällen. Als der Biohof-Controlleur kommt, nehmen unsere glücklichen Hühner sofort Bodenhaltung an. Ansonsten bin ich oft sehr fies mit den pferdebegeisterten Enid-Blyton-Mädchen in unserer Klasse. Mit drohenden Kulleraugen erzählen wir den käsebleichen Hannis und Nannis: »Ich war fei* in Italien und hab Pferdesalami gegessen!«

Dann kamen wir uns immer äußerst böse und gemein vor. Sehr angenehmes Gefühl. Lesen können stellte sich schließlich als die größte Enttäuschung meines Lebens heraus. Da stand nämlich gar nicht »Rossbratwürstchen« auf der Packung.

1981

Unser Hund Kevin-Horst schlich ganz nach hinten in sein Freigehege und hub zu einem lange währenden Schlafe an. Ein Jahr der Trauer. Ansonsten spielen wir viel »Raumfahrt und Technik«. Schwach entsinne ich mich einer Schlüsselszene:

»So, meine Damen und Herren, willkommen hier auf der Führung, wir betreten das Raumschiff durch die Einstiegsluke B. Hier erst mal der Sauerstofftank. Und wir begrüßen die ersten Astronautinnen in diesem Frauenraumschiff, Zentrum für Frauenraumfahrt, Köthen. Ihr macht hier also schon seit zwei Jahren profes-

* Genuin bayerischer Abtönungspartikel, dazu dienend, dem Ausgesagten Nachdruck zu verleihen. Eine Art ostentatives *»übrigens«* oder *»nämlich«*, in seiner Verwendung dem amerikanischen *»actually«* recht ähnlich.

sionell Frauenraumfahrt... Ich sehe... Hallo? Ist da wer? *(beiseite, zum Publikum gewandt)* Ich nehme mal eine beliebige von diesen Frauen heraus hier... kommense maraus aus Ihrn Sicherheitshelm. GunnTach. Sie sinn also... Astronautin, stimmt das?«

»Ja.«

»So und wie fühlt sich dasso an? HamSe denn... Ja?... SangSema!«

»Hm-Hm.«

»UnnHat dasdann ingwelche Auswirkungen ge-«

»Mmmh?«

»-häbt?«

»Hm-hm.«

»Ich fasse es nicht!«

Es gab zwei verschiedene »Hm-Hm's«, genauso, wie es bei Karate zwei braune Gürtel gibt. Das eine ist dem deutschen »ja« sehr ähnlich, das andere dagegen ist auf unbestimmte Weise ablehnend. Hier handelte es sich um Letzteres. Das ganze Spiel drehte sich darum, in endlosen Paraphrasen und Andeutungen die zentrale, aber niemals wirklich ausgesprochene Frage zu umkreisen, ob die Weltraumpionierinnen denn jemals Astronautennahrung zu sich genommen hätten. Keiner von uns konnte sich nämlich vorstellen, wie so was schmeckt. Vielleicht ungefähr so wie die *34*? Dann gab's noch »Abgehacktm Kopf«. Das ging etwa so:

»GunnTach, wir begrüßen Sie zu unserer dritten Ausstrahlung von ›Abgehacktm Kopf‹. Heute haben wir sehr schöne abgehacktm Köpfe dabei für Sie. Ja... hier haben wir schon den ersten abgehacktm Kopf, gunnTach, wie fühlt sich's so an? Abgehacktm Kopf, hat man nich alle Tage, wa? Wieder hinter Fischabfällen her gewesen?« Diese Anfangspassage, auf deren gestrenge Einhaltung allerhöchster Wert gelegt wurde, war strikt festgeschrieben. Der Rest wurde improvisiert…

1982

Ich besitze jetzt ein Skateboard mit Pausenbrotfach, damit fahre ich jeden Morgen zur Schule. Wir veräußern, wie so viele Kinder, unsere ollen Spielsachen vorm Karstadt und ich erwerbe von dem verdienten Geld einen der ersten Laserpointer der Nation. Dann entdecken wir eine Marktlücke, und zwar den Verkauf gebrauchter Lebensmittel:

- Ananasabtropf aus der Konservendose von 1980, fein säuberlich in käsig riechende Milchflaschen gefüllt, von Kinderhand mit Etikett versehen und mit »Bio-Direktsaft« beschriftet. Viele kaufen das.
- Teigreste vom letzten Weihnachtsplätzchenausstechen. Rund um die Plätzchenform quellen da mitunter sehr viel versprechende Objekte ans Tageslicht. Nur wenige Kunstsammler ernsthaft interessiert.
- Halb ausgekratzte Nutellagläser mit mittlerem bis starkem Aufkommen von Mohn- und Semmelbröseln, dafür kaum Spuckeschlieren.
- Zusammengeschüttete Colalachen*, Kohlensäuregehalt ≤ 0. Getarnt als Colasemmel, lässt sich relativ viel davon an den Mann bringen.
- Fast leere Popcorntüten mit kleinem Fitzelzeug drinne.

* Hat nichts mit »lachen« zu tun. Der adäquate Ausdruck ist ohnehin das Wort »*Noagal*«. Kennen aber nur die Bayern. Bayern rules!

- Secondhand-Salatsaucenpotpourri di Origine Controllata e Garantita.
- Dann Spagetti, die wir nach dem Absieben aus dem Abfluss des Spülbeckens ziehen.
- Und wirklich leckere Bonbons, ursprünglich gar nicht zum Verkaufe bestimmt, sondern behutsam und mit viel Bedacht nur zur Hälfte gelutscht, auf die Heizung geklebt und trocknen lassen, wieder ins Papier gewickelt und für späteren Genuss aufgehoben. Zwei Tage später Keuchhusten bekommen und das halb gelutschte Bonbon dann doch irgendwie eklig gefunden. Also verkaufen, abstoßen, feilbieten.
- Alles leider Sachen, die so gut wie niemand wirklich haben will.

1983

Wir hassen unsere Öko-Eltern für ihre grotesken Ernährungsvorstellungen (alle Kinder denken, das Wort »Müsli« kommt von »müssen«). Starrköpfig boykottieren wir den Hippiefraß und fordern Schlumpf-Eis mit Pommes. Und Wehrdienst!

Mein kleiner Brucer Rocco ging mit dem Gedanken schwanger, die Bundeswehr noch vor seiner Einschulung zu absolvieren, um nach dem Abitur ohne große Verzögerung sein Studium aufnehmen zu können. Der Ablehnungsbescheid traf ihn tief in die Magengrube, auch und gerade weil Elli ausm Nachbarblock/hütte des Prahlens über die Bewilligung ihres freiwilligen sozialen Jahres gleich nach dem Kindergarten so gar nicht müde werden wollte.

1984

In einfaches Sackleinen gehüllt schreite ich einher und überbringe die Botschaft vom Neuen Gott. Wenn alles klappt, wird er auf den Namen »Brommel« hören. Ich bleibe ausgiebig der Schule fern, von meinen mutigen Eltern protegiert. Einmal schreiben die: »Mein minderjähriger Sohn kann heute wegen Unbeschulbarkeit dem Unterricht nicht beiwohnen.«

Ich bin frei, mein Turnschuh ungebunden. Oft erfüllt Stolz meine Brust. Ein gutes Jahr. Täglich bereitete uns Großmutter eine wohlschmeckende, sättigende Opiumsuppe zu. Leichtes, angenehmes Völlegefühl. Ich erfinde die Eventfloristik und konzipiere, ganz allein in Eigenregie, meine erste Visitenkarte:

Jonathan Heine

Eventfloristik

0160 – 7913734 (Faxweiche)

1985

Schüleraustausch am Güm. Die japanische Schulklasse wurde bei ihrer Ankunft sofort mit einem Videofragebogen konfrontiert (keiner von denen wusste adäquat zu reagieren). Wir machen uns einen Sport daraus, das Essverhalten der kleinen Asiaten zu imitieren und auf andere Bereiche unserer Lebenswelt auszuweiten. Essen mit Stäbchen, Kochen mit Stäbchen, Ernten und Säen mit Stäbchen, so weit, so gut…

Katze streicheln mit Stäbchen geht auch noch recht locker von der Hand, sobald man das zutrauliche Tier an den befremdlichen Druck der Holzleistchen gewöhnt hat. Haare kämmen mit Stäbchen auch easy, die weniger primitiven Eighties-Haarstylings dann aber bereits nicht mehr. Sehr mühselig: Duschgel auf die Stäbchenspitze und unter der Achsel verteilen. Seife ist einfacher, die lässt sich, einmal weich genug, aufspießen. Das größte Kunststück ist das Fotografieren: fast keinem von uns gelingt es, die Kameras der Japaner auf dem einen Hölzchen zu balancieren und mit dem anderen den Auslöser zu drücken, ohne dass der teure Apparat aus dem Gleichgewicht gerät und auf den Asphalt donnert. Viele Eltern werden bereits sauer.

Einfach wiederum ist es, die Wählscheibe des Telefons mit Stäbchen zu dirigieren. Problematisch aber, mit den zwei lächerlichen Stäbchen den Hörer zu halten, ohne sich zum allgemeinen Gespött zu machen, insbesondere in den öffentlichen Telefonhäuschen, wo erschwerend der blamable Münzeinwurf hinzukommt. Schuhbändel binden mit Stäbchen erfordert ebenfalls viel Geschick. So anspruchsvoll wie gefährlich ist dann Fahrrad fahren mit Stäbchen. Den Lenker kontrolliert man gerade noch so, aber wehe, man muss ohne Rücktrittbremse zum Stehen kommen. Verlierst du sofort Gleichgewicht und knallst auf Schnauze.

Dann das fulminante Finale im Turnsaal: Bockspringen, Felgaufschwung und Kugelstoßen mit Stäbchen. Kugel fällt natürlich auf Fuß, Mickie fliegt vom Hüpfbock runter aufs Kreuzband (Stäbchen schrammt knapp an Retina vorbei) und ich zerschelle um ein Haar auf der Turnmatte unter der Reckstange. Erste Hilfe mit Stäbchen. Sehr schwierig. Hausarrest und Fernsehverbot mit Stäbchen geht dann wieder. Die Japanerkinder hassen uns.

Schnell kam die unbeholfene Retourkutsche: Einer von denen versuchte uns weiszumachen, unser geliebtes Reisedetergens für Kleintextilien hätte seinen Namen von dem Märchen vom »Thai in der Rübe« geklaut. Dereinst hätte die fesselnde Lyrik dieser kleinen Waschweibermär im gesamten westpazifischen Raum für große Kinder(schlitz)augen gesorgt. Wir schenken ihm kein Gehör. Ich ließ für jeden in der Klasse eine Visitenkarte anfertigen:

Sabine Mustermann
– Mit Stäbchen –
0160 – 7913734

1986

Blötzlich bubertiern alle. En masse peinliche Niederlagen, Gott sei Dank aber alles noch offline und analog. Man hätte meinen Brustkorb locker und lückenlos mit einem Flachbildscanner erfassen können, hätte dieses Gerät nicht erst ein gutes Jahrzehnt später die breiten Massen gerockt. Drum versuche ich, Unmengen zu essen, ohne dabei die bange Frage in den Griff zu bekommen, ob man davon nicht eher Fettkopp denn Muckis kriegt, eigentlich. Gleichzeitig kursieren die ersten gynäkologischen Atlanten unter den Schulbänken. Es gab da so etwas wie einen Pornoheft-Lesezirkel. Prompt wird der kleine Malte mit einer Zeitschrift namens *Titten-Foto* erwischt und muss ins Priesterseminar.

Dann entsinne ich mich einer höchst sonderbaren Sissi-Stelle im Fernsehen. Und zwar sagt Romy Schneider im Waldidyll zu einem Hochwildjäger, der sie zu becircen sucht: »Ach, geh doch weg! Du liebst mich doch nur wegen meiner Geschlechtsteile!« Mein neuer Hund Steven-Lumpi wollte erstmals einen jungen Lindenbaum sich gefügig machen, doch der widersetzte sich. An Fasching gehe ich als Maslowsche Bedürfnispyramide.

1987

Sodom. Mein Vater schläft mit Essen. Täglich kaufte er des Abends ein frisch gebackenes Bauernbrot, welches ihm zur Nacht als Kopfkissen diente. Des Morgens wusch er es bei 30 Grad* in der Waschmaschine. Nach dem Schleudern konnte man es bedenkenlos verspeisen. Wir unterdessen pubertieren weiter, nach wie vor äußerst peinlich.

Mir nahe stehende Schulfreunde versuchen, sich auf die Stunde der Wahrheit angemessen vorzubereiten und »probieren«, wie es ist. Essen wird dabei ein essenziell wichtiges Hilfsmittel, insbesondere der Schinkenspeck. Das geht folgendermaßen: man designt sich ein Übungsszenario, daheim im Wohnzimmer, wenn sonst keiner zu Hause ist. Rollläden runterlassen, Tür verriegeln, den Schinkenspeck locker zwischen die Heizkörperlamellen stopfen, Heizung auf leicht erhöhte Körpertemperatur stellen und Hemmschwelle überwinden.

Laut der beiden Kollegen, die sich dann tatsächlich getraut haben, die Sache durchzuziehen, war es äußerst schwierig, die Erektion zu halten. Weil sie dauernd lachen mussten, so scheiße sahen sie aus beim Begatten der Wohnzimmerheizung.

Auch unser olles »Raumfahrt und Technik« erlebt

* Im Schatten.

einen jähen Bedeutungsshift. Schockartig wird uns der tiefere Sinn des Wortes »Astronautennahrung« bewusst: fast kein Geschmack, von fahl weißlichem Farbton, sehr proteinreich, schwierig zu schlucken, weil unangenehm glibberig – auch alles sehr peinlich. Mit den neumodischen Flachheizkörpern von heutzutage funktioniert die Nummer mit dem Schinkenspeck übrigens gar nicht mehr. Die Jugend wird erfahrungsärmer, alles verflacht. In unserer Freizeit denunzieren ich und der Mo (aus Eggenfelden) unsere Nachbarn beim Einwohnermeldeamt: »Der wohnt da gar nicht!«, »Der iss noch wo anders gemeldet!«, »Issn Westgote« und allerlei mehr.

Jonathan Heine

Int. Nistkästen

0160 – 7913734

1988

Vor genau zweihundert Jahren schreibt Schiller bei voller Verfügbarkeit seiner Verstandeskräfte allen Ernstes über den *Abfall der Niederlande*, Fischabfälle ausgenommen, und ich habe jetzt endlich eine Freundin.

Sie heißt Walli (aka Waltraud), wird später Stuntgirl und kommt von einem oberbayerischen Bauernhof. Drei wunderschöne dralle Schwestern, alle hoch gewachsen und bildhübsch. »Ho freili*, uns ham's, wia ma gloa** woan,

* Bayr. für »freilich, sicher, ohnehin«.
** Bayr. für »klein, winzig, von zierlicher Gestalt«.

bloß Faki-Starter zum Fréssn géhm*«, sagt die Walli, auf ihre außerordentliche Schönheit und Ebenmäßigkeit angesprochen.

Faki-Starter, hochdt. Ferkelstarter, ist ein landwirtschaftliches Build-up-Futter für junge Schweine, Kraftnahrung aus dem Lagerhaus. Ich bin sehr verliebt in die Walli, und sie in mich. Jeden Nachmittag treffen wir uns auf dem Stadtplatz vorm Broilerimbiss und schlendern Händchen haltend die Fußgängerzone hinunter. Walli ist mittlerweile übrigens mit einem so genannten »Ralph« aus München zusammen. »Der Ralfi arbeitet bei der Börse«, pflegt sie nicht ohne Schmunzeln zu sagen.

1989

Pille essen. Fast alle Klassenkameradinnen beschweren sich. Beschwerdestelle Number One ist die seitliche Hüftregion. Manche nehmen binnen kürzester Zeit Haflingerform an: Mit Ausnahme von Walli entstellt die Frauwerdung fast alle Weiber in meiner Klasse, und dies grundlegend. Bauch-Beine-Po-Morphing allenthalben. Die fiese Pille wirkt beim weiblichen Jungvolk wie der Faki-Starter für die kleinen Säue, aber nicht in 3D, sondern nur in *einer* Dimension, nämlich der Horizontalen. Alles wird breit.

Manchmal ist neben der x-Achse auch noch die z-Achse mit im Spiel, und die jungen Frauen gehen räumlich gesehen in die Tiefe. Gleichzeitig beginnen sie sich des Nächtens mit zwielichtigen Tübm herumzutreiben. Morgens frühstücken sie dann sehr ausgedehnt (…).

* Bayr. für »ausgehändigt, gegeben, übereignet«. Im Ganzen lautet der Satz also etwa: »Nun, kein Wunder, uns hat man, als wir klein waren, lediglich *Ferkel-Starter* zu essen gegeben.«

Die brd okkupiert weiträumig die umliegenden Ländereien. Dann werden erstmals auch die kleinen wachsverschweißten Mini-Käses aus der Kühltheke mit einer Hormongabe versehen, doch zu früh gefreut, Germany: Die Stiftung Warentest liegt mit ihrem *»Echt Voll Gut«* leider völlig daneben, denn Antibabybel wirkt nicht 100 % zuverlässig. Schnell wird das Testprodukt vom Markt genommen.*

Ich gestalte eine neue Visitenkarte:

Jonathan Heine

Trompetenvirtuose/CDU

0160 – 7913734

1990

Internationales Jahr des Kupfers: »Reflektiert es das Tageslicht, so ist es wahrscheinlich *das*, was wohlige Wärme, Geborgenheit, Kraft und so etwas wie eine Andeutung unaussprechlicher Ewigkeit schnörkellos symbolisiert, ohne zu lügen.«** Flugs schnitten wir dem Polizeikanu den Weg ab.

1991

Ferien auf Sagrotan. Allesamt waren wir unbeschreiblich laut und ausgelassen, zu vorrückender Stunde immer

* Mit ein wenig Glück findest du in einem ollen Spar/Konsum draußen auf dem Land noch so ein rotes Netzsäckchen von damals in der Kühltheke liegen. Lieber nicht essen!

** Biber Umweltprodukte Versand, Katalog Herbst 2001, S. 4.

schiefere Wünkel zur Wand annehmend, und um ein Haar hätten wir uns dann auch mit unserem gleinen audo ganz weit hinten in den Tiefen des Raumes verloren. »Und wo befindet sich der Lichtschalter?« – »Ich glaube, hinten unter der Teppichborte. Auf Wiedersehen und Gute Nacht, schlafen Sie gut und kommen Sie morgen wieder gesund und wohlbehalten an die Tagesoberfläche!« (keines der unter der Borte hausenden Monstren vermochte hinsichtlich seiner Mission eindeutig Auskunft zu erteilen). Wir erfinden das I-Ging neu: Lasse des Morgens ein dick bestrichenes Quark-Marmelade-Brot unabsichtlich aus der Hand rutschen! Wenns auf die trockene Seite fliegt, kann mans noch essen und es wird ein guter Tag.

Es gab zu dieser Zeit aber auch Dinge, die interessanterweise überhaupt gar nicht zu Boden fielen, sondern knapp zwei Zentimeter über demselben vor sich hin schwebten, sodass man sie, obschon vom Tisch gefallen, hinterher noch bedenkenlos verzehren konnte. Auf dem Autobahnzubringer schließt sich dann ein Nudelsackspieler mit einer Tüte Rigatoni unserer wilden Schar an. Die Reise wird problematisch, als wir bemerken, dass er und seine junge Kohabitationspartnerin sich unter *Park & Ride* etwas geringfügig anderes vorstellen als wir. Wir hielten *nicht*, und die Freundin langweilte sich zu Tode. Sehr ärgerlich für sie. Während unser gleines audo über den Großen Highway dahinrumpelte, schlief sie in stummem Protest auf dem Rücksitz ein, mit der Backe an der vibrierenden Seitenscheibe klebend. Die überholenden Limousinen konnten sich ein detailliertes Bild vom damaligen Stand der kassenärztlichen Inlaypolitik machen, so weit war das speicheltriefende Maul der Schlafenden geöffnet. Speichel ist, noch vor der Industriekartoffel, der ergiebigste Stärkeproduzent unseres kleinen Staates. Die internationale Gemeinschaft hatte Onlinehilfe zugesagt.

Jonathan Heine

Hundesteuer bezahlen!

0160 – 7913734

1992

Konfirmation von Janet Nitzsche. Wir hatten zur Feier des Tages ein betäubtes Schwein vom Bauern uns kommen lassen, welches sich dann angesichts seiner Entbeinung aus der Umnachtung zu lösen drohte. Es sprengt die Blätterteigummantelung und flüchtet in die Heckenbüsche.

1993

Wir schreiben das Jahr 1854. Montags und mittwochs ehrenamtlicher Mitarbeiter bei ALDI, donnerstags und Sonnabend bei KRUPP/SIEMENS.

Ich liebäugle mit einem Numismatikstudium. Da kann man durch seine Münzensammlung gucken und jeden Tag ein kleines Kommentärchen in sein wissenschaftliches Tagebuch eintragen. Dann aber entscheide ich mich spontan für Myzelforschung an der Universität Fervendungen/Drospa. Warmurinieren mit Erstsemestlern. Leider bekomme ich sofort eine schwere Kulturallergie, die es mir unmöglich macht, mein Studium fortzusetzen. Des ewig-eintönigen Besamens überdrüssig, verließ andernorts der Jungdelfin die Rotte und übergab sich freiwillig der Chicagoer Polizei.

1994

China – Kücheneinrichtungsgegenstände: Ein BAI-BAI-Opferschwein, ausgenommen und über ein Bambusgerüst gelegt, mit Sinnsprüchen bestempelt und Opfergaben unterhalb des Gestells. Solche Opferschweine werden vor buddhistischen Tempeln aufgestellt, von den Priestern prämiert und danach zu Hause verzehrt.*

Ich beginne mich für Theorie und Praxis asiatischer Schweinebeschriftung zu interessieren. Die Idee, Essen per Bestempelung mit Sinn zu versehen, beeindruckt mich tief. Gleich Visitenkarte drucken!

> Jonathan Heine
>
> – Ethnologiebefürworter –
> Mayonnaiseplatz 3, Einstiegsluke B
>
> 0160 – 7913734

1995

Bratwurst im Finanzministerium gegessen. Wieder einmal kam der versprochene Scheck nicht rechtzeitig zum Monatsersten in Jütland an und der Staatssekretär sonderte aufs Neue sein abscheuliches Sekret ab. »Sieh dich vor, du Hund!«, rief er, den rauchenden Colt auf das wehrlose Kätzchen gerichtet (das »Stinkend« hatte sich Clint verbeten). Der Marken-Fight zwischen Cosy und Danke wird der Chicagoer Polizei noch lange als der Inbegriff

* Staatliche Museen zu Berlin, Ethno-Abteilung, Treppe hoch, ganz hinten links im vorletzten Raum, 2. Schild anner rechtn Wand. U 1 Dahlem-Dorf, Bus 100, 183, X 11, X 83.

eines klassischen Rollenkonflikts im Gedächtnis bleiben, und die Westgoten bestellen viel beim Pizzaservice-Sozialprojekt. »Diese Pizza wurde in einer Behindertenwerkstatt zusammengestellt.« Klopapier mit Nutella ist jetzt out, auch beim Klassenfeind.

1996

An der Ecke gab es eine kleine Schlägerei, da musste ich hingehen und gucken.

1997

Multi-Clean, das Dusch-WC, kommt auf den Markt. Wir indessen befinden uns tief im Kameruner Grasland, wo man uns Köthener Kampfhuhnsuppe zu einem vollmundigen Dogue de Bordeaux kredenzt. Schnell wieder die Flügel spreizen und da wegfliegen: Wir gehorchten dem Aufwind und die longitudinale Seitenströmung trug uns mit sich fort. Der olle Richard Bach wäre vor Neid erblasst, so elegant huben wir an. Hoffentlich mit den Flügelschlägen nicht irgendwo einen Wirbelsturm ausgelöst und einen Chaosforscher ins Unglück gestürzt.* Drum vorsichtshalber vorher noch schnell eine Visitenkarte drucken lassen:

* Vgl. *dtv-Atlas zur Philosophie*, Seite 24, das Bild mit dem bettlägerigen Forscher und dem Schmetterling drüber. Wenn ein Philosoph da reinkommen will, dann muss er übrigens *selber* so ein Schaubild malen und erst mal in Dreiecken, Tonkrügen und Pfeildiagrammen darlegen, was seine philosophische Position ist. Er bekommt vom Deutschen Taschenbuch Verlag das gesamte Type-Set der bis dato verwendeten Pfeile, Würfel, Kugeln, altgriechischen Togafigürchen, bärtigen Denkerbüsten und Theatermasken auf Diskette geschickt und muss daraus eine schlüssige Skizze seines philosophischen Systems erstellen, dann wird er in den DTV-Atlas der Philosophie aufgenommen. Nur ganz wenige schaffen das.

> Jonathan Heine
>
> 0160 – 7913734
>
> Sollte diese Mitteilung Sie zum Zeitpunkt des Erhalts dieses Kärtchens bereits erreicht haben, betrachten Sie dieses Schreiben bitte als gegenstandslos.

Zu Hause klatschte ich haltlos als wild gesträubtes Federbündel hart auf dem Wasser auf, voll in die Fischabfälle. Der Luftdruck traf mich wie eine Sprengladung, ich schien mitten in der Luft zu explodieren. Gefühl wie Abgehacktm Kopf. »Wir wünschen Ihnen ein sicheres Auftreten und einen angenehmen Aufprall. Sie haben der Medizin einen großen Dienst erwiesen.« Später in der Kontaktsauna trafen wir wieder auf die anderen.

1998

Viel Essen eingekauft. Ich hasse es, wenn die Fleischereifachverkäuferin nicht checkt, wo genau hinter der Vitrine man hinzeigt. Often she sells you the wrong wurst, then. Und du musst in ihr Metzgerindekolleté starren.

Das ewige »150 Gramm von dem hier *(deut)*« – »Diese? *(beug)*« – »Nein, links daneben, das mit den Fettaugen.« – »Die Dänische, ja?« – »Nein, dahinter.« – »Hier? *(beug)*« – »Nein, von Ihnen aus gesehen…« usw. brachte mich damals auf folgende Visitenkarte, die ich jedoch nur in einer Kleinstauflage für meine engsten Freunde und Verwandten drucken ließ:

Jonathan Heine

100 g Gelbwurst im Ausschnitt

0160 – 7913734

Später löste ich das Problem, indem ich den präzisen roten Punktstrahl meines guten alten Laserpointers auf die Spezereien richtete, die hinter ihrer Glasscheibe um die Gunst der Fleischfresser buhlen. Ich tue dies zum Entsetzen der mich umringenden Omas. Alles mit Todesstrahlen verseucht, dachten die.

1999

Blümchen wird defloriert, Fatboy Slim reicht ein formloses Ansuchen ein, und der Nachbarjunge von 1979 rutscht jetzt tatsächlich jäh von der Tischkante und zerbirst schrecklich am Boden (behände überschritt er die Schwelle zum Jenseits). All dies trägt sich mit so unglaublicher Geschwindigkeit zu, dass den offenen Mündern der Musikprogrammierer aus Blümchens sog. Bänd nicht einmal ein Laut der Empörung zu entsteigen die Zeit bleibt.

Ich für meinen Teil, das weiß ich noch genau, fühlte mich an diesem Tage unverhältnismäßig partikulär. Meine Laune war von einer eigentümlichen Seltsamkeit, ein klein wenig verstimmt (Mitleid für Blümchen & den von der Tischkante gerutschten Jungen) und auf eine sonderbare Weise feierlich. Das gute Gefühl, schlecht aufgelegt zu sein. Ich wahrte die Contenance.

2000

Oft Unkompliziert Essen Gehen. Immer wieder servieren die mehr, als du vertilgen kannst. Zuzugeben, dass ich nachts um halb drei im Bett das würdelos zusammengematschte Zeug noch mal aus der soßigen Alufolie pulen und tatsächlich noch *essen* will, wäre eine peinliche Schande und Schmach. Deshalb bitte ich das Restaurantpersonal, die Reste »für den Hund« einzupacken.

»Kein Problem«, sagt die freundliche Bedienung und nimmt den halb vollen Teller mit in den Backstagebereich des Restaurants. Erleichtert lehnst du dich zurück, der »Hund«-Trick hat geklappt. Zwei Minuten später kommt die Frau zurück an meinen Tisch und überreicht mir mit gutmütigem Muttilächeln das warme, dampfende Bündel: »Ich hab noch ein paar Fleischreste und Küchenabfälle für den Hund dazugepackt!«

Immer mehr macht sich Vokabular und Wertesystem der Hacker, Nerds und Webfuzzies im Leben des Alltagsmenschen breit, selbst im Reich der Nahrungszufuhr. Kochrezepte für Opinionleader stehen jetzt in »Computer Bild« und Obst muss neuerdings vor dem Verzehr gerendert werden. Außerdem wird fast nur noch Instanttee mit extrem hoher Auflösung gekauft und die traditionelleren Produkte gehen jämmerlich zu Grunde. Irgendwie schmeckt alles im Netz wie vorverdaute Nahrung, so à la *34*, und viele Doofe scheinen das zu goutieren. »Aber Gunnar*, du kannst dich nich immer nur von Erbrochenem ernähren.« – »Doch Muddi, das iss superlecker!« Wir reagieren auf die Kotzefresser und bieten in unserem kleinen Start-up-Unternehmen die erste cyberkulinarische Flatrate des Kontinents an. Unterm (virtuellen) Ladentisch vermit-

* Name von der Red. geändert.

teln wir nebenbei Vaterschaftsklagen an zeugungsfähige Personen. Ganz ganz schnell schreiben wir schwarze Zahlen:

Jonathan Heine
All You Can Eat
0160 – 7913734

Vergeblich versucht die Zeitschrift *Titten-Foto* einen Relaunch. Sie geistert ein letztes Mal in einer kümmerlichen Auflage von neuntausend Stück durch die befremdete Nation. Niemand kauft sie, denn alle Jünglinge bubertiern längst online. Das Autokorrekturprogramm von Office 2000 schlägt mir an Stelle von *Derrida* das Wort »Dreirad« vor. Dann lerne ich meine junge Frau kennen. Sie hat schon mal im siebzehnten Jahrhundert gelebt und ist jetzt wieder da, zu meiner übergroßen Freude. Zunächst galt es sie zu entnazifizieren.

Wir unternahmen zu diesem Behufe eine Reise in die schöne Bretagne. Ausgestattet mit indirekter Beleuchtung verließen wir unser mitgebrachtes Biwakzelt und überquerten vorsichtig und leise den Campingplatz, an dessen westlichem Ende sich uns das öffentliche Damen-WC als ostentativ aggressive Manifestation weiblicher Ausscheidungswut darbot. Wir waren tief erschüttert, behielten jedoch die Nerven. Behände reinigten wir unser Gemächt mit Hakle Feucht, Typ Kombucha, und verzichteten auf die Benützung der unappetitlichen Kloaken. Nur mühsam dem sich allenthalben auftürmenden Kot mit linkischen Bewegungen ausweichend gelangten wir nach endlosen Mühen und Strapazen endlich nach Samarkand.

2001

Ein fetter Hund säumte den Wegesrand und hinterließ einen gravitätischen Eindruck. Wir nahmen ihn zu uns. Im Sommer darf ich auf dem ALDI-Rechner meiner jungen Frau Texte tippen. Falls dieser dabei Schaden nehmen sollte, wird dafür irgendeine Haftpflichtversicherung aufkommen, hart auf steinigem Untergrund. Die Menschen verändern ihre Trinkgewohnheiten, denn plötzlich gibt es neue Billiganbieter, die herumposaunen, Wasser wäre gelb. Und als wäre das nicht bereits genug, behauptet ein Versandhaus für Kochgeschirr frech, die »Gestaltung von Eierbechern« hätte sich »zu einem der beliebtesten Betätigungsfelder vieler Designer entwickelt«.*

Die Idee mit der Schweinebeschriftung greift um sich: Hühnereier haben jetzt einen Aufdruck: *»Nach dem Öffnen zügig aufbrauchen.«* Mein Bruder Jean-Bolero öffnet so ein Ding und alle schrecken zusammen. Niemand hatte mit Ausdünstungen in solchem Umfange gerechnet. Ich mag Frühstückseier nicht, die stinken nach Pup.

In der Hauptstadt wird es eng. Während der Stoßzeiten ist das Betreten der U-Bahn mit Staubbeuteln, Schuhwerk oder Kindern nicht gestattet. Auch Disco wird zunehmend blöd. Die Einzeller beschweren sich am Ausgang. Wir brauchen gefühlvolle Musik, die die Herzen öffnet, diese hier schließt mein Herz, sagen sie.

* Biber Umweltprodukte Versand, Katalog Herbst 2001, S. 14.

2002

Das Jahr der großen Fusionen. Die Deutsche-City-Samen-Volksbank-24 nimmt sich die Frechheit heraus, meine Kreditwürdigkeit in Zweifel zu ziehen, vielleicht wegen meiner neuen Visitenkarte.

Jonathan Heine

Döner Produktion

0160 – 7913734

Großer Preis der Stadt Bochum für unwirsches Auftreten. Gelegenheitsarbeiter und Tagediebe boten mir ihre Dienste an, doch ich schlug ab. Eine Fäkaliensammelgrube kostet jetzt 1238,– EUR, Laserpointer sind passé, und die Kinder spielen dafür jetzt oft »Todesstrahlen aus dem Händie«. In der Schule haben sie TwoStepp und ElektroGeräteturnen und überhaupt wird alles sehr spacy und modern. Würstchenbude-Horst prahlt: »Wir hamn Stand auffer IFA!« Ihr findet ihn an allen verkaufsoffenen Sonntagen im Olympiadorfcenter Steglitz – Erfurt – Giessen (Hauptstadtbüro Mitte) sowie auf der Bundesgartenschau Regensburg/Vorpommern, Halle 34.

Daheim beim Aufräumen finde ich ein zwanzig Jahre altes Bonbon, halb gelutscht und sorgsam wieder ins Papierchen gewickelt. Ich bin sehr gerührt. Angeblich werden Frauen ab einem gewissen Alter vom Heisenbergschen Prinzip der Unschärfe befallen. Ich glaube das nicht. Aber wenn man dann seine Gattin nachts um Viertel nach vier weckt, um sie sich anzugucken und zu überlegen, ob man sie denn noch liebt, so ist das, nicht im Sinne von Nietzsche, aber irgendwie dennoch, eine unzeitgemäße Betrachtung.

Meine junge Frau jedenfalls wird Gesichtsmodel in Kalifornien und gewinnt dort einen Beauty-Contest nach dem anderen. Heute besuche ich sie drüben. Wenn mich am Terminal einer fragt, wo ich hinflieg, sag ich: »I'M GOING TO MISS GERMANY«. Ich werde Deutschland vermissen.

PS: Grade eine theoretische Warensendung gekriegt. Der Zettel vom Postmann will es, dass ich das kleine Päckchen **aber** erst morgen abholen darf. Da sind dann sicher die neuen Visitenkarten drinne …

Jonathan Heine

Heute jedoch nicht

0160 – 7913734

Barbara Bongartz

Das russische Törtchen

Für Alban Nikolai Herbst

Give me a reason to love you. Give me a reason to be, a woman. Portishead. Glory Box.

Während einiger Jahre ging ich, zu Gast in Paris, zum Abendessen immer in dasselbe Restaurant am Rand der Place Dauphine im 1sten Arrondissement. Das Essen dort war nicht bemerkenswert. Um ehrlich zu sein, hatte ich den Eindruck, der Koch oder die Köchin wechsele so häufig, dass man mit der unveränderten Speisekarte versuchte, über mögliche Schwankungen hinwegzutäuschen. Auch dem Interieur, eher typisch für ein schäbiges Bistro ohne Ambition, mangelte es an Sorgfalt und gestalterischem Vermögen.

Ich glaube, zunächst war es eine Wahl des Zufalls, der Müdigkeit oder des gierigen Hungers gewesen, die mich dort eintreten ließ. Auch hatte es mir der Spaziergang von der rue de Savoie, wo ich meistens wohnte, der Seine entlang auf die Insel angetan. Ich verliebte mich in den ruhigen Platz mit seinen im Sommer dicht belaubten Platanen und der zärtlichen, trägen Überschaubarkeit. Im Nachhinein kommt sie mir fast ländlich vor, vielleicht, weil sie auf Touristen so wenig Anziehungskraft besaß.

Zu einem nicht mehr bestimmbaren Zeitpunkt erkannte ich, dass der wahre Grund meiner regelmäßigen Wiederkehr am Abend jedoch ein anderer geworden war. Schleichend hatte sich neben meiner Gewohnheit Neugier eingerichtet, abgelöst von einem immer schamloser werdenden Drang der Beobachtung, der sogar meine häufige Müdigkeit nach den zu erledigenden Geschäften in der Stadt überwog. Später sollte er in mehrere verdeckte und offene Fragen und schließlich in eine fast verzweifelte Suche münden, für die ich bis heute einen rechten, triftigen Grund nicht nennen kann.

Mit dem Rücken zur Wand, auf der roten, mit Kunstleder bezogenen Bank unter den Spiegeln saß damals ein Mann. Ich kann nicht mit Sicherheit sagen, ob er schon bei meinem ersten Besuch des Restaurants dort gesessen hat. Aber bei den nachfolgenden saß er immer da. Sein Alter war unbestimmbar. Seine Pose über die Jahre hinweg schien unverändert. Der Gestus seiner reduzierten Bewegungen blieb derselbe. Nur wurde er immer dicker. Schließlich nahm er, an demselben Platz unter den Spiegeln sitzend, den guten Meter einer Bankreihe ein, vor ihm zwei Tische statt einem. Gleichzeitig schien seine gesamte Statur näher zu den Tischplatten hinabzusinken, als knicke er in Nabelhöhe ein. Vielleicht vermochte das Knochengerüst die Gewebemassen nicht mehr recht zu halten. Seine von Fett überwölbten Gliedmaßen gehorchten ihm nur schwer, es sah aus, als zünde der Befehl nicht mehr automatisch und direkt, als hätte er sie langatmig zu überreden. Von seinem Rumpf waren sie nur in der Bewegung noch zu unterscheiden.

In seinem Gesicht spielte keine Mimik. Dicke Wülste, ähnlich wild wucherndem, rotem Fleisch, hatten die Muskulatur und die darin gebetteten Nerven verschwinden lassen, ein geronnenes Geheimnis hinter einer gepolsterten Tür, unlösbar mit ihrem Rahmen verwachsen, ein verklumpter Rattenkönig, dessen Verknotungslinien nicht mehr zurückzugewinnen waren... Der Raum, das Kommen und Gehen der anderen Gäste interessierten ihn nicht. Ich sah ihn niemals sprechen, wenn ich dort zu Abend aß. Wie er.

Später, zum Abschluss, dachte ich, es wäre mir gut gewesen, wenigstens Gier in seinem verquollenen Antlitz zu lesen. Aber es gab keine Lesart, nicht die kleinste, die seinen Anblick auf eine wie auch immer geartete Weise erleichtert hätte.

Zu Beginn, das erste, auch noch das zweite oder dritte Mal, als ich ihn sah, strichen meine Blicke schamvoll um ihn herum, an den Kanten der Tische entlang, schweiften ab in die Spiegel, in denen ich die lebhaft speisenden und miteinander redenden Menschengruppen widergeworfen sah, vielleicht, dachte ich zum ersten Mal, sind sie nicht aus strategischen Gründen in allen französischen Restaurants angebracht, sondern für die unnachahmlich Einsamen gemeint. Aber dann, würden sich deren Blicke darin verlieren, wären sie die Erfindung eines zynischen Geistes gewesen – oder nicht? Und verfing mich, den Gedanken beiseite schiebend, heuchlerisch auf seinen Tellern, dem gedunsenen Körper, den von Essensresten verschmutzten Ärmeln seines Pullovers, starrte auf seine wurstigen Pranken, an denen der Speck die vielleicht noch darunter liegenden Nägel der Finger begrub. Es dauerte wiederholte Male, bis ich mich dorthin wagte, wo einmal sein Hals gewesen sein musste, bevor sein Kopf so tief ins Fett gesunken war, dass er den Eindruck erweckte, keine Nackenwirbel, kein Kinn, überhaupt keine Knochen zu haben. Und doch musste irgendwo tief in dieser Masse noch etwas sein, das seine Fleischfülle notdürftig stützte. Seine Figur war ohne Einblick, ohne Ausblick, ohne Horizont. Meine Augen konnten nur über die vage Mastwüste gleiten, die ihn des Antlitzes enthob und jenseits dessen leben ließ, was meine Vorstellung von Menschlichem begleitet. Ich schämte mich, mich irgendwo festzukrallen, und wollte es doch, abgestoßen von seiner Gestalt und angezogen von ihrer gewaltigen Deformierung.

Über die Jahre aber fand ich, vielleicht durch die Gewohnheit, der eine eigene Magie obliegt, zu einem eigentümlich störrischen Mut und stieg zu der Geschwulst hinauf, in der, von außen nicht mehr sichtbar, unterhalb einer von Haaren freien Fläche seine winzigen Augen sitzen mussten, die niemals woandershin als auf seine Teller blickten. Ein Blick, den ich nicht sah, der nur in meiner Vorstellung existierte und dadurch belegt wurde, dass seine Hand mit dem Messer niemals daneben schnitt und die mit der Gabel immer traf.

Ich sah ihn immer essen. Er hatte eine eigene Art darin, vielleicht hat das jeder Mensch. Aber die seine schien auf besondere Weise erprobt. Langsam und trotzig, als läge in diesen Speisen mehr als Fleisch, Gemüse, Flüssigkeit, Gewürz. Er hielt immer wieder inne, als sei er sich nicht sicher. Und doch aß er weiter. Zögern und Fortgang ergänzten einander zu einem Rhythmus, als läge darin Rettung und Verheißung. Vielleicht sprachen die Speisen zu ihm, und der Schnitt durch das Steak, die Entenbrust, die Gabelung des Gemüses, das Aufspießen einer Kartoffel, das Schlürfen eines Löffels Suppe oder das Aufsaugen der Soße mit einem Stück Brot lösten die Antwort auf eine stumm gestellte Frage aus. Gnade oder Hoffnung auf eine nicht eintretende Stimmung, aber ewiger, ebenso trotziger wie heiliger Versuch, nicht aufzugeben.

Es war eindeutig mehr als nur der blanke Genuss am Geschmack, die Sicht auf die Speisen, die Speisung eines gewöhnlichen Hungers, was er mit dieser Nahrungsaufnahme betrieb, so viel konnte ich, irgendwann erfahrener werdend, daraus erkennen. Nur worin dieses Mehr bestand, wurde mir niemals klar, was auch immer seine Teller ihm boten. Er trank sehr schnell und in großen Schlucken, was nur daran zu sehen war, dass sein Glas sich schneller als seine Teller leerte. Nicht, dass ich ihn wirklich hätte schlucken sehen können in diesem wurzellosen Hals.

Seine Teller, einen nach dem andern, und mir war, als äße er von jedem Gang die doppelte oder dreifache Menge, räumte er sorgfältig frei. Zuerst dachte ich, es würde mich an einen Auszug erinnern. Dann kam mir die Idee, er räume die Zimmer nur leer, um mit dem nächsten Gang die Räume anders eingerichtet vorzufinden. Bald aber merkte ich, dass auch das nicht stimmte. Er war an keiner Veränderung des Inventars interessiert. Ich vermutete bei meinem vierten oder fünften Aufenthalt, dass er um sein Leben äße, nur um erneut festzustellen, wie sehr ich im Irrtum war.

Er liebte die Speisen, wie mir schien, ohne sie zu genießen, oder wenn er sie genoss, so lag eine seltsame Keuschheit darin, als wolle er sie schonen, trotz seines Bisses, als wäre es ihm lieber gewesen, sie nur durch seinen Körper wandern zu fühlen, ohne sie zu zerstören, zu verdauen und auszuscheiden. Dieser Eindruck verdichtete sich später zu der Überzeugung, das Verschlingen selbst täte ihm Leid. Er aß zielgerichtet, aber hilflos, wie in Trance. Während dieser mittleren Zeiten vermisste ich seine Mimik am meisten, die mich, wie ich mir kurzzeitig einbildete, hätte leiten können.

Zwischen dem Kellner, der genau seine Zeiten des Bringens und Abräumens kannte und um die Dauer wusste, die der Mann, der für mich nach all den Jahren immer noch keinen Namen hatte, auf die einzelnen Platten verwandte, schien es ein stummes Einvernehmen zu geben, wie zwischen Menschen, die einander lieben, ohne miteinander sprechen zu können. Der Kellner wusste, dass der, der da aß, an einer nicht zu heilenden Wunde litt, und wusste nicht minder, dass die einzige Form, das Leiden zu lindern, darin bestand, es kommentarlos zu bedienen.

Bei einem erneuten Aufenthalt kam mir plötzlich voller Angst in den Sinn, er könne irgendwann früher mit dem Essen fertig sein als ich, obwohl es dafür keinen Anlass gab. Er war immer vor mir essend da gewesen und aß immer noch, während ich schon im Begriff war, meine Rechnung zu begleichen und das Restaurant zu verlassen. An jenem Abend bat ich den Kellner, ihm auf meine Rechnung von zwei Gängen eine weitere Portion anzubieten. Der Mann schaute nicht auf von der unverhofften Ergänzung seines Mahls. Aber er nickte kurz, währenddessen seine dicken Backen und auch die Wülste über den verschwundenen Augen wackelten, und ich wusste, dass er verstanden und mich trotz seines niemals aufblickenden Kopfes wahrgenommen und über die Jahre wieder erkannt hatte.

Als ich im letzten Mai anlässlich eines Kongresses wieder in Paris zu tun hatte und in das Restaurant zum Essen ging, war der Mann fort.

Auf den Plätzen auf der Bank, wo er gesessen hatte, saß eine Gruppe von Menschen, die sich gut unterhielt. Ich zögerte den Bruchteil einer Minute, fragte mich sogar, ob ich mich im Restaurant vertan hätte, bis ich den Raum genau aber als denjenigen erkannte, der er immer gewesen war. Und setzte mich. Die Gruppe brach vor mir auf, und ich ertappte mich dabei, wie ich während meines Hauptgerichts auf seine Ankunft, sein Niedersetzen, die wortlose Entgegennahme seiner Speisen und ihre Vertilgung wartete: Ich wartete auf den Beginn der Prozedur, dessen Zeugin ich niemals zuvor gewesen war. Ich hatte ihn nie aufrecht gesehen, nie kommen, nie gehen. Ich wusste nicht, wo er zu Hause war, wie weit sein Weg war, und was er machte, wenn er nicht an diesem Ort zu Abend aß.

Er kam nicht. Die Plätze auf der Bank unter den Spiegeln und vor dem Tisch wurden erneut von einer anderen Formation besetzt.

Ich aß. Der Kellner, der mit stummen Fragen Erfahrung hatte, löste meine Verwirrung auf. Vielleicht auch hatte ich zu oft zu den neu besetzten Plätzen hingesehen.

»Er ist tot, Madame«, sagte er. Ich spürte, wie die Kälte kam, und bat um die Rechnung.

»Wann?«

»Vor einem Monat, Madame.«

»Woran?«

»Ich weiß es nicht. Fragen Sie den Patron. Er kennt einen, der ihn kannte. Fragen Sie den.«

»Wie war sein Name?«

»Charles, Madame.«

Von dem Patron erhielt ich eine Adresse. Damit in der Tasche ging ich aus dem Restaurant. Es war so warm in der Stadt. Es war dichter Frühling in Paris. Die Platanen auf der Place Dauphine überwölbten dick belaubt einen der schönsten stillen Orte mitten in der von Touristen zerfressenen Metropole. Ich lief. An der Seine entlang in Richtung Norden, machte kehrt, über den Pont des Arts, und lief gen Süden. Lief. Mit rebellischem Magen. Ich will diese Geschichte nicht wissen, dachte ich. Seine nicht. Nicht in Verquickung mit mir.

Paris im Mai. Im Mai Paris. Mir war so kalt. Und durch meinen Kopf zog eine andere Geschichte, die ich nicht hatte wissen wollen. Ein Freund hatte sie mir angetragen, Jahre zuvor, eine Geschichte, die aufzusuchen und zu schreiben ich mich geweigert hatte, weil mir der Mut fehlte, jemandem nachzugehen, der sich, ausgeschlossen aus dem menschlichen Raum, nicht äußern kann. Das war die Geschichte des Elefantenmanns auf der Praca Rossio in Lissabon. »Fahren Sie also hin. Gucken Sie ihn sich an. Und erzählen Sie was über ihn«, schrieb mir der Freund. »Und beeilen Sie sich, wenn Sie nach Lissabon wollen. Im letzten Jahr stand der Mann noch, in diesem Jahr saß er die ganze Zeit, und wer weiß, vielleicht liegt er im nächsten schon …« Ich antwortete ihm, ich könne nicht. Mir würde es an Mut dazu fehlen. Dazu reiche meine Sprache nicht. »Bitte, verstehen Sie mich, schicken Sie eine andere da hin.« Und noch während ich dieses schrieb, erinnerte ich mich an eine zweite Geschichte, die so wenig erfunden ist, wie sie mit der ersten von dem Elefantenmann in Zusammenhang steht. Sie drängte sich auf als zerrendes Trugbild, das einer Unterlassung Vorschub leistet, und ich gab nach.

Ein Mann hatte im Wald ein junges Reh angefahren. Im Rückspiegel seines Autos sah er es reglos auf der Straße liegen. In seiner Hilflosigkeit fuhr er zurück und schlug auf das Tier tödlich ein, um sein Leiden abzukürzen, wie er später einem Polizisten erklärte, der auf Veranlassung des Försters kam. Der Beamte ging um den

Wagen herum und sah ein weiteres Kitz vorne am Kühler kleben. Sind Sie Wilderer? Für den Verkauf oder Eigenverzehr?

Es gibt keine Verbindung zwischen diesen Geschichten, tröstete ich mich. Es ist Mai in Paris. Ich laufe die Seine entlang. Ein Mann hat sich zu Tode gefressen, ein anderer versinkt auf der Praca Rossio in einer unaufhaltsamen Krankheit aus wucherndem Fleisch, sie kennen sich nicht, und die Rehe im Wald oberhalb von Turin werfe ich in die Dora. Nur der Schrecken unterstellt die Verbindung. Du hast damit nichts zu tun. Wirf den Zettel in den Abfall. Fremdem Leiden kann sich keiner verbinden.

Ich traf Monsieur Madou am nächsten Abend. Er hatte mir ein anderes Restaurant vorgeschlagen, ganz in der Nähe. So als wolle er das Schlimmste verhindern. Aber was wäre das Schlimmste gewesen? Schlimmer als der Tod? Oder wusste er mehr darüber? War der Tod eine Erlösung?

Ich versuchte ihm begreiflich zu machen, wie es zu meinem Interesse an Charles gekommen war. Aber das schien ihn nicht zu bewegen. Er wollte erzählen. Von Charles. Nach wenigen Worten hatte ich den Eindruck, er vermisse ihn stark. Er hatte Charles betreut wie ein debiles Kind, und doch war das Erste, was er mir dringlichst versicherte, dass Charles, egal wie er ausgesehen hatte, nicht debil gewesen war. In den späten Jahren war M. Madou immer, wenn Charles nicht gegessen hatte, in seiner Nähe gewesen, und dennoch kannte er seine Geschichte nicht genau. Aber nun, da sein gewichtiges Mündel gestorben war, schien er unter den Gefühlen des Toten selbst zu leiden, als hätte er sich verpflichtet, sein Erbe zu sein. Er kam mir traurig vor, und traurig monoton stopfte er erst eine Pastete, dann einen Fischeintopf, darauf ein Steak Bearnaise, weiter Käse und schließlich eine Charlotte Russe in sich hinein, die er mit drei Espressi hinunterspülte. Dazu bestimmt einen Liter Wein.

»Er ist immer alleine geblieben, wenn Sie verstehen, was ich meine.«

Ich schüttelte verwirrt den Kopf.

»Er war unschuldig, noch als er starb.«

Ich wusste nicht, was er mit Unschuld meinte. Welch altmodisches Wort. In welchem Zusammenhang und wem verpflichtet?

»Er lebte nach einer – Doktrin?«

»Er lebte seine Geschichte, das war alles, was er tat. Er tat sein erwachsenes Leben lang nichts anderes, als seine frühzeitige Geschichte zu leben.«

»Ich habe ihn nur essen sehen. Aber das ist noch keine Geschichte. War er krank?«

»Ich weiß es nicht, Madame. Er hatte, glaube ich, einen Entschluss gefasst. Aber ehrlich gesagt, weiß ich nicht, wann. Wir haben nie darüber gesprochen. Wir haben nur unsere Fantasien dazu gehabt.«

»Wir?«

»Die aus dem Viertel, die ihn kannten. Aber keiner von uns weiß, ob er die richtige Vorstellung davon hatte. Natürlich hat man sich so seine Gedanken gemacht, als er immer dicker wurde. Es war Anfang der Achtzigerjahre, als jene Kinos üblich wurden, die mehrere Filme in immer kleineren Vorführräumen gleichzeitig zeigten und die alten Kinopaläste mehr und mehr verschwanden. Es war eine furchtbare Zeit, Madame. Vielleicht erinnern Sie sich nicht, Sie sind zu jung.«

Ich wollte einen Einwand erheben, aber er ließ es nicht zu.

»Charles war zwölf, wie wir.«

Er ist viel jünger als ich gewesen, dachte ich, aber ich hielt meinen Mund.

»Das Kind einer arbeitslos gewordenen Hausmeisterin und eines Automechanikers, der an Fischvergiftung starb. Sie hat dann als Bonne die Wäsche gemacht und an einer Tankstelle auf dem Boulevard St. Germain ausgeholfen, die es jetzt nicht mehr gibt. Manchmal ist es seltsam, was das Leben macht«, sagte M. Madou vor sich hin. Einen Augenblick lang schien er von mir weg zu träumen hin zu jener Zeit, als wäre es ihm plötzlich in den Sinn gekommen, den Film anzuhalten, die Rolle zurückzudrehen und neu zu schneiden, als mache er sich auf die Suche nach Schnipseln, die man einrücken könnte, vergessene Passagen aus Zelluloid, die dem Ganzen eine andere Richtung geben würden... Ich wäre ihm gerne behilflich gewesen, aber ich war fremd in Paris.

»Wir gingen trotzdem in die Kinos. Wir wussten alle nicht, was es Besseres gegeben hätte, als die Mädchen anzugucken, Bier mit Grenadine zu trinken und ins Kino zu gehen. Wir waren immer eine Horde, wenn Sie verstehen, was ich meine. Aber wahrscheinlich verstehen Sie das nicht, Sie sehen nicht so aus, als seien Sie je in einer Horde ins Kino gegangen. Und dann sahen wir diesen Film. Danach ist Charles für uns zu einer Figur aus diesem Film geworden. Aber ich habe mich oft gefragt, ob es wirklich dieser Film gewesen ist, der ihn zu dem machte, was er wurde, oder ob das nur ein Zufall war. Er hat nie etwas dazu gesagt. Aber nach dem Film fing er an, diese Törtchen zu kaufen und sie den Mädchen zu schenken. Sahnetörtchen, wissen Sie, mit einer eingelegten Zuckerkirsche drauf, wie der Junge im Film sie diesem dicken Mädchen schenkt, weil er etwas von ihr will. Das war die Szene. Alle haben ihn nur noch ›Das russische Törtchen‹ genannt.«

Er sah mich erwartungsvoll an. Aber ich wusste nicht, was er meinte, ich kannte den Film nicht.

»Sie kennen den Film nicht? Er heißt *Es war einmal in Amerika*. Ist auch egal. Irgendwann fing er dann an, die Törtchen für sich zu behalten und selbst zu essen, keiner wusste –«

Er hielt inne und starrte auf eine Frau, die das Bistro nervös betrat und hilflos um sich blickte. Sie war mittlerer Statur, auf den ersten Blick eher unscheinbar, doch dieser täuschte sich in ihrer zerfahrenen Bewegung. Ihr Körper war sehr filigran, aber jung war sie nicht mehr. Eine unausgeglichene Anmut lag in ihrem Gang, als brächte sie ihre Glieder nicht mehr in Einklang. Ganz besetzt war er von ihrer zarten Rührung, eine Balletteuse, die den Einsatz des Tanzes verpasst hatte und den Rhythmus nicht mehr auffangen konnte. Diese zerfahren winkenden Glieder unter dem ungewöhnlich langen Haar, das ihr bis hinab zu den Hüften reichte! Das Haar überstimmte das Alter der Frau, ohne es vertuschen zu können. Es wirkte unnatürlich, nicht aus ihr herausgewachsen und in seiner Länge zu einem bestimmten Zeitpunkt erstarrt: Schon wieder hatte jemand den Film angehalten. Ihre Haut war sehr blass, sowohl die im Gesicht als auch die ihrer entblößten Arme. M. Madou sah sie voller Abscheu an, ich aber mochte sie sofort, obwohl ich sie nicht kannte.

»Sie gehört hier nicht hin«, sagte M. Madou, Abneigung behauptete seinen Ton. Er schien genau zu wissen, was er sagte.

Einige der anderen Gäste im Lokal hatten aufgesehen, berührt durch die Luft, die sie durch ihr Kraulen in Bewegung gebracht hatte. Unvermittelt drehte sie sich zur Theke und beschimpfte wild den Mann dahinter, offenbar der Wirt des Restaurants.

»Nun läuft sie also überall herum und beschimpft die Patrons.«

Ich sah ihn fragend an.

»Amanda, die irre Amanda. Manche behaupten, sie hätte Charles auf dem Gewissen. Auch ihr hat er mal ein russisches Törtchen geschenkt. Damals neigte sie noch zur Korpulenz.«

»Aber dann?«

Mein Gegenüber zuckte mit den Achseln. »Was kann man wissen? Eine Hure. Bekannt in diesem Viertel, mehr nicht. Sie wird schon ihre Geschichte haben …«

»Aber was hat das mit Charles zu tun?«

»Mit Charles, wieso mit Charles?«

»Sie sagten doch, sie hätte ihn auf dem Gewissen.«

»Ich habe gesagt, manche behaupten das. Er hat ihr mal ein russisches Törtchen geschenkt.«

»Aber Sie sagten doch, er hätte vielen diese Törtchen geschenkt. Und sie irgendwann dann selber gegessen. Und die anderen, denen er die Törtchen schenkte?«

»Was weiß ich. Sind Sie eigentlich von der Zeitung?«

Ich schüttelte den Kopf.

»Ach so, Sie sind nicht von der Zeitung. Jojo sagte mir, Sie seien von der Zeitung.«

»Jojo?«

»Der Patron, wo Charles immer gegessen hat.«

Amandas Tirade war verebbt. Ihre Arme hingen trostlos an ihrem Körper, das Haar bedeckte ihren Blick. Erst in der Starre fiel mir auf, wie dürr sie war.

Wir sahen ihr nach, als sie langsam, als hätte sie nicht zum ersten Mal aufgegeben, das Restaurant verließ.

Auch M. Madou war verstummt, bis er mich fragte, ob das Essen eine Einladung gewesen sei. Ich nickte und verlangte nach der Rechnung.

»Sagen Sie mir noch eines, M. Madou. Wovon hat Charles gelebt, was hat er für einen Beruf gehabt? Es muss ziemlich teuer gewesen sein, jeden Abend im Restaurant diese Mengen zu essen. Wer hat dieses abendliche Essen bezahlt?« Ich wusste plötzlich, ich hatte einen unwiderruflichen Fehler begangen.

»Er hat keinen Beruf gehabt. Wir haben die Essen bezahlt. Wir alle. Und, ist was falsch daran? Ist was falsch, in aller Barmherzigkeit für einen alten Kumpel zu sorgen?«, stieß er wütend hervor.

Ich wagte trotzdem noch einen letzten Vorstoß. »Und wo hat man ihn begraben?«

Er sah mich voller Widerwillen an. Er sah aus, als hätte ich ihm in die einzelnen Gänge des Menüs gespuckt, das er kurz zuvor auf meine Rechnung gegessen hatte, und als käme ihm das Ganze als verquirlte Suppe hoch.

»Auf dem Père.«

»Auf dem Père«, konnte ich mir nicht verkneifen zu wiederholen. »Welch eine noble Adresse für einen Toten, der keinen Beruf, keine Familie und keine Geschichte hatte.«

»Wer sagt Ihnen, Madame, dass er keine Familie hatte?«

Ich stand auf. Er blieb. In der Tür, als ich das Bistro verließ, sah ich mich noch einmal um. M. Madou war zum Tresen gegangen und tuschelte mit dem Wirt. Er hielt inne, als er mich innehalten sah.

Amanda war schon verschwunden. Die Place Dauphine war menschenleer. Die Blätter der Platanen rauschten leicht, die Luft war mild, es war Mai. Es war Frühling in Paris.

Ich ging ein Stück die Seine entlang, überquerte den Pont Neuf und lief durch die leer gefegten Straßen. Mir war, als müsse ich Amanda suchen. Aber wo? Und fragen? Gewiss nicht mehr die da, von denen ich gerade gekommen war. Und die in dem Restaurant, in dem Charles gegessen hatte, steckten mit M. Madou unter einer Decke. Aber was für eine Decke war das, und was war unter ihr? Nur diese Männer, diese Horde, die gemeinsam ins Kino gegangen war?

Ich wurde erwischt von einem Bateau Mouche, das mit seinen Scheinwerfern erbarmungslos die Fassaden des linken Ufers beleuchtete. Mitten in der Nacht. Immer hatte ich mich gefragt, wie das erlaubt sein kann, Menschen in ihrer Ruhe zu stören, nur um etwas zu suchen, das einen frivolen Reiz bedient.

Ich schlug mich in die kleineren Seitenstraßen, verirrte mich ein Stück in einem anderen Jahrhundert, vergaß meine Frage nach Amanda, landete auf dem Boulevard St. Germain und merkte schließlich, wie weit ich ins Abseits geraten war. Schnell und vollkommen übermüdet, zu schnell, um den Gang durch das einsame, mitternächtliche Paris noch zu genießen, lief ich zum Quai zurück und von dort aus in das Gewirr der kleinen Gassen, in einer derer ich zu Hause war.

Angekommen in der rue de Savoie stolperte ich die Treppen hinauf und bildete mir kurz ein, in dem Apartment meines amerikanischen Freundes sicher zu sein vor den Gespenstern, die ich selbst gerufen hatte. Ich machte kein Licht. Es war nicht nötig. Die Fenstertüren nach hinten und vorne raus waren unbehangen und ließen auf der einen Seite die Straßenbeleuchtung, auf der Rückseite die natürliche Erhellung der Stadt in die Zimmer. Ich öffnete die Fenstertüren und ließ die Nachtluft herein. Das Essen. Es wühlte in meinem Magen. Es würde Tage dauern, bis ich es losgeworden sei. Ich wusste nicht einmal mehr, was ich gegessen hatte. Ich hatte doch gegessen? Aber hatte ich aufgegessen, hatte ich dasselbe gegessen wie Madou? Ich hasste Pastete, der Fischeintopf war vielleicht auch in meinem Menü gewesen, aber niemals das Steak. Und hatte ich etwas zurückgehen lassen oder alles auf dem Teller? Ich hatte ihm gierig zugehört. Aber mir war übel, mein Magen fühlte sich leer an, als hätte ich alles zurückgewiesen, nur Wein getrunken und geraucht. Ich konnte mich nicht erinnern. Auf Patricks unerschütterlich weißen, steifen Leinenlaken warfen die angeleuchteten Bäume ihre Schatten, grazil eine Schönheit verheißend, die meint, die Welt der Nacht sei frei von den schmatzenden Geräuschen, die Fleisch macht, wenn es aufquillt und dann in sich zusammenfällt. Dieser Ort war immer grau und rein gewesen, selbst die Jahrhunderte, in denen er existierte, hatten nichts als ihre pure Anmut in all dem Verfall hinterlassen, nirgendwo auch nur die Ahnung einer halb schalen Übertreibung, die Erinnerung an eine zu Verzweiflung verklumpte Leidenschaft.

Kaum zu glauben, dass in der Flucht von Zimmern, aus denen diese Restwohnung herausgeschält worden war, einmal eine Person sich übergärt, maßlos hier getafelt hatte, und doch so wahrscheinlich, war ich doch in der Stadt der großen Fressen und der großen Schlachten, in der man mit dem Fressen und dem Schlachten alle akuten wie chronischen Schwierigkeiten zu lösen beliebte. Immer schon. Hier hatte es die größten Abdeckereien der Welt gegeben, der Bauch von Paris hatte ihre Produkte gefordert und vertilgt und in Chicago Schule in Dosen gemacht, hatte New York und Hongkong und Peking und Moskau und Petersburg und Berlin infiziert und den deutschen Provinzen als Vorbild gedient. Und das sollte alles in einem sahnegeschlagenen Törtchen gerieren, verziert mit einer Zuckerkirsche? Sahne? Sahne. Ein wirrer Wachtraum am Fuß meines Schlafs ließ mich in einen kleinen, weißen Spruch gleiten, den ein Kind getan hatte, ein Kind, das ich nur flüchtig kannte, als es noch nicht sprechen konnte, ein Spruch, kolportiert von seiner entzückten Mutter: Mama, du bist so schön, wie Sahne weich ist. Und dann schlief ich ein.

Als ich erwachte, dachte ich, ich hätte einen Traum gehabt. Aber es war immer noch Frühling. Ich war in Paris. Durch die weit geöffneten Fenstertüren fiel das Sonnenlicht und milde Morgenluft. Und die Erinnerung an die letzte Nacht.

Ich dachte sofort an Amanda. Und als ich an Amanda dachte, verweigerte ich jede Suche nach ihr und die Geschichte von Charles. Mein Zug ging um 13.20 vom Gare du Nord.

Zu viel Zeit für ein französisches Frühstück in der rue de Buci. Und so fuhr ich danach, schon bepackt mit meiner Reisetasche, zum Père Lachaise und fragte nach seinem Grab.

Ich fragte, indem ich sagte, als sei ich von hier, vor einem Monat ist hier ein monströs dicker Mann beerdigt worden, der an Überfettung starb, sein Vorname war Charles und seine Freunde oder seine Familie oder die Familie seiner Freunde und die Freunde seiner Familie hatten ihm ein Grab gestiftet. Besser hätte ich gesagt: Ein Denkmal gesetzt.

Der Concierge fand meine Beschreibung weder mutig noch bedenklich. Sie war genau genug, um die Stelle zu bezeichnen.

Es war ein Monument aus Stein. Ich hatte eine hiesig übliche Grabplatte erwartet, üblich für normal tote Bürger einer französischen Stadt. Aber das, was man Charles gebaut hatte, übertraf das Übliche bei weitem. Das alleine hätte vulgär gewirkt und mich abgesehen davon nur in weitere Spekulationen getrieben, in deren Anfang ich mich bereits am Abend zuvor befunden hatte. Aber es war nicht der kitschige Palast allein. Am Fuß der Säulen des monströsen Monumentes saß Amanda.

Als sie mich kommen sah, streckte sich der Rücken der zusammengesunkenen Ballerina, und sie wirkte nicht mehr wie einer der hier nicht seltenen Engel aus Stein. Mir wurde etwas übel, als sie anhob zu sprechen, übel konnte mir vom Frühstück allein nicht sein, es war nur schwarzer Kaffee und ein Croissant gewesen.

»Wozu also nun, so dünn, so schön? Aus diesem Körper können nur noch Worte kommen«, sagte sie.

Und sie trank. Was immer sie da bei sich hatte. »Niemand hat mich zuvor in all den Jahren trinken sehen. Da, sehen Sie, das bin ich. Ein russisches Törtchen. Ohne Sahne, abgemagert bis auf die Knochen. Für alle hat er bezahlt, und alle haben sie gelacht, und niemand hat was gesagt.«

»Und niemand hat etwas gesagt?«

»Bis ich es sagte. Aber es waren nur Worte.«

M. Madou hatte mir einen Film erzählt.

Eine Anekdote wäre mir lieber gewesen, dachte ich, als mein Zug den Gare du Nord verließ. Oder ein Märchen.

Mit Dank an Johannes Diefenbruch, Rainer Facklam, Steven Leszinski-Slowik, Alexander Unterholzner & Norbert Wehr.

Maxim Biller

Polanski, Polanski

Bevor der Gast aus Moskau meine Schwester Klawdija vergewaltigte, aß er sich bei uns erst einmal richtig satt. Zur Graupensuppe gab es Piroggen mit Kartoffeln und Kohl, danach stellte Mama eine armenische Basturma auf den Tisch. Polanski riss mit dem Besteck die blutige Lende in Stücke, er tunkte sie in die dunkle, aserbeidschanische Granatapfelsoße, das Blut und die Soße spritzten über die Tischdecke und über sein Jackett, und Polanski sagte auf Russisch zu meiner Mutter: »Gesegnete Emigration, Anna Abramowna! Die Flecken auf meiner Jacke werde ich hüten wie Andenken aus dem Paradies!«

»Aber ich bitte Sie, Grigorij Michalytsch«, sagte Mama, »das bisschen Gemüse und Fleisch.«

»Nein, Anna Abramowna, sagen Sie nichts. Wann hat es bei uns so etwas das letzte Mal gegeben? Vor den Kommunisten? Nicht einmal zur Zarenzeit ... Russland hungert seit tausend Jahren«, sagte Polanski mit bebender Stimme, und sie wurde noch brüchiger, bewegter, als er dann ausrief: »Ach, ich liebe jeden einzelnen Schlachter und Metzger von Berlin!«

Wir alle vier schwiegen.

»So könnte Glück schmecken«, sagte Polanski in die Stille hinein. Er füllte den Mund mit einem neuen, wieder viel zu großen Stück. Das Blut floss an seinen Mundwinkeln hinunter, es floss über sein breites, unslawisches Kinn. »Dieses Fleisch ist wie Honig, wie Mehltau, wie Gold!« Er wischte sich mit dem Ärmel ab und musterte mit seinem Kannibalenblick mich und meine Schwester. »Und diese Kinder auch«, murmelte er. »Kinder des Westens, Kinder ohne Angst, Kinder mit Zukunft!«

Die dicke Klawdija und ich sahen uns an, wir zogen unsere eingespielte Äffchengrimasse, und dann lächelten wir, aber Klawkas Lächeln war anders als sonst, wenn wir uns über jemanden lustig machten.

»Ich wünschte, ich könnte wie Sie ein Kreuz hinter Russland machen, Iwan Iwanytsch«, sagte Polanski zu meinem Vater. »Aber die Verantwortung, die ich habe, überwiegt alles Persönliche.«

Mein Vater nickte. »Grigorij Michalytsch«, sagte er, »trinken wir?«

»Trinken wir.«

»Von unserem Wodka oder von Ihrem?«

»Ja, glauben Sie«, rief Polanski aus, »ich habe mich in Moskau nur zum Spaß in die Schlange gestellt?!«

»Annuschka – du auch?«, sagte Vater.

Mutter sah ihn wie einen Verrückten an. »Wann«, sagte sie, »habe ich jemals etwas getrunken?«

»Und die beiden Blondschöpfchen«, sagte Polanski und zeigte auf Klawka und mich, »trinken die?«

»Nicht in meinem Haus!«, sagte Mama laut.

»Sie haben Recht, Anna Abramowna. Kinder sollen niemals vergessen, dass sie keine Erwachsenen sind. So hat man es in Russland immer gehalten.«

Noch während er sprach, sprang Klawka auf und begann, die Teller zusammenzuräumen. Die Teller krachten gegeneinander, das Besteck klirrte, Klawdija stampfte um den Tisch herum, und Polanski sagte: »Habe ich die junge Dame beleidigt?«

»Unsere Klawka«, erklärte Mama, »hasst es, siebzehn zu sein, Grigorij Michalytsch –«

»Westen hin, Osten her«, rief Klawdija dazwischen, und ich fügte, damit nur sie mich verstand, leise auf Deutsch hinzu: »Besserwisser russischer… Provinztrottel!« Doch da hörte mir Klawka gar nicht mehr zu.

»Kinder, es ist genug!«, sagte Mama.

Und Vater sagte: »Trinken wir, Grigorij Michalytsch!«

»Natürlich, Iwan Iwanytsch, wir haben das Trinken ganz vergessen!«

Die beiden leerten ihre Gläser, und Vater füllte sie gleich wieder nach. Dann redeten sie über Politik, während wir ihnen stumm zuhörten. Klawka ging mit dem Tablett in die Küche, sie kam zurück, und im Setzen rückte sie mit dem Stuhl näher an Polanski heran. Vater und er waren noch immer beim gleichen Thema.

Mein Vater ist der einzige Goj in der Familie, und er ist auch der Einzige von uns vieren, dem die alte Heimat fehlt. Wir andern drei Belovs sind froh, das Ganze für immer hinter uns gelassen zu haben. Mama und Klawdija hassen Russland einfach nur, ich aber liebe Berlin, wo wir seit sechs Jahren leben. Die Vergangenheit ist für Mama, Klawka und mich kaum der Rede wert, doch Vater nutzt jede Gelegenheit, um über Russland zu sprechen. Darum lud er Polanski am Abend vor seiner Abreise auf die Schnelle noch zu uns ein.

Jetzt sprachen die beiden über den nächsten Putsch, sie sprachen über die Irren von Kasachstan, Turkmenistan und Moldawien, über die Armee und den Geheimdienst, über die Zukunft und mehr noch über die vergangenen Tage der alten Sowjetunion, und Polanski (der an dem Kongress, den die Firma meines Vaters ausgerichtet hatte, als Mitglied einer hohen Wirtschaftskommission teilgenommen hatte) ließ allmählich seinen offiziellen Ton fahren und wurde zusehends sentimental. Zum Schluss wollte Vater nur noch in seinen Erinnerungen an Russland schwelgen – Polanski aber brachte die Rede jedes Mal wieder auf die Emigration.

Vater wurde von dem Wodka immer schweigsamer. Polanskis Gesicht dagegen füllte sich mit Blut, sein wuchtiger Kiefer schien schwerer und schwerer zu werden, seine Arme auch, sie baumelten nun kraftlos an seinem Rumpf, und dann sah ich, wie Klawka einen von ihren riesigen Schenkeln plötzlich unter Polanskis herunterhängende, halb geöffnete Hand schob. Polanski zuckte, er griff erschrocken nach Klawkas Knie, sie riss das Knie von ihm weg, zur Seite, und schlug mit den Ellbogen laut gegen den Tisch. »Oh, oh, Grigorij Michalytsch!«, rief sie aus. »Nehmen Sie Maß?«

Die Eltern sahen erstaunt zu Klawka hinüber, und ich dachte nur daran, wie mein Großvater mich früher in Moskau mit Quark, Käse und Schokoladenbutter gemästet hatte, um jeden Sonntag mit einem Band den Umfang meines Halses auszumessen. Jeder gewonnene Zentimeter wurde wie ein Sieg gefeiert, und so war ich schon bald das, was man auf Russisch voller Bewunderung einen Jungen aus Blut und Milch nennt. Als meine Schwester alt genug war, dass Großvater auch auf sie aufpassen durfte, päppelte er Klawdija innerhalb weniger Jahre auf jenes Übergewicht hoch, das sie bis heute noch hat. Ich war ein dickes Kind gewesen, Klawka aber wurde eine dicke junge Frau.

»Verzeihen Sie, Anna Abramowna«, sagte Polanski. Er sprang vom Tisch auf, bewegte den kleinen, dürren Körper, der so ganz und gar nicht zu seinem fetten und schweren Kopf passen wollte, wie einen Kreisel viermal, fünfmal durch den Raum. Dann setzte er sich wieder hin und sagte: »Verzeihen Sie – ich habe noch immer einen ganz furchtbaren Hunger.«

Als Mama den Teller mit den eingelegten Auberginen, Salztomaten und Zwiebeln brachte, machte Polanski sich sofort über das Gemüse her. Dazu stellte sie ihm einen Teller mit kalten Lammkoteletts hin, die er bis auf die Knochen abnagte, und an den Knochen saugte und lutschte er so lange herum, bis sich kein Tropfen Mark mehr in ihnen befand.

»Es gibt noch italienischen Schinken und luftgetrocknete Wurst aus der Normandie«, sagte Mama.

Aber da lehnte sich Polanski müde und stöhnend zurück. »Später vielleicht, Verehrteste«, sagte er, und der Lammknochen, den er für einen Augenblick losgelassen hatte, hing nun wie ein Fähnchen aus seinem dicken Affenmund. Er schwieg bedeutungsvoll, aber dann legte er los: »Ach«, rief er aus, »man sollte all seinen Mut zusammennehmen, so wie Sie es getan haben! Man sollte Russland abschreiben, weggehen und ein neues, besseres Leben beginnen!«

»Nein«, murmelte Vater, »Russland kann man nicht abschreiben –«

»– sprach Iwan der Traurige«, unterbrach ihn Klawdija.

»Ihr Vater hat Recht, junge Dame«, sagte Polanski. »Ob Russen, Baschkiren oder Tataren, ob Tschetschenen oder Yakuten – wir alle haben ein Gefühl und eine Pflicht.«

»Wir Juden nicht«, sagte Klawka.

Vater sah sie traurig an, Mama lächelte, und Polanski hob die Hand, er streckte sie Klawkas Sonnenblumengesicht entgegen, dann kniff er sie plötzlich zärtlich in die Backe und sagte: »Keine Stacheln, nur Haut wie Seide.«

Klawka erstarrte für eine Sekunde, aber im nächsten Moment rückte sie ihren Stuhl noch näher an den Gast aus Moskau heran, sie lehnte sich auf den Tisch und berührte mit dem Ellbogen seinen Arm.

»Die jüdische Frage ist natürlich eine sehr ernste Frage«, sagte Polanski.

»Und wie halten Sie es mit der Frauenfrage, Ilja Muromez?«, sagte meine altkluge Schwester. Sie war immer schon viel frecher gewesen als ich, aber heute übertrieb sie es.

Polanski antwortete nicht, er blickte eine Weile in die Leere, dann nahm er sich noch einmal einen von seinen ausgehöhlten Lammknochen vor, Vater goss Wodka nach, und sie sprachen jetzt wieder über Politik.

Polanski schimpfte auf die alte Bürokratie, auf die neue Mafia, auf Jelzins Trunksucht und auf Gorbatschows Weltfremdheit, er sprach ohne große Leidenschaft, es war, als erfülle er ein ihm abverlangtes Pensum. Vater, der vom Alkohol allmählich müde wurde, redete dann auch, er schwärmte und jammerte, und immer, wenn er »Russland« sagte, klang es wie der Gesang von tausend Engeln, und da aber schnitt ihm Polanski mitten im Satz das Wort ab, und er stieß aus: »Ich werde hier bleiben, ich habe es längst beschlossen!«

»Deserteur«, sagte Klawka.

Doch Polanski sah sie nicht einmal an. Er sagte streng und gefasst: »Ich habe alles genau durchdacht. Ich weiß Bescheid. Außer Ihnen, Iwan Iwanytsch und Anna Abramowna, kenne ich in der Fremde keinen – aber ich werde es trotzdem schaffen.«

»Willkommen im Flüchtlingslager Mommsenstraße«, sagte Klawka. »Hausnummer vierzehn, dritter Stock. Klingeln Sie bei Belov, und nehmen Sie sich, was Sie brauchen.«

Ich lachte, und Vater sagte: »Trinken wir erst, Grigorij Michalytsch.«

»Ja, trinken wir.«

»Trinkt nur«, sagte Mama. »Morgen ist sowieso alles anders.«

»Kriegen wir nichts?«, sagte Klawka.

»Sei still.«

»Hören Sie«, sagte Polanski, und man merkte, dass ihm das Sprechen schwer fiel, »hören Sie, Anna Abramowna, morgen wird alles so sein wie heute. Nein – es wird sogar noch schlimmer!«

»Morgen«, erwiderte Mama ohne Regung, »sind Sie schon in Brest und am Abend in Moskau, Grigorij Michalytsch. Ihr Zug geht in einer Stunde, und Iwan bringt Sie natürlich zum Bahnhof.«

»Wenn unser Gast bleiben will, dann bleibt er«, sagte Vater.

»Genau«, sagte Klawka.

Vater stützte seinen müden Wodkakopf in die Hände. »Ich verstehe Sie nicht, Grigorij Michalytsch«, sagte er. »Nein, ich verstehe Sie wirklich nicht. Sie erleben eine große Zeit mit, Sie brauchen einfach nur Mut.« Er schwieg. »Ja, jetzt weiß ich! Sie haben sich blenden lassen! Sie denken, Geld sei ein anderes Wort für Glück!«

»Sie sind, mit Verlaub, ein billiger Propagandist, Iwan Iwanytsch.«

»Dem Westen darf man niemals vertrauen.«

»Sie reden!«

»Bleiben Sie in Russland, Grigorij Michalytsch! Kämpfen Sie!«

»Warum durften denn Sie gehen?«, erwiderte Polanski leise. »Und warum aber soll ich in diesem tausendjährigen Saustall verrotten? Jeder geht oder würde es am liebsten tun. Auch Ihr geliebter Michail Sergejewitsch, wenn Sie es genau wissen wollen! Sagen Sie mir nur: Warum sind Sie gegangen?!«

»Weil…« Vater stammelte. »Weil… Nun ja, die drei da, die haben es so bestimmt.«

»Wir wollten aber nicht nach Deutschland«, sagte Mama kalt.

»Wir wollten nach Haifa, nach Tel Aviv oder Jerusalem.«

»Anna, du weißt genau, Berlin war der Kompromiss. Wir hätten auch in Moskau bleiben können.«

»Du hättest in Moskau bleiben können, Vater«, sagte meine Schwester.

»Ach, Klawa, Klawatschka – du bist ein hartes Kind.«

»Ich bin kein Kind«, sagte Klawka. Sie verschränkte die Arme so, dass dadurch ihre großen Brüste hochgeschoben wurden, sie atmete tief ein und aus, die Brüste gingen hin und her, Polanski sah auf Klawkas Brüste, und dann strich er sich über das schmale Revers seiner grau-weißen Nadelstreifenjacke, deren steifer Stoff an vielen Stellen bereits glänzte. Seine wasserblauen jüdisch-russischen Kinderaugen öffneten und schlossen sich ein paar Mal, und plötzlich erhob sich Polanski, das Wodkaglas in der Hand, er torkelte, er hielt sich mit seitlich verrenktem Arm an der Lehne meines Stuhls fest, und er sagte: »Verehrte Anwesende, Russen und Juden…«

»Selber Russe«, rief Klawdija dazwischen.

»Verehrte Freunde! Ihr erlebt gerade den größten Moment im Leben eines sehr kleinen Mannes! Der kleine Mann bin ich. Und dies« – er richtete die angewinkelten Arme wie flehend in die Höhe –, »und dies ist der große Moment!«

Polanski stieß auf, er fiel auf seinen Stuhl, aber im nächsten Augenblick stand er gleich wieder auf und fuhr fort: »Denkt an den Schlamm vor dem weißrussischen Bahnhof, denkt an die Rotarmisten in Afghanistan, denkt an die Wüstenei, die gleich hinter dem Lenin-Prospekt beginnt! Denkt an Kronstadt, an Prag und Coyoacán in Mexiko! Vergesst nie den Hunger, der uns immer so rastlos und schwach macht, den Hunger, der den Magen schmerzt, aber im Herzen erwacht …«

»Ich dachte«, unterbrach ich ihn, »ihr Russen, Baschkiren und Tataren habt alle ein Gefühl und eine Pflicht.«

»Ja«, sagte mein Vater, »wie ist es damit, Grigorij Michalytsch?«

»Scheißen wir auf die Pflicht, wenn das Gefühl nicht mehr stimmt«, sagte Polanski, er beugte sich zu Mama vor und flüsterte: »Verzeihen Sie das grobe Wort, Anna Abramowna …«

Aber Anna Abramowna waren Worte in diesem Augenblick egal. »Ihr Zug! Sie werden Ihren Zug versäumen«, sagte sie und fügte fast fröhlich hinzu: »Und denken Sie an Ihre Familie, Grigorij Michalytsch.«

»Familie? Ha! Familie!«

Polanski stieß wieder auf, er stieß sehr laut und unappetitlich auf, die Luft entwich seinem Magen, und obwohl er sich die Hand vor den Mund hielt, breitete sich der Geruch von halb verdautem Fleisch und Gemüse sofort im ganzen Raum aus. Polanski schluckte schwer, er stürzte aus dem Zimmer hinaus, und Mama rief ihm hinterher: »Zweite Tür rechts!«

Wir saßen schweigend am Tisch und hörten auf jedes seiner Geräusche. Wir hörten das Würgen und Keuchen, wir hörten das gepresste, fast leidenschaftliche Seufzen, und ich sagte: »Er kotzt so, wie er redet.«

»Sei nicht gemein«, sagte Klawka.

»Iwan«, sagte Mama wütend zu Vater, »Iwan, du hast ihn hierher gebracht, und du wirst ihn auch wieder hinausschaffen!«

Aber Vater antwortete nicht, er schob ihr ein Glas hin und sagte: »Trinken wir, Anna Abramowna!« Dann legte er den Kopf auf den Tisch, seine Stirn senkte sich auf die blütenblaue Tischdecke, und er schlief ein.

Als Polanski zurückkam, wirkte er wach und aufmerksam. »Wer trinkt denn jetzt mit mir?«, sagte er, nachdem er mit einem kurzen Blick Vater gemustert hatte.

»Ich«, sagte Klawka.

»Sie trinken allein, Grigorij Michalytsch«, fuhr Mama dazwischen.

Polanski setzte sich wieder zu Klawka, er machte das Glas voll und trank es in einem Zug aus. Wir schwiegen, und man hörte nur Vaters surrenden Atem.

»Verfluchtes Leben«, sagte Polanski. »Möchte wissen, wer sich das alles ausgedacht hat …«

Vater hob den Kopf und schüttelte ihn heftig. Dann schlief er weiter.

»Verfluchtes Leben, junger Mann, nicht wahr?« Polanski sah mich an.

»Ich weiß nicht«, sagte ich.

»Sind Sie glücklich?«

»Ich weiß nicht.«

»Haben Sie eine Freundin? Sie haben bestimmt eine deutsche Freundin, Sie Glückspilz«, sagte er, »so ein sauberes und schönes blondes Ding, das sich viel zu oft wäscht und überall nach Veilchen riecht.«

Ich öffnete den Mund, ich wollte ihn beleidigen, doch bevor es dazu kam, hatte er sich längst Klawka zugewandt.

»Und Sie, kleine Prinzessin«, sagte er, »haben Sie einen Freund?«

Arme dicke Klawdija! Sie hasste diese Frage. Jeder, der sie ihr stellte, bekam es von ihr immer hundert- und tausendfach zurück.

»Noch nicht«, sagte Klawdija nun aber sanft, fast freundschaftlich, und ein unangenehmer Schauer löste sich in meinem Nacken.

»Und sind Sie glücklich, Fräulein Klawdija?«

»Kann man ein Kind so was überhaupt fragen?«

»Ach, seien Sie bloß nicht nachtragend …«

»Kinder sind so!«

»Goldene Einsicht, Klawatschka«, sagte Mama.

»Sagen Sie es mir«, setzte Polanski wieder an. »Sagen Sie mir, ob eine junge Frau wie Sie schon weiß, was Glück ist –«

»– und ob sie es empfinden kann?«, fiel sie ihm ins Wort.

»Ja, genau.«

»Ist doch eine wirklich blöde Frage«, sagte Klawka, und dann aber sagte sie: »Man muss nur wollen, denke ich, und das Alter ist das Letzte, worauf es ankommt.«

»Ach, das Letzte also …« Polanski schlug sich gegen die Stirn, er biss sich auf seine Kannibalenlippen, er malmte mit seinen Kannibalenzähnen, und er sagte mit seiner Kannibalenstimme: »Ja, das ist die richtige Einstellung. Das lernt man nicht bei uns, das lernt man nur hier – bei Ihnen!«

Er verstummte, und ich dachte jetzt an seinen prallen, aus allen Nähten platzenden braunen Plastikkoffer, der im Flur neben der Eingangstür stand. Ich stellte mir vor, dass er mit Wurst und Schinken gefüllt war, mit kaltem Rinderbraten und mildem Roastbeef, mit Kilotonnen blutiger, säuerlich riechender Schweinebäuche und Innereien – und ich hoffte, Polanski würde endlich aufstehen, diesen Koffer nehmen und weggehen, ganz schnell weggehen, damit nicht am Ende sein russischer Zug ohne ihn abfuhr.

Doch der Kannibale aus Moskau füllte erneut sein Glas, dann nahm er eine Serviette und versuchte, ein Schiffchen zu falten. Aber das Papier war dünn und fadenscheinig, und schließlich zerknüllte Polanski die Serviette. Als er sie in seine Jackentasche schob, entdeckte er darin einen von den abgenagten Lammknochen. Er zog ihn überrascht heraus, und während er ihn wie eine Trophäe betrachtete, sagte er: »Gilt das Angebot mit der französischen Wurst und dem italienischen Schinken noch, Anna Abramowna? Ich könnte, glaube ich, wieder etwas vertragen. Wodka ohne etwas zum Dazubeißen, das ist doch nichts!«

»Morgen, Grigorij Michalytsch«, sagte Mama. »Gehen wir jetzt alle erst einmal schlafen.« Sie atmete tief ein. »Morgen essen wir weiter – wenn Sie wollen.« Sie lächelte, und dann sagte sie: »Geht morgen noch ein Zug nach Moskau?«

»Aber ja«, sagte Polanski traurig, »aber natürlich.«

In der Nacht, als alle schliefen, trafen sich Klawdija und Polanski im Flur. Sie trug den Teller mit der Wurst und dem Schinken, er hatte die letzte Flasche von seinem Moskauer Wodka dabei, und sie wollten sich gerade gegenseitig einen Besuch abstatten. Sie gingen in Klawkas Zimmer und legten sich aufs Bett, und dort unterhielten sie sich flüsternd, sie lachten und sahen einander im Dunkeln ins Gesicht, Polanski erzählte Klawdija von seiner Frau und seinem Sohn Fedor, sie redeten über Russen und Juden und Israel, Klawka wurde schnell betrunken, und dann fing er vom Krieg an, von jenen Jahren, in denen er als achtzehnjähriger Panzerschütze gegen die Deutschen gekämpft hatte, und am Ende sagte er noch, dass Fedor, sein Sohn, Klawka bestimmt auch mögen würde, und Klawka nickte.

Später, nachdem alles vorbei war, kam die Polizei, um Polanski abzuholen. Er hatte sich angezogen und stand nun stumm im Flur, neben der Tür zum Esszimmer. Seine dünnen Glieder schienen zu schwanken, und als sie ihn wegführten, sagte er kein Wort, er bat nicht um Verzeihung, und er beschuldigte auch niemanden. Er schaute keinem von uns in die Augen, er wischte sich mit dem Ärmel den Schweiß vom Gesicht und warf nur einen kurzen Blick ins erleuchtete Esszimmer. Da sah er dann die lange Tafel mit der blauen Tischdecke, es standen noch Gläser und Teller herum, unbenutztes Besteck lag dort, und an dem Platz, wo er gesessen hatte, waren lauter Flecken, Flecken von der Granatapfelsoße und der armenischen Basturma.

Klawka saß noch lange schreiend und heulend in ihrem verwüsteten Zimmer. Nachdem auch der Arzt gegangen war, ließ sie niemanden an sich heran, sie erlaubte uns nicht einmal, für sie das Bett zu richten. Irgendwann hielt Mama es nicht mehr aus, sie ging zu ihr, ich hörte die Ohrfeige, und dann wurde es still, und Vater sagte, sie würden Polanski bestimmt schnell abschieben.

Am nächsten Tag brachte ich Polanskis riesigen Koffer aufs Revier. Doch vorher machte ich ihn natürlich noch auf. Es befanden sich nur ein paar Kleidungsstücke darin, die Kongressunterlagen und eine Plastiktüte mit seinen Waschsachen. Der Rest waren Bücher, zerlesene russische Bücher, Bücher von Tschechow, Ehrenburg und Bulgakow, Bücher, die Polanski den ganzen langen Weg von Moskau nach Berlin geschleppt hatte.

Ulrike Draesner

Es heißt »Lebendiger Mund«

Ein paar Astern stäubten ihre Stempel an seinen Hosenbeinen ab, die kleinen Kieselsteine des Gartenweges knisterten unter seinen Füßen, Lukas ging aufrecht, sich jeden Schrittes sehr bewusst, auf die hellbraune Holztür zu, in einer dunklen Stoffhose von Donna Karavan, einem weißen Armani-Hemd, die Jacke über den Arm gelegt, es war ein erstaunlich warmer Oktoberabend, die Astern am Wegrand stäubten wirklich höllisch, Lukas trug einen schwarzen Tanga von Boss und fand, obwohl er sich aufrecht hielt, dass er tappte, denn es war das erste Mal, dass er… Man muss sich schützen, hatte er gedacht und zog sich nun an der Haustür der alten Villa die Jacke doch wieder an. Das Kondom (von Ritex, glatt) knisterte in seiner inneren Jackentasche, über seinem Herzen, das pochte. Das Kondom war völlig unnötig, aber das wusste Lukas erst später, obwohl er es sich hätte denken können, doch wozu etwas denken, als er auf den goldenen, in einen Ring eingelassenen Klingelknopf drückte, neben dem Schild *Villa Ankona*. Du musst dich schützen, hatte Lukas gedacht, und nicht nur Kondome und Aids damit gemeint, sondern den Schutz von etwas anderem, in ihm. Unschuld war es nun nicht gerade, zumindest nicht im herkömmlichen Sinn, aber es hatte damit zu tun, ein Bereich von Sexualität, den er sich nicht beschmutzen lassen wollte. Wo ging man hin, um sicher zu sein? Den Taxifahrern war nicht zu trauen, alle gekauft; ebenso wenig konnte oder wollte er seine Kollegen fragen (wussten die überhaupt etwas?), also war er zu Beate Uhse marschiert, hatte sich an der Kasse im halb dunklen Entrée durch die Magazine geblättert, am Ende einen Pornofilm gekauft, ohne weiter hineinzutreten in den Gang zu den Gucklöchern und Handkinos, unbeachtet von den an ihm vorbeigehenden Männern, manche schamvoll bemüht, nicht zu sehr zu huschen, andere in demonstrativer Vertrautheit. Er hatte die Kassette eingesteckt, einen grünen Zwanziger ausgestreckt und den jungen Mann an der Kasse, der wie einer im Supermarkt dasaß und den Strichcode vor den Kassenscanner zog, mit demselben Piepsen, nach der Adresse des besten Bordells der Stadt gefragt. Es lag außerhalb in einer Villengegend, und Lukas war von der S-Bahn bis vor die Haustür gelaufen. Sich schützen – also kam er allein und nicht etwa mit seinem Kollegen Wolfgang, und blieb es den ganzen Abend, auf eine seltsame Weise, als wäre er zum ersten Mal beim Arzt, zum ersten Mal in einer öffentlichen Anstalt, zum ersten Mal in einem Flugzeug, zum ersten Mal auf einer Bühne – und all dies zugleich.

Der Himmel zog Wolken als Perlenschnüre über seinen riesigen Körper, der wohl doch nur ein Rücken war, Teil eines gigantischen Rückens. Holunderbeeren standen zu schwarzen Tellern aufgefächert in den Büschen, rochen aber nicht. Sie trug ein bodenlanges weinrotes Kleid, das ihre Figur zeigte. Groß, brünett, höchstens 25, dachte Lukas, während sie hallo sagte, komm rein.

Jeanette duzte ihn sofort, nahm ihm die Jacke ab, als er seinen Namen sagte, Lukas – er hatte sich überlegt, ob er sich anders nennen sollte, doch warum?, auch wenn sie wahrscheinlich anders hieß als Jeanette, Jeanni oder Annett.

Ihre Schuhe waren nicht sonderlich hoch, hatten aber einen schaukeligen, an arabische Harems erinnernden Absatz mit blitzenden Goldstreifen an den Seiten, die Lukas missfielen. Sie ging vor ihm her durch die alte Villa, der man überall die ursprüngliche Wohnaufteilung ansah, was seltsam vertraut wirkte und ein bisschen komisch und aufregend zugleich. Was früher als Empfangsraum oder Salon gedient hatte, war zur Bar umgebaut worden. Andere Zimmer öffneten sich sternförmig dorthin. Als Erstes in die Bar gehen – das war so ungefähr, was Lukas sich vorgestellt hatte – so würde es sich abspielen –, aber dann kam es doch anders. Für die Aufbewahrung seiner Jacke hatte er an der Garderobe 30 DM abgegeben, dafür wurde er jetzt zu einem Drink eingeladen, einen Whisky on the rocks, den eines der Mädchen ihm mixte (die anderen saßen auf den Barhockern oder in einer mit hellem Leder bezogenen Sesselgruppe, ungefähr 10 ingesamt). Er war der einzige Gast; es war ja auch erst kurz nach 18.00 – früh, sehr früh, das war ihm klar gewesen, aber dann, hatte er gedacht, sind alle ausgeruht, und noch frisch, und die Auswahl groß. Lukas nahm einen Schluck von seinem Whisky – nicht schlecht –, und begann sich zu entspannen. Alle geschmackvoll gekleidet, hübsch anzusehen sowieso. Busenansätze, glatte Oberschenkel, durch Falten und Schlitze bewusst enthüllt, dann wieder verborgen, begleitet von Lächeln, die nicht künstlich wirkten, und auch die Kleine hinter der Bar, brauner Pagenkopf, fein geschnittenes Gesicht, deutete alles nur an. Später erklärte eine ihm, dass das Haus keine Schanklizenz habe und daher die Kunden zu ihrem Drink einlade, aber es gehe eben nicht um die Drinks, sagte sie, ihr so wenig wie ihm!, und da war es wieder Jeanette, die sich auf den Hocker neben ihm schob: Ich darf? Er nickte, sie gefiel ihm sowieso am besten. Eine Schwarze kam durch eine der offenen Türen und setzte sich ebenfalls auf das cremefarbene Sofa, fürs nächste Mal, dachte Lukas, doch Jeanette schien ein gewisses Recht auf ihn zu haben, und ihm war es lieb, es laufen zu lassen, wie es sich ergab. So fand er die Bordellgesetze am einfachsten heraus. Die Mädchen machten ruhig ihre Arbeit, Anmache, aber schick, und sehr angenehm.

Licht fiel durch die teilweise offen stehenden, teilweise halb angelehnten Türen rund um die Bar. Schräge Streifen auf Jeanettes Beinen, die unter dem glatten, dunkelroten Stoff des Kleides wie gemacht für Berührungen aussahen. Aber Lukas traute sich nicht, die Hand auszustrecken. In der Bar lief Jazzmusik. Dazu gedimmtes Licht. Der ganze Raum roch gut, nach den Parfüms der Mädchen, ihrem Schweiß und ein bisschen nach dem alten Haus, das sich vermutlich wunderte über das, was es zu sehen und hören bekam. Auf dem Parkett lag ein etwas abgewetzter Perserteppich. Eine Puffmutter war weit und breit nicht zu entdecken; das Mädchen hinter der Bar, das seinen Namen nicht sagte, erzählte, sie hätten einen Manager. Jeanette nippte an einem Wasser und sah Lukas dabei zu, wie er die anderen im Raum taxierte, unverschämt, denn das traute er sich immerhin. Wozu war er schließlich da? Hinter einer der offen stehenden Türen befand sich eine Bibliothek, die renoviert wurde, morgen aber bereits fertig sein sollte. Der Whisky war rauchig mild, und allmählich wurde Lukas' Kehle feucht, sein Blick kehrte zurück auf Jeanettes Schlüsselbeine. Er mochte die Kuhlen, um mit der Zunge hineinzufahren, und vor allem die kleine Beuge in der Mitte des

Halses, wo die Schlüsselbeine ansetzten. Jeanette trug eine silberne Swatch, groß wie eine Männeruhr, das Armband eine einzige glänzende Spange, die sich um ihr gut gebräuntes Handgelenk schloss. Sie hatte eine Stupsnase, volle Lippen und ein schmales Kinn, die blauen Augen nur wenig geschminkt. Ihre Haare lockten sich leicht, sie trug sie in der Mitte gescheitelt, die herzförmige Spitze des Haaransatzes auf der Stirn wirkte wie ein kleiner Schmuckstein und war das Erste, was Lukas berührte, als sie, die ihr Wasser ausgetrunken hatte, erneut sachlich, aber auch ein bisschen verschwörerisch sagte: Bist du so weit?

Die Uhr war das Einzige, was sie nicht auszog. Lukas schaute auf das schwarze Ziffernblatt, als er Jeanette, seine erste Hure, von hinten fickte, eine halbe Stunde später, beim zweiten Mal, das 150 DM extra kostete, solange alles innerhalb der ausgemachten Stunde blieb, und das schwarze Ziffernblatt hüpfte vor seinen Augen auf und ab wie ein verzückt vergrößertes Atom, eben durch ein Sieb von Fremdheit und Erstaunen gekämmt. Lukas fühlte sich für Sekunden wie jemand, der in einem riesigen Netz aufgefangen liegt, als kleines, wohliges Insekt. Ihre Schenkel waren glatt und feucht, sie stöhnte, anders als beim ersten Mal, und da er ihr Gesicht nicht sehen konnte, nur den wippenden Rücken, konnte er nicht entscheiden, ob es echt war – konnte das sein? – eigentlich nicht, aber sie ließ ihm die Möglichkeit, es zu glauben, und das war schon mal mindestens 50 DM wert. Feucht war sie immerhin wirklich; oder wie machten diese Frauen das?

Doch jetzt stand die Uhr erst auf 18.25. Lukas sah sich noch einmal um in der Bar, lutschte einen der Eiswürfel aus seinem Glas. Dass er eben zu Jeanette nur hatte Ja sagen müssen, fand er erneut sehr angenehm, professionell. Sie war sofort aufgestanden, wartete jetzt in der Mitte des Raums und begann einen Strip, den alle ansehen durften – Lukas' Geschenk an die beiden anderen inzwischen eingetroffenen Kunden. Er lächelte in sich hinein bei dem Gedanken an diese Invasion von etwas Demokratischem selbst in den Puff.

Nicht von schlechten Eltern, Jeanette. Zackig, munter, offensichtlich gut einstudiert, zu einem Hip-Hop-artigen Lied, das Lukas nicht kannte. Ihr Busen war kleiner als gedacht, aber was soll's, da schließlich bot Aloe, mager oder nicht, genug.

Aloe. Es war das zweite Mal, dass ein kleines Lächeln über Lukas' Herz kroch, doch es hatte Beine und setzte sie wie ein Falter, oder doch eine Mücke?, die die Stelle zum Einstechen sucht. Er oder sie hinterließ jedenfalls ein bisschen Staub, denn natürlich war Lukas Aloes wegen hier. Unsinn, natürlich war er nicht ihretwegen hier – er ärgerte sich über den Gedanken –, um seiner selbst willen war er gekommen. Der Falter hob ein Bein: aber zickte Aloe nicht so herum, wäre er nicht gekommen und sparte eine Menge Geld, an das Lukas jetzt doch auch kurz dachte, natürlich, denn ein Assistentengehalt an der Uni ist zwar nicht schlecht, aber so ein Edelpuff doch – na ja, eben unberechenbar. Eine heiße Welle von Skrupeln oder auch nur alt eingeübter Sparsamkeit, von Scham, sich selbst etwas so Luxuriöses zu gönnen, von dem man später nichts hatte außer einer Erinnerung, zog über Lukas hinweg. Schnell trank er seinen Whisky aus.

Die anderen Nutten applaudierten Jeanette, die sofort in der Bibliothek verschwand, um sich wieder anzuziehen, für Lukas. Wer hätte gedacht, dass in einem Puff also alles doppelt oder dreifach kam und zudem rückwärts ging, dass nämlich die Hure, die du dir anschaust, sich für alle auszieht und die Intimität dann damit beginnt, dass sie für dich wieder in ihre Kleider schlüpft, mit Slip und Strümpfen und pushup Blümchen-BH. Es lohnte sich doch!

Jeanette trug also einen orangen Stringtanga, und ihr Apfelarsch fiel Lukas nun auch unter dem glatten Rot des Kleides gleich ganz anders auf, als sie vor ihm die alte Holztreppe hinaufging zu ihrem Zimmer. Das Löwenkopfgeländer, geschnitzt für eine Umgebung mit Biedermeiermöbeln und Großvatersesseln, tat den Zweck, den es immer getan hatte, es führte die Hände. Der Löwe am Ende des Handlaufes bleckte die Zähne, als er Lukas entdeckte, und rollte verschwörerisch die Augen. In Lukas' Kopf liefen Bilder des Strips, vor seinen Augen lief Jeanette, und Lukas switchte mit Gefallen im Takt des Stufengehens dazwischen hin und her, her, hin, bis sich im Stakkato der Blicke auch Aloes nackter Körper zwischenschaltete, wie er sie vor ein paar Wochen erst gesehen hatte, als sie sich eine Strumpfhose anzog (sie waren zu einer Geburtstagsparty eingeladen und Aloe kleidete sich dafür im Schlafzimmer um, als Lukas zufällig hereingekommen war). Eine schwarze Strumpfhose mit Naht, auf ihrer nackten Haut. Aloe hatte Lukas gleich entdeckt und ihn gebeten, den Sitz der Strumpfnaht auf ihrer Pofalte zu kontrollieren und gegebenenfalls zu korrigieren, die kokette Sau. Das durfte er, aber nichts sonst! Und er hatte es auch noch getan und sonst nichts weiter versucht, zärtlich sachlich Lukas. Oder war er inzwischen schon so daran gewöhnt, dass er nichts weiter mehr spürte, ja, so weit hätte sie ihn beinahe gebracht. Lukas schnaubte. Da wusste man ja gar nicht, worüber mehr erschrecken: wie abgestorben Aloe war oder wie angepasst er sich verhalten hatte. Aloes Bild schwankte und tat ein bisschen weh. Lukas' Hand schoss hervor und griff an Jeanettes Arsch, der ruhig weiter wie ein Pendel im Kleid hin und her schwang, die Treppe hinauf, Stufe um Stufe, und Lukas' Hand auf der linken Pobacke schwang jetzt mit.

Er fühlte sich wie ein Knabe, ohne Mutter auf einem Ausflug ins Land des weißen Hasen. Alles war möglich. Jeanette öffnete die Zimmertür, eine Mischung aus Ikea und Mädchenhaftigkeit (aber wenigstens ohne Poster an den leicht getönten Wänden). Eine Bar mit Flaschen in einer kleinen Glasvitrine stand gleich am Fenster gegenüber der Tür, daneben ein Toilettentisch mit Schminksachen und ein großer weißer Schrank voller Utensilien, wie sich bald zeigen sollte. Jeanette drehte sich um: 600 für eine Stunde mit einmal, Extrawünsche extra.

Man konnte sie auch für den ganzen Tag mieten oder einen Abend, etwa als Ehefrau, machte 1500, nur einmal ficken und schnell war für 250 Mäuse zu haben etc. Er nahm die Stunde, ohne Whirlpool im Keller, darauf stand er nicht, auch die anderen Kellerräume wollte er nicht erst noch sehen, nein danke, ihm reichte es, einfach reinzukommen in sie, endlich wieder in einer Frau zu sein, no extras. Also buchte er gleich zweimal, sie aber sagte: warte doch ab, und wartete ihrerseits, bis er die sechs Hunderter auf die Frisierkommode geblättert hatte (es war billiger, als er gedacht hatte). Als hätte Lukas durch das Hinblättern des Geldes zum richtigen Ton gefunden, sagte er nur noch: Zieh dich aus!

In Unterwäsche stand sie vor ihm. Lukas lag auf dem Rücken quer überm Bett, ließ Jeanette an sein Hemd, die Unterhose. Eine Stunde, da war langsam ausziehen drin, denn er brauchte noch etwas Zeit. Das Fenster hatte villenmäßige Läden aus Holz, einer war vorgeklappt, über die andere Fensterhälfte hing ein heller, aber blickdichter Vorhang. Das Zimmer war dämmrig, kein elektrisches Licht, nur über der Bar ein paar kleine Halogenstrahler. Eine Amsel sang, vielleicht saßen die Bewohner der Nachbarvilla jetzt beim Aperitif im Wintergarten. Jeanette streichelte Lukas zwischen den Beinen. Sein Schwanz reagierte, Lukas sagte nichts, ließ sich streicheln, stand noch einmal auf und trank einen Schluck Wasser. Als er sich umdrehte, lag Jeanette, mit ihren schönen Schlüsselbeinen und blauen Augen, an denen die Schminke nicht verfloss, nackt im Bett, er legte sich auf sie und drang sofort ein.

Kurz davor streifte sie ihm blitzschnell ein Kondom über, ja, er stand ihm prall, no problem. Der Gedanke an Aloe tat sein Teil, Jeanette tat real ihres, eine hervorragende Kombination, wie er sich rächte – er hatte es nötig – ja, doch, ja – und hier durfte das sein – er krallte sich an ihren Hals, rücksichtslos – das kaufte er sich.

Lukas war erleichtert, wie gut es ging; keine peinliche Niederlage, kein Versagen. Er konnte seinen Trieben eben doch vertrauen, sie funktionierten wunderbar, Speichel floss ihm in der Kehle zusammen, wie zuvor, als er sofort noch ein zweites Mal kam, noch in ihr drin, also galt es nur als einmal, stellte sich später heraus. Sie hatte nicht gestöhnt, aber sich mitbewegt, den zweiten Orgasmus durchaus mitbekommen, denn sie zwinkerte ihm zu, als sie ihm das Kondom wieder abzog, so professionell, wie sie es aufgesetzt hatte. Das war es, was ihn später an einen Arztbesuch erinnerte: die professionelle Geschicklichkeit und Routine ihrer Handgriffe an seinem, ihr doch fremden Körper.

Sie lagen zusammen, wie man nur nach Sex zusammenliegt. Lukas grinste und steckte sich eine Zigarette an, die Jeanette ebenfalls auf ihrem Tischchen bereitliegen hatte. Der alte Raum, der nicht zu dem breiten Bett passte, das schräg fallende Licht, das Tischchen und der Teppich bauten für Lukas und Jeanette aus Gewohnheit (man war in einem Schlafzimmer, nach Sex) ein Stückchen Intimität.

»Was machst du sonst?«

»Ich habe eine Ausbildung als Köchin. Aber da kann ich später noch arbeiten. Außerdem ist das ziemlich ähnlich.«

»Wie bitte?«

»Ja, ich meine, kochst du nicht? Man bereitet es vor, dann wird herumgeschnippelt, angerührt, so wie du in deinem Whisky gerührt hast, und schließlich konsumiert. Und dann ist alles vorbei …«

»Oder fängt von vorne an.«

»Eben! Das ist das Tolle an Körpern, sie sind nie lange zufrieden.«

»Wann fliegst du hier raus?«

»Kommt drauf an, wie man aussieht, spätestens mit 35.«

Sie machte sich einen Spaß daraus, ihn raten zu lassen, wie alt sie war.

»Die Bezahlung ist in Ordnung, so was wie gesundstoßen, nicht wahr?«

Jeanette lachte trocken, es klang echt. Sie hatte eine Goldkrone hinten im Mund.

»Wie viel kriegst du denn?«

»40 %.«

»Und wenn wir noch mal ficken?«

»50 %.«

»Steckst du das manchmal so ein?«

»Meinst du, das würde ich dir erzählen?«

»Gibt es hier Kameras, die uns beobachten?«

Lukas sah sich um, konnte aber nichts entdecken.

»Wenn du willst, gibt es hier alles.«

»Auch die Mädels, die unten rumstehen, auf Video?«

»Sie und ihre Freier.«

»Das nehmt ihr einfach auf und verkauft es?«

»Unsinn, das wäre doch illegal. Nein, manche sind ganz wild, auf ein Video zu kommen mit ihrer Nutte, und zahlen dann auch noch dafür, dass wir es verkaufen. Aber eigentlich machen wir das nicht mehr.«

Jeanette drückte ihre Zigarette aus und stand auf, um ein kleines, auf Kopfhöhe angebrachtes Türchen in der Wand neben dem Bett zu öffnen. Heraus fuhr ein metallischer Schlitten. Die Videokamera, die früher darauf gesessen war, fehlte.

»Neue Direktive von der Geschäftsleitung. Keine Kameras mehr. Wir sind schließlich wirklich ein Edelbordell!«

Er musste völlig verdattert geschaut haben.

»Na, so etwas wie eine große Küche, sagt selbst unsre Chefin. Auf die Idee habe ich sie gebracht. Wenn wir genug Geld haben, wollen wir ein Restaurant aufmachen. Erfahrung haben wir genug, die Logistik ist ja ziemlich ähnlich zu der hier, und das, was vor sich geht, auch. Die Vergänglichkeit feiern, verstehst du?«

Lukas nickte, ohne dabei Jeanettes kleine Brüste aus den Augen zu lassen.

»Sieht nicht so aus, als ob du das Video bräuchtest.«

»Warum nicht?«

»Bestimmt hast du eine Freundin und sonst auch genug Frauen.«

»Fragt ihr eure Kunden immer, warum sie kommen?«

Jeanette stand am Bett und drehte sich vor Lukas.

»Überleg dir was«, sagte sie.

Das Zifferblatt der Uhr trug sie nach innen über den Puls gedreht. Noch eine gute halbe Stunde. Aber die Natur hatte noch ein bisschen mehr Pause an Lukas' Körper vorgesehen, Pause fürs Gespräch und für neue Geschäftsverhandlungen.

»Die meisten kommen sowieso nur, um zu reden.«

Jeanette öffnete den hohen weißen Schrank, um Lukas sehen zu lassen, was es so gab – im Schrank, und, als sie sich bückte, zwischen ihren Schenkeln.

Er sah genau hin. Seine Zunge bewegte sich von selbst.

»Quatschen, quatschen – über ihren Chef, ihre Frau, ihre Freunde. Bringen ihn gar nicht hoch und vielleicht doch, aber nur nebenbei, nach 55 Minuten, reinrammeln, und vorher reden, reden, reden.«

Parfümflakons und Schminkstifte, ein noppenbesetztes schwarzes Halsband mit Hakenring in der Mitte. Alles mit Tarifen versehen, System Puff, normierte Obszönität, einschließlich einer kleinen abgeschabten Stelle im Teppich neben dem Bett, dort trieb sie es gewiss auch. Es war öffentlich und intim zugleich, insbesondere weil sie hier auch wohnte, nachts allein schlief – oder mit ihrem Freund, und nahm sie die Pille, um mit dem auch ohne Kondom zu vögeln, küsste und berührte sie ihn?

»Zieh Strapse an.«

Lukas war überrascht, wie harsch seine Stimme klang. Jeanette warf ihm einen kurzen Blick zu wie »Na, bist du schon wieder drauf?«, kokett-willig-ironisch.

Während sie die Strümpfe einklinkte, wollte sie wissen, was er so mache.

»Ich bin Astronom.«

Lukas hatte kurz gezögert, er hatte keine Lust, in ein

Gespräch über Astrologie gezogen werden, aber er hatte Jeanette unterschätzt, offensichtlich kannte sie den Unterschied.

»Mir war immer egal, was da oben passiert. Mich interessiert das hier unten.«

Sie lachte, trällerte den Anfang von *material girl* und stieg, in Strapsen, über Lukas. Mit gegrätschten Beinen blieb sie stehen. *Der* Blick sei kostenlos!

Er blätterte seine 150 extra hin, und fünf Minuten später tanzte die Uhr vor ihm auf und ab wie ein vergrößertes Atom, und er lag in einem Netz, ein Insekt mit Horn, ruhig und durchströmt, sehr erdig und in ihr drin. Sie war enger von hinten als von vorn, ihre Schenkel besser als ihr Busen, der ohne den Push-up ein bisschen hing (dabei war sie erst 22, sagte sie, und es konnte stimmen). Lukas gelang es, es länger hinauszuzögern als beim ersten Mal, auf- und absteigen ließ er sie – tat ihr weh –, hielt sie hin. Ihr wehtun wollte er, wie Aloe wehtun, und sich etwas Gutes, und genau, so hing es zusammen. Wie er gegen sie fickte, fickte, rammelte, und es machte Spaß, und er tat ihr weh. Schade, dass er es Aloe nicht erzählen konnte. Natürlich hätte er es erzählen *können*, aber es war besser, es heimlich zu tun, sie eben dadurch ihrer völlig blöden Ignoranz zu überführen, ihres Körperwahns, ihres ewigen Kalorienzählens und Dünnerwerdens und nicht mehr mit ihm Schlafens, als habe sie Angst, sein Sperma enthalte auch noch Kalorien. Erzählen würde er nichts. Lukas kam mit dem Oberkörper hoch, fasste Jeanette von hinten an den Busen – sie schrie leise, erstaunt, und zog sie nach hinten mit sich zurück, sodass sie sich bog, ganz bog, mit seinem Schwanz, als er kam und in diesem Moment aus ihr hinausschnellte, wobei das Kondom von ihm abrutschte, sodass er frei spritzte, sein Sperma auf ihre Haut spritzte und ins Bett. Lukas gefiel es, Schluss mit der Hygiene, alle Vorsichtsmaßnahmen ausgetrickst, sich durchgesetzt. Er machte die Augen auf, erlöst lächelnd, in ihrem dunkelbraunen weichen Haar.

Und stopfte sich das Haar in den Mund. Stopfte und kaute darauf, hatte überall die Schlangen von Haar zwischen den Zähnen, es schmeckte leicht süßlich und sog seinen Speichel auf, es fühlte sich verdammt lebendig an. So hatte Lukas noch nie etwas berührt, so mit dem Mund gefühlt, und für einen Augenblick fiel ihm das Ritual des »lebendigen Mundes« in Südkorea ein, er hatte es einmal im Fernsehen gesehen. Relativ kleine Tintenfische, lebendig, standen in einer Plastikschüssel in der Mitte des Tisches. Sie versuchten, sich vor den Metallstäbchen, die schon nach ihnen angelten, verzweifelt in einer Ritze am Schüsselrand zu verstecken, was natürlich nichts half. Sehr praktisch war, dass sie verlässlich mindestens einen ihrer Tentakel auf dem Weg zum Mund um das Stäbchen rollten und so nicht herunterfielen. Der wahre Kampf, das wahre Spektakel aber begann, wenn man sie zwischen den Lippen hatte, daran erinnerte sich Lukas genau, denn der Sepia versuchte dem Esser, der seinerseits versuchte, den Sepia totzubeißen, mit allen Mitteln zu entkommen. Die meisten im Restaurant saßen da mit Tentakeln, die ihnen aus dem Mund an die Nase fassten oder vor ihnen in der Luft ruderten etc., und die Koreaner hatten sich dabei köstlich amüsiert, vor allem über die Europäer, die sich nicht trauten zuzubeißen, weil sie gar nicht wussten, was es hieß, einen »lebendigen Mund« zu fühlen. Damals am Fernseher hatte auch Lukas sich geekelt (und aus Ekel gelacht), all die Tentakel, das Geglibbere im Mund, diese Massage, der kribbelige Kampf, aber jetzt verstand er, warum genau das schön war und mindestens so befriedigte wie ein Kuss, ein unglaublich lebendiger Kuss (den er von Jeanette nicht bekam). Und dann machte es knack, und ein bisschen Salzwasser schoss aus, und es schmeckte hervorragend und ließ sich zerkauen.

Als Lukas ging, richtig hungrig plötzlich und etwas verschwitzt, aber er hatte sich nicht duschen wollen, die Stunde war auch fast vorbei nach dem zweiten Mal (nur Jeanette war kurz im Bad verschwunden), als er das Gartentürchen der Villa hinter sich zuzog, doch ohne es ins Schloss einschnappen zu lassen, für den Nächsten, als Lukas, geradezu pfeifend, hätte er es gekonnt, durch die Villenstraße Richtung S-Bahn schlenderte, beschwingt und ein wenig müde, wie nach einer Heldentat oder einer Initiation, verpflichtungslos gut gelaunt, einmal die Knochen durchgeschüttelt, leer und zugleich voll gepumpt, als er so ging, fiel ihm sogar ein, wo er den weißen Hasen zuletzt gesehen hatte. Auf Neos Computer in *Matrix* war *follow the white rabbit* erschienen, es hatte an der Tür geklingelt, jemand, der Neo Geld zurückgeben wollte, stand draußen, die Frau, die ihn begleitete, trug das Tattoo eines weißen Hasen auf der Schulter. *Matrix* hieß Gebärmutter. Latein hatte Lukas immer gemocht. Er lächelte zum ersten Mal an diesem Abend, ohne dass ihm etwas mit staubigen Beinchen übers Herz kroch und dort Spuren machte wie ein Falter oder ein Wurm. Er war selbst in einer Mini-Matrixwelt gewesen, na ja, nicht ganz (zum Glück nicht ganz, dort gab es ja nur simulierte Nahrung oder seltsamen pampigen Biofraß), aber die Analogie machte ihm Spaß, er als Teil des Systems Bordell, so real und zugleich so ausgeschnitten aus seiner wirklichen Wirklichkeit wie ein TV-Bild. Jetzt war er hindurch, schlenderte wieder hier übers Trottoir, ganz wirklich und scheinbar unverändert, ein gut gelaunter, junger Mann, dem der Magen knurrte und der aussah, als käme er von einem netten nachmittäglichen Tantenbesuch.

Der Mond stand als helle Sichel am Abendhimmel. Die Wiesen auf dem Weg zur S-Bahn wirkten schon winterlich kurz und wie in sich zurückgekrochen. Das Brummen einer großen Straße war hinter der Böschung zu hören. Wie eine Perlenschnur zog sich eine S-Bahn auf ihrem Gleisdamm etwa 200 Meter von Lukas entfernt über den eben noch dämmrigen Horizont. Was dachten Mädchen wie Jeanette, wenn sie beim Tengelmann oder in der Post in der Kassenschlange standen – fühlten sie sich als etwas Besonderes, Geheimes, weil keiner wusste, was sie wirklich taten? Und liefen stolz auf ihr verborgenes Wissen durch die Welt, wie Spione, wie er jetzt – eingeweiht, und zugleich damit wie beschmiert. Er fragte sich, wie vielleicht auch die Kleine an der Bar, die ihm den Whisky gemischt hatte, sich fragte, wenn sie im Supermarkt am Regal mit den gefrorenen Tintenfischringen stand, ob man es ihr ansah oder anroch, ob es so stark war, dass es aus der Haut quoll, die Nebenexistenz – real erlaubt und verborgen zugleich.

In einem chinesischen Restaurant in Institutsnähe bestellte Lukas zur geheimen Feier des Tages eine Ente in Orangensauce. Er zögerte einen Augenblick, ob er Fisch nehmen sollte, fand das dann aber doch übertrieben.

Er hatte sich schützen wollen, und das war gut gewesen, denn natürlich war etwas geschehen. Die Ente war kross und bröckelig. Selbst das Fett unter der Haut, das Lukas sonst immer zur Seite legte, schmeckte ihm heute. Er bestellte Reis nach, sein Hunger wuchs beim Essen, er spürte die Entenstückchen nachgeben, wenn er darauf biss, schmeckte Zwiebel, Knoblauch, Ingwer und schließlich die frische Säure der Orangensauce. Die Gewürze und das Fleisch gingen auf in seinem Mund wie eine körperliche Musik. Lukas aß schnell mit Löffel und Gabel und beobachtete dabei einen Studenten aus dem Institut, der drei Tische entfernt, tiefer im Halbdunkel des Restaurants, eifrig versuchte, eine hübsche Schwarzhaarige anzubaggern. Wohlwollend sah Lukas zu, befriedigt und überlegen, wie einer, der sich beiläufig aus dem Fenster lehnt, während der Zug, in dem er sitzt, um eine Kurve biegt: und voller Erstaunen fällt sein Blick auf den Wagonschwanz, der tockernd und treu zwischen dem Himmelblau und einer oktoberbraun-roten Landschaft dahinzieht wie eine Erinnerung an etwas, was man bis vor kurzem selbst noch war.

Wladimir Kaminer

Schweinekäse aus der Schweiz

In Potsdam fand ein deutsch-russisches Kulturforum statt. Über hundert Teilnehmer versammelten sich im Konferenzsaal eines Potsdamer Hotels: Wissenschaftler, Künstler, Journalisten und Politiker aus beiden Ländern. Ein Ministerpräsident sprach das Grußwort – er freute sich, alle Anwesenden hier zu haben, und lobte den Kulturaustausch. Die Teilnehmer machten es sich bequem und füllten ihre Gläser mit Mineralwasser und Apfelsaft. Bis zur Mittagspause waren es noch gut drei Stunden hin, im Programm war ein Streitgespräch vorgesehen – zum Thema »Die Zeiten verändern sich – ach wirklich?«. Zwei Professoren sollten sich darüber streiten: ein deutscher Ästhetiker aus Wuppertal und ein russischer Philosoph aus Wien.

Wir Deutsche, meinte der Ästhetiker, haben einen großen Wohlstand erreicht, in kürzester Zeit haben wir das Land aus Ruinen wieder aufgebaut. Aber wir kennen keinen Spaß, wir sind nicht richtig witzig. Die Russen dagegen wissen mit ihren Ruinen nichts anzufangen, haben dafür aber eine sehr weit entwickelte Witzigkeit. Sie singen und tanzen gerne. Also könnten die Deutschen und die Russen sich wechselseitig bereichern. Wir beschaffen die Kohle und die Russen sorgen für die Unterhaltung, meinte der Ästhetiker. Sein Beitrag missfiel den Russen. Das haben wir doch alles schon mal gehört, meinte einer aus dem Publikum. Der russische Philosoph verteidigte dann jedoch seinen Kollegen. Zum Beruf des Philosophen gehöre es, meinte er, immer wieder ein und dieselbe Geschichte zu erzählen. Heute hier, morgen dort... Natürlich hat man das alles schon irgendwo gehört. Aber Sie können doch nicht im Ernst verlangen, dass ein Philosoph Ihnen jeden Monat eine neue Theorie über Gott und die Welt offeriert. Ein russischer Dichter meldete sich zu Wort. Er sei zwar immer bereit, den ausländischen Kollegen ein Stück von seiner Witzigkeit zu borgen, meinte er, aber seinem eigenen Volk wünsche er doch, sich ab und zu auch mal mit ernsthafteren Tätigkeiten zu befassen. Allein mit Singen und Tanzen kommen wir nicht weiter, behauptete der Dichter.

Daraufhin regte sich der deutsche Ästhetiker auf: Sie wollen Russland wohl partout europäisieren, seine Besonderheit zerstören – aber ein solches Russland braucht hier doch kein Mensch, wir haben ja schon Tschechien, Polen und Serbien... Nein, nein, dann können sie gleich den Laden dichtmachen, meinte er. Lasst uns lieber über die Mode reden, da habe ich extra etwas vorbereitet, erwiderte der russische Philosoph. Ich lese regelmäßig »Brigitte« und möchte diese Zeitschrift auch Ihnen wärmstens empfehlen. Man kann sehr viele erstaunliche Erkenntnisse im Laufe der Zeit aus Frauenzeitschriften gewinnen – wenn man sie richtig liest... Aber wie meinen Sie, soll der zukünftige kulturelle Austausch zwischen unseren beiden Ländern aussehen?, unterbrach ihn der Ästhetiker. Ich weiß nicht, ich muss überlegen, sagte der Philosoph. Ich werde Ihre Frage gleich nach der

Pause beantworten. Von allen unbemerkt waren drei Stunden vergangen. In der Pause erkundigte ich mich bei meinem Nachbarn, einem deutschen Politologen, der hinter mir gesessen hatte, was an unserem Platz die ganze Zeit so merkwürdig roch. Das kam aus seiner Tasche, klärte er mich auf. Er habe gestern in einem Bioladen aus Neugier ein Stück Schweinekäse gekauft und ihn in seiner Tasche vergessen. Ein Russe, der zufällig neben uns stand, lachte. Was erzählen Sie da für einen Unsinn, Schweinekäse gibt es doch gar nicht, meinte er. Man hat Ihnen im Bioladen wahrscheinlich einfach ein Stück Stinkerkäse angedreht und das bestimmt noch zu einem überhöhten Preis ... Der Politologe war beleidigt. Woher wollen Sie wissen, dass es keinen Schweinekäse gibt? Ich weiß es, versicherte ihm der andere, weil ich Biologie studiert habe. Schweine kann man nicht melken und von daher kann es auch keinen Schweinekäse geben. Der Politologe wurde kiebig: Vielleicht kann man bei Ihnen in Russland keine Schweine melken, weil Ihre Landwirtschaft technisch nicht so entwickelt ist und keine fortschrittlichen neuen Verfahren kennt, aber bei uns in Deutschland bzw. in der Schweiz kann man schon lange so ziemlich alles melken, was Zitzen hat. Der Schweizer Schweinekäse ist inzwischen sogar eine kulinarische Kostbarkeit, er ist jedoch selten und wird nicht überall angeboten. Sie wollen mich auf den Arm nehmen, beklagte sich der Biologe. Die Säue geben nur dann ihre Milch ab, wenn sie von ihren Ferkeln dazu heftig aufgefordert werden. Man muss schon sehr lange grunzen und die Sau kitzeln, um an ihre Milch ranzukommen ... Die Kühe werden doch auch nicht mehr per Hand gemolken, entgegnete der Politologe. So wurden wahrscheinlich auch für Schweine entsprechende Melkmaschinen entworfen. Natürlich ist die Produktion von Schweinemilch sehr teuer, dafür schmeckt sie aber ganz hervorragend. Ich glaube Ihnen kein Wort, sagte der Russe. Es gibt keine grunzenden Maschinen, so wie es auch keinen Schweinekäse gibt. Sie machen doch nur Spaß. Nein, bestand der Politologe, das ist mein voller Ernst. Im Bioladen wird der Schweinekäse im Übrigen von per Hand gemolkenen Säuen angeboten. Da grunzt der Bauer quasi noch selbst. Sie können gern ein Stück von meinem Käse probieren, wenn Sie wollen. Er ist sehr einzigartig im Geschmack, vielleicht wird es Sie überzeugen, schlug er uns vor. Gern, sagte der Russe. Der Deutsche machte seine Tasche auf und holte den umstrittenen Käse heraus. Zu dritt aßen wir ihn auf, er schmeckte tatsächlich nicht übel. Na gut, sagte der Biologe, unter Umständen kann ich mir nun vorstellen, dass die Schweizer so etwas Ausgefallenes produzieren, sie denken sich immer wieder neuen Blödsinn aus. Aber dass der Bauer dabei selbst grunzt, das kaufe ich Ihnen nicht ab, das ist nun wirklich nicht ernst zu nehmen. Die Pause war inzwischen vorbei, die Teilnehmer strömten zurück in den Konferenzsaal. Es geht weiter, grunzte der Politologe, wollen wir uns ihnen anschließen? Ja, gehen wir, grunzte der Biologe zurück. Der deutsch-russische Kulturaustausch wurde fortgesetzt.

Georg Klein

Spree-Novelle

Ich weiß, warum Strohmann die Männer nötigt, wenig zu essen. Und auch die Kerle könnten herausbekommen, warum sie jetzt, am Ende ihres ersten gemeinsamen Sommers, fasten sollen. Aber brav, ohne nach einem Grund zu grübeln oder zu fragen, gehorcht die ganze Truppe. Bis nach Mitternacht sah ich sie gestern um das Feuer hocken, das Strohmann schürte, hörte sie das Diätbier schlürfen, das er gut gekühlt bereithielt. Strohmann sorgte dafür, dass keine Rechte leer blieb, und wusste sogar, wem er das wässrige Gesöff in die Linke drücken musste. Auf seinen Trinkspruch hin hoben schließlich alle die schwarzen Flaschenhälse vor das anthrazitfarbene Firmament der Hauptstadt – so hoch und so lang, als gelte es, auch noch den Durst des Vollmonds kalorienarm zu stillen.

Heute Morgen drückten sie dann ihre männlich schwachen Blasen. Als das Ostlicht am anderen Ufer über die Dachkanten des Kanzleramts geflossen kam, den Fluss überflutete und in die vorhanglosen Fenster ihrer Wagenburg strömte, schlich der Erste zum WC-Container hinüber. Dort aber stand bereits, lang und dürr und bleich, Strohmann auf dem Posten. Mit Eva-Maria, der schwarzweiß gefleckten Deutschen Dogge, wartete er neben dem kleine Treppchen, das zur Tür des Toilettenwagens hinaufführt. Er hielt starken Kaffee, mit magerer Kondensmilch blondiert, in einer Thermoskanne bereit. Und damit gleich der erste Eindruck des Tages von aller Fressgier abschrecken möge, malmten die Kiefer seiner ungeheuren Hündin um einen blutigen Knochen.

Mich bekümmert das Vergangene nicht. Aber ich sehe noch, wie die Männer im Frühling, ehe Strohmanns Regiment anhob, morgens zu mir ans Ufer gekommen sind. Breitbeinig standen sie damals auf dem taufeuchten Beton der Böschung, die meisten neigten sich nach hinten ins Hohlkreuz, manche wiegten sich in den Hüften, alle pissten in hohem Bogen hinaus auf mein Wasser. Ich weiß, wie ungern die Männer bis heute darauf verzichten. Denn seit es endlich dauerhaft warm, ja heiß ist in diesem einzigartigen Sommer, scheint auch die Spree schöner denn je. Dies ist ihr Wendejahr. Geduldig blieb sie Kanal, bis sich ihr Kanalsein an sich selbst erschöpft hatte. Auf eine fahrlässige Weise ist sie nun von neuem Fluss und gleichzeitig meine Heimstatt geworden.

Bevor sie in Strohmanns Dienste gerieten, waren die Männer harmlose Trinker. So verworren dem Alkohol verfallen, dass die Grünen Schwestern zweimal am Tag mit ihrer fahrbaren Suppenküche hier Halt machten, um den verwahrlosten Haufen mit dem Nötigsten, mit einem nahrhaften Eintopf, mit hellem Brot und mit dem Wort Gottes, zu versorgen. Auf eine arglose Art waren die Kerle verrückt nach den frommen Frauen in den kurzärmeligen, aber wadenlangen grünen Kostümen. Juchzend erhoben sich alle von den Luftmatratzen, wenn der Kleintransporter der Schwestern in die Wagenburg einfuhr, und wie Lausbuben hopsten sie herum, während die Aluminiumessgeschirre ausgegeben wurden.

Mit schlüpfrigen Sprüchen, vereinzelt sogar mit tollpatschigen Berührungen versuchten sie ihre Wohltäterinnen in Verlegenheit zu bringen. Aber nur selten schenkte ihnen eine, meist die Jüngste, die Sommersprossige, den Anflug eines Errötens. Weit eher stieg den Männern selbst das Blut ins Gesicht. Denn bevor es daranging, sich den Eintopf einzuverleiben, hieß es Gott zu danken. Alle fassten sich an den Händen und sangen Lieder, in denen der Herr gebeten wurde, dem Menschen in seiner Schwäche beizustehen.

Diese Abstinenzlergesänge waren jenseits des Großen Teiches aus einem biblischen Amerikanisch in ein kurioses Deutsch übertragen worden. Mancher Vers schrie schier nach Korrektur. Aber wehe dem, der sich im Text vertat. Die Schwestern bestanden auf dem gedruckten Wortlaut. Der Abweichler musste die verhunzte Strophe, mit hochrotem Kopf und zitternder Stimme, alleine noch einmal singen. Aus Kanada waren die strengen Grünen Schwestern nach Berlin gekommen. In ihrer Heimat hätten sie, so erzählen es sich die Männer bis heute, sämtliche Alkoholiker kuriert. Und als dem letzten versoffenen Eskimo, der letzten dem Feuerwasser verfallenen Rothaut geholfen gewesen sei, hätten sie ihre mobile Küche in Überseekisten gepackt, um auch die Trinker der Alten Welt zu retten.

Aber nicht die transatlantischen Jungfrauen und auch ich nicht, sondern Strohmann hat den Männern abgewöhnt, sich durch den Tag zu saufen. Seit sie unter seiner Fuchtel arbeiten, sind sie bis in den späten Nachmittag, bis zu ihrem ersten Auftritt, trocken. Erst unmittelbar vor Vorstellungsbeginn zapft ihnen der Chef aus dem Plastikfässchen, das dann vor Eva-Marias faltigem Doggenhals hängt, einen doppelten Rum. In der Pause vor der zweiten Vorstellung gibt es nur Wasser und Säfte. Erst wenn sich das Abendpublikum zur S-Bahn und zu den Parkplätzen verlaufen hat und die kleine Bühne im Dunkeln liegt, wenn sogar im Kanzleramt am anderen Ufer der Spree nur noch die Fenster der Hausmeisterwohnung schimmern, dann wird das vorbereitete Feuer entzündet und unter Strohmanns Aufsicht der hart verdiente Schlaftrunk eingenommen.

Sie sind die Historical Harmonists. In einer Schrift, die nur schlaue Schnörkel schlägt und deshalb gut lesbar bleibt, steht dieser Name groß auf jedem ihrer Wohnwagen. »Deutsch wäre natürlich schöner!«, pflegt Strohmann zu beteuern, wenn sie wieder einmal offiziellen Besuch haben, wenn er die netten Damen vom zuständigen Bezirksamt, den Referenten des Senators für Soziales oder gar die amtierende Kultursenatorin persönlich herumführt. Der englische Name ihrer Truppe sei allein dem internationalen Publikum geschuldet. Hier im neuen Regierungsviertel treffe man ja im Schnitt auf mehr japanische Touristen als auf Abgesandte der kleineren deutschen Stämme.

Strohmann weiß, wie man mit den Behörden und ihren Vertretern umgeht. Damals, als er aus dem Nichts auftauchte, stand die kleine verkommene Wagenburg vis-à-vis vom Rohbau des Kanzleramts kurz vor der Räumung. Strohmann fuhr mit einem Moped älterer Bauart vor. Das knatternde Maschinchen zerrte einen erstaunlich großen, voll beladenen Anhänger in den Kreis der Wohnwagen. Ohne sich wirklich vorzustellen, allein seinen Namen rief er ihnen entgegen, erklärte er den Männern, die Polizei habe zwei Straßenzüge weiter Container bereitstellen lassen, die ihr ganzes Pennergerümpel, ihre versifften Luftmatratzen und den Schrott, mit dem sie das Ufer verunzierten, aufnehmen sollten.

»Wenn ihr nicht weiß werdet, sehe ich schwarz für euch!«, drohte ihnen Strohmann, ließ jedoch gleich ein »Mut! Noch ist es nicht zu spät!« folgen. »Schaut!«, sein magerer Zeigefinger wies auf das andere Ufer der Spree, wo das werdende Amt damals nur das Grau des Betons, das fahle Gelb der Verschalungen und das zufällige Bunt der Gerüste und Maschinen vorweisen konnte. »Schaut! So lange wie der Kanzler braucht unsereins nicht, um Farbe zu bekennen. Serviert euch, bevor man euch abserviert!«

Ohne ihn wirklich zu verstehen, aber mit einer Heidenangst im Leibe, halfen alle, den Mopedanhänger abzuräumen. Ihr Chef – von diesem Augenblick an hörten sie auf sein Kommando! – hatte das Nötige mitgebracht: Spachtel, Schleifpapier, Vorstreichfarbe, Pinsel und Rollen und ganz viel weißen Lack. Und während sie in einem panischen Furor an ihren verkommenen Wohnwagen kratzten und schliffen, brachte Strohmann vorne an der Straße das Schild an, das sie in vier Sprachen als ein Arbeitslosen-Theater-Projekt mit Partnerschaften in Europa und Übersee auswies.

Wenn die Medien bei ihnen weilen, beteuern die Männer, erst die Arbeit in Strohmanns Truppe habe sie wieder zu Menschen gemacht. Solche Bekenntnisse zeichnet das Fernsehen am liebsten am Wasser auf. Treuherzig blickt der Interviewte dann hinüber zum Kanzleramt. Und während sein Blick über die Wellen schweift, höre ich ihn vom Ernst der Arbeit und von den Freuden des künstlerischen Wirkens schwärmen. Lügen können die Männer seit jeher, dass es eine Pracht ist. Was seien sie vorher schon gewesen: Nichts als eine rechte Lumpenbande, die der Zufall in der Wagenburg am Rande des Flusses zusammengeführt habe. Die Spree gluckst zu diesen Sprüchen, als müsste sie, gleich mir, ein Lachen unterdrücken. Der Zufall muss wieder einmal herhalten, der ärmste, der magerste aller Sündenböcke.

Es war nicht das Blöken des Zufalls. Ich war es, meine Stimme ist es gewesen. Mein Gesang lockte die Männer zu den Wagen, die jetzt ihre Heimat sind. Die Karren hatten einem kleinen rumänischen Zirkus gehört, dem bei seinem ersten Gastspiel in der deutschen Hauptstadt im Nu alle Artisten entlaufen waren. Damals gab es auf den vielen Baustellen der Stadtmitte für Schwarzarbeiter noch schnelles Geld zu verdienen. Über ein Jahr waren die Wohnwagen und das dazugehörige Zelt ohne Aufsicht und mussten allerlei Missbrauch erdulden. Vom Wasser her habe ich, soweit es in meiner Macht stand, das Schlimmste verhindert. Und doch erscheint es sogar mir fast ein Wunder, dass die Wagen in der Zeit ihres Leerstands nur erbärmlich verschmutzt und nicht völlig demoliert oder gar abgefackelt wurden.

Die Männer, denen es bestimmt war, sie in neuen Besitz zu nehmen, hatten ein gutes Stück flussaufwärts unter einer Brücke ihr Lager. Den ganzen erneut sehr milden Winter hindurch harrten sie in Hütten, die sie sich aus Paletten, Pappe, Styropor und Folien gebastelt hatten, aus. Aber in einer wilden Gewitternacht Anfang März ließ Mutter Natur die Muskeln über der Hauptstadt spielen. Binnen einer Stunde riss der Sturm ihre jämmerlichen Behausungen zusammen. Verstört wären sie aus den nassen Trümmern ihrer Wohnstatt in alle Himmelsrichtungen auseinander gerannt, hätte sie mein Ruf nicht ans Ufer gebannt. Mein Getön, das über den zerrauften Wellen schwang, führte sie und hielt sie zusammen, bis sie die Zirkuswagen entdeckten und vor einem letzten gewaltigen Wolkenbruch Schutz in ihnen suchten.

Zwei Monde lang genossen sie es, ein festes Dach über dem Kopf zu haben, und doch wie gewohnt wüst in den Tag hinein zu hausen. Dann kam Strohmann, um ihnen auch einen festen Namen und feste Arbeit zu geben. Jetzt sind sie die Historical Harmonists, und das heißt auf gut Deutsch, sie müssen dem Gestern den Affen machen. Strohmann übt jeden Vormittag mit ihnen. Bis heute erklärt er dabei so gut wie nichts, sondern macht nur gnadenlos alle Posen vor, die sie als Figuren des jeweiligen »Lebenden Bildes« einnehmen müssen. Unerbittlich grimassiert er, dicht vor jeden Einzelnen tretend, bis der die ihm ins Gesicht gebleckte Grimasse ungefähr nachschneiden, irgendwann in der Miene halten und schließlich frei reproduzieren kann.

Und immer lässt Strohmann im Freien proben. Am Ufer, im harten Tageslicht, müssen die Historical Harmonists die »Lebenden Bilder« einüben, ohne Kostüm und den Blicken all derer, die zufällig vorbeiströmen, ausgesetzt. Sogar der Kanzler kann sie vom anderen Ufer aus bei ihrer alltäglichen Fron beobachten. Gestern, als er sich, inspiriert von mir, schließlich ein Fernglas reichen ließ und das gegenüberliegende Ufer mit geschärftem Blick bestrich, hat er gesehen, welch besondere Pein den Männern beim Einstudieren der neuesten Figur ins Gesicht geschrieben stand. Und weil der Kanzler, gleich seiner Frau, eine Schwäche für große Hunde hegt, hat er bestimmt auch bemerkt, wie diejenigen, die Strohmann gerade nicht in der Mangel hatte, sehnsüchtig zu Eva-Maria hinschielten und die Dogge um ihr lässiges Hingestrecktsein, um ihre Gesichtslosigkeit, um ihre hündische Freiheit beneideten.

Ich weiß, dass der Kanzler kommt. Strohmann jedoch, der es mit seiner Schläue weit, zuletzt bis in eine Talkshowrunde des Hauptstadtfernsehens gebracht hat, ahnt nicht, dass seiner heutigen Abendvorstellung hoher Besuch bevorsteht. Wie üblich will er das neue Bild vor dem Montagspublikum testen. An den ersten drei Wochentagen füllen das Zelt vor allem Reisegruppen. Strohmann kooperiert mit verschiedenen Veranstaltern und vergibt Kartenkontingente zu Sonderpreisen, wenn frühzeitig gebucht wird. »Erst die vielen Äuglein der Provinz bewahren das Licht der Geschichte!«, hat er heute Morgen in die Runde posaunt, als die Männer, erschöpft nach den anstrengenden Vorstellungen des Wochenendes und geplagt von der Schwierigkeit des neuen Bildes, arg unlustig zu Werke gingen.

Dem Kanzler gefällt es, unvermutet auf Kulturveranstaltungen zu erscheinen. Und seine Vorliebe gehört den populären Künsten. Einen Jumbobecher Popcorn auf den Schenkeln, den Arm um die ranke Gattin gelegt, so wurde er neulich in der verbilligten Dienstagabendvorstellung eines Großraumkinos unweit des Kanzleramtes gesichtet. Und als »Der Raub der Sabinerinnen« im Weddinger Volkstheater tausendste Vorstellung feierte, gehörte er zu denen, die es mit Kraft und Geschick schafften, aus der Mitte des Parketts einen Blumenstrauß auf die Bühne zu werfen. So wird es niemanden wundern, dass er sich nun auch bei den Historical Harmonists zeigen wird. Ja, vielleicht wäre es sogar ohne mein Zutun früher oder später dazu gekommen.

Heute Nachmittag war die Gemahlin des Kanzlers an der Vorverkaufskasse. Von ihrer extravaganten Sonnenbrille mehr verraten als getarnt, hat sie vier Karten für die Abendvorstellung erworben. Schon als sie in einem rasant engen, leuchtend orangen Sommerkostüm den Uferweg heruntergestöckelt kam, konnte man sehen, dass ihre Handtasche ein wenig zu groß für ein Flanieren entlang der Spree war. Ich brauchte Eva-Maria nicht auf die Sprünge zu helfen, die Hündin hatte gleich etwas gerochen und kam von der Truppe, die sich hoffnungslos ungeschickt mit dem neuen Bild mühte, zur Kasse herübergetrabt. Ja, die Kanzlergattin hatte ihr etwas mitgebracht. Geduldig wartete Eva-Maria, bis das große Paket aus der Handtasche gezerrt war, bis die Gattin des Kanzlers in die Hocke ging und das Papier auf dem Boden auseinander schlug. Es war reichlich. Und die noble Spenderin beobachtete aus nächster Nähe – rot spritzte es ihr auf die Strümpfe! –, wie die saftigen Leckerbissen Stück für Stück verschlungen wurden.

Das Kanzleramt leuchtet, und seine Lichter schwanken auf den schwarzen, sacht strömenden Wassern. Jetzt in den warmen Nächten ist das Amt schön wie ein südländisches Tier. Mich und die Spree erinnert es in seiner leichtfertigen Festigkeit an den jungen Albino-Esel, den der rumänische Zirkus als letzten Vierbeiner mit sich führte. Wir mögen das Bauwerk. Für viele Sommer ist es gebaut. Aber dem Fluss und vielleicht sogar mir wird es einst, mit geborstenen Stelen, auch als Ruine zu gefallen wissen.

Einer der beiden Bodyguards, die das Kanzlerpaar begleiten, hat das Zelt verlassen, um bei mir am Ufer zu rauchen. Pflichtgemäß lässt er den Blick kreisen, als gelte es, das Terrain zu sondieren. Wie jedes zur Empfindung fähige Wesen, wie Eva-Maria, die die Vorstellung am Wasser verdöst, spürt er, dass in dieser begünstigten Stunde keine der üblichen Gefahren lauert. Jetzt zückt er sein Handy und gibt durch, dass drinnen im Zelt das letzte »Lebende Bild« angekündigt worden ist, dass die

Vorstellung in zirka zwanzig Minuten zu Ende sein wird, dass die Wagen also anrollen können.

Strohmanns letzter Monolog dringt nach draußen. Ich höre das haarfeine Zittern in seiner Stimme. Ich weiß, wie aufgeregt er stets ist, wenn er ein Bild zum ersten Mal präsentiert. Mit einer rührenden, fast abergläubischen Innigkeit glaubt er an das Urteilsvermögen seines Montagspublikums. Wenn sie dort drinnen jetzt zu scharren begännen, wenn sich nur ein einziger Provinzler erhöbe, um mit einem mürrischen Kopfschütteln den Daumen nach unten zu halten, Strohmann nähme das Urteil an. Ohne ein weiteres Wort zu verlieren, bräche er die Vorstellung ab und ließe das Eintrittsgeld zurückerstatten.

Aber natürlich geschieht nichts dergleichen. Den Reisegrüpplern, den Abgesandten der größeren und der kleineren deutschen Stämme, allen stockt der Atem. Das neue Bild schlägt sie in seinen Bann. Die Männer, Strohmanns Truppe, halten sich prächtig. Und das Fasten der letzten Wochen, nun erweist sich, dass es nötig war. Die zwei, drei Kilos, die alle Bewohner der Wagenburg dem neuen Bild geopfert haben, zahlen sich in unbestreitbarem künstlerischen Mehrwert aus. Strohmann, der es versteht, seine Darsteller in einem holzschnittartigen Weiß-Schwarz zu schminken, ist es leicht gefallen, den hageren Gesichtern die rechte Fahlheit und Hohlwangigkeit zu geben. Nach Sibirien, nach Kohlegrube und Bleibergwerk, sehen die Männer aus. Und dem, der den ersten Kanzler der Republik darstellt, spannt sich die Haut in einem bleichen, in einem wahrhaft historischen Gelb um den glaubwürdig greisenhaften Schädel.

»Der gute alte Kanzler holt die letzten Männer heim!« So heißt das »Lebende Bild« im Programmheft. Wie immer ist die Kulisse von der Truppe selbst gebaut worden. Genialisch-dilettantisch wird es die Presse erneut nennen müssen. Eine grüne Pappwand soll und kann einen Eisenbahnwagon bedeuten. Die Männer, die die letzten aus russischer Kriegsgefangenschaft zurückkehrenden deutschen Landser darstellen, haben sich davor zu einer Art Pyramide formiert. Die untersten kriechen auf der Stelle. Man ahnt unter ihren Knien und Ellenbogen ein unruhiges Fundament aus toten Kameraden. So robben sie hin zu dem, der den ersten Nachkriegskanzler verkörpern darf. Auch die Stehenden sind nicht frei, sondern tragen andere endlich Entlassene huckepack. Und die Höchsten, die noch nicht ausgestiegen sind, sondern sich weit aus den Fenstern des Wagons lehnen, sie heben die verbeulten Mützen schräg hin zu einer ganz kleinen Flagge, deren Schwarzrotgold, trotz der Winzigkeit des Fähnchens, die Spitze des Ganzen bildet.

Strohmann steht wie immer hinten im Publikum und erzählt. Ohne Mikrofon, allein mit der Kraft seiner ein wenig näselnden, aber stets scharf artikulierenden Stimme, berichtet er, wie der gute alte Kanzler beim Russen im Kreml gewesen sei, um bescheiden, schlau und hartnäckig um die Freilassung der Gefangenen zu feilschen. Und beides gelingt. Wieder ist es dem Publikum, als wäre es dabei gewesen. Wer in die Gesichter schauen kann – so, wie ich es kann, wenn ich mag –, wird sogar den im Zelt verbliebenen Bodyguard mit glasigen Augen um Fassung ringen sehen. Das erste Kanzlerbild, das erste »Lebende Bild« der neuen Serie ist geglückt. Und am Wochenende, vor internationalem Publikum, wenn Strohmann die Geschichte in seinem großartigen Kauderwelsch aus Deutsch und Englisch und Deutsch erzählt, werden – ich weiß es – die Japaner weinen.

Die bestellten Gastronomiewagen sind vorgefahren, und im Handumdrehen hat man sie dienstbereit gemacht. Jetzt leuchten bunte Glühbirnen über ihren Verkaufstheken. An der einen werden zwei gepflegte Berliner Biere gezapft. Am anderen kann zwischen drei verschiedenen Bratwürsten gewählt werden. Noch drinnen im Zelt hat die Gattin des Kanzlers während des Beifalls Strohmann beiseite genommen und ihn eingeweiht. Dann ist sie mit ihm vor das Publikum getreten und hat alle Besucher und die verehrten Künstler gebeten, draußen an der Spree mit ihr und ihrem Mann diesen wunderbaren Abend, diese herrliche Sommernacht und ihren Geburtstag zu feiern.

Auch eine Hand voll ausgewählter Pressevertreter sind inzwischen eingetroffen und fotografieren diskret vom Rande. Auf einem Schild ist zu lesen, dass der Gesamterlös der Verzehrs dem Projekt »Historical Harmonists« zu Gute komme. Und gerade höre ich den Kanzler, der sich umringt von neugierigen Vorstellungsbesuchern eine Thüringer Grillwurst schmecken lässt, vollmundig lachend erklären, dass das Kanzleramt selbstverständlich nichts von all dem bezahlen müsse, er erlaube sich als Privatmann, der er ja auch noch sei, den Geburtstag seiner lieben Frau aus eigener Tasche zu bestreiten.

Glücklich wie lange nicht mehr, sehe ich die Männer lachen, trinken und essen. Es ist dafür gesorgt, dass sie nicht um Wurst und Bier anstehen müssen. Und jetzt ist auch die Gattin des Kanzlers an ihren Tisch gekommen, hat sich mitten unter sie gesetzt und scherzt mit ihnen. Einem der mampfenden Kerle fällt auf, dass sie nur ein Glas Mineralwasser in der Hand hält. Und er taucht ein Nürnberger Bratwürstchen tief in den Senf und manövriert es mit einer charmant verwegenen Kurve vor ihren

Mund, während ein Zweiter in kluger Vorahnung sogleich eine Serviette unter die Wurst hält, um das Kleid vor dem tropfenden Fett zu schützen. Ohne zu zögern, ohne auch nur mit der Wimper zu zucken, bleckt die Gattin des Kanzlers die Zähne und beißt herzhaft zu.

Nur Strohmann, mein großes mageres Strohmännchen, ist nicht in Einklang mit der Stunde und damit, wie sich die Dinge im Licht des Vollmonds geordnet haben. Unruhig ist er ein Stück die Spree hinuntergelaufen. Eva-Maria trottete ihm nach, und ich folge ihm über den Wassern. Er, dem vorhin erst so viel geglückt ist, er grübelt bereits wieder über dem, was ihm in Zukunft misslingen könnte. Fünf weitere Kanzlerbilder will er aus der Geschichte schöpfen. Und die historische Verantwortung krampft ihm den Bauch zusammen. Klein und hart ist sein Magen jetzt, ein verkümmertes Organ, mimetisch ähnlich den geschrumpften Mägen jener von ihm heraufbeschworenen Landser. Ja, auf seinen Lippen kauend, gleicht der ganze Strohmann denen, die ein sibirischer Hunger leiden ließ.

Die Spree gluckst, sie lacht unseren Strohmann freundlich aus und ermuntert mich, ihm ein Liedchen zu summen. An mir soll es nicht fehlen. Ich bin jung und alt. Ich bin die Muse des Amtes. Ich kenne alte und neue Lieder. Und kurz, für einen schwankenden Moment, scheint Strohmann aufzuhorchen. Seine Augen suchen das Wasser ab, aber er sieht mich nicht im Kräuseln der Wellen. Ach, es ist eine berufsbedingte Behinderung. Schon ist er wieder an seine Sorgen verloren, er murmelt halblaut und ich höre auch ihn den Zufall verdächtigen: Der Zufall, dieses Mal der glückliche – aber flüchtige! –, soll den amtierenden Kanzler und das erste Kanzlerbild der Historical Harmonists zusammengeführt haben.

Eva-Maria blickt zu ihm auf und seufzt laut. Ihre Lefzen schlabbern, als sie den gewaltigen Schädel schüttelt. Dann senkt sie die Schnauze wieder zum Wasser. Wenn sie ein Gesicht hätte, würde sie mir in hündischer Einsicht zulächeln. Stattdessen knickt die Deutsche Dogge die Hinterbeine leicht ein. Graziös senkt sie das Hinterteil, bis ihr Schwanz den Boden berührt. Ihre Augen verschleiern sich, ihre halb gesenkten Lider vibrieren. Im offenen Maul leuchtet ihr Fang. Und für uns, für Strohmann und mich und die Spree, lässt sie ihr Wasser in einem prächtigen Strahl auf den Beton der Böschung prasseln.

Christine Eichel

Die Kunst der Konsistenz

Für Barbara Bongartz und Ulrike Draesner

Leo klemmte den rohen Lachs zwischen die polierten Ebenholzstäbchen, tauchte ihn kurz in die Sojasauce und führte seine Beute zum Mund. Auf der Stelle spürte er eine erdenschwere Erregung.

Weich lag der Lachs auf seiner Zunge, füllte seinen Mundraum ganz aus, nachgiebig und doch fest, mit jenem unmerklichen Widerstand, der ihn verrückt machte, immer schon, er fühlte, wie etwas an den seitlichen, unteren Zonen seiner Zunge explodierte, es war ein Geschmack nach Salzwasser, dann nach Süßwasser, sein Speichel begann zu fließen, dann schmeckte er die rund geschliffenen grauen Steine im Flussbett, das langmähnige Wassergras, über das die Lachse springen, getrieben vom Wunsch, sich zu paaren, irgendwo, wo das Wasser eiskalt und klar aus dem Berg sickert, dabei hatte er noch nicht einmal zugebissen, noch war kaum etwas passiert, nur dieses laszive Ruhen eines rohen Stückchens Fisch auf seiner überwältigten Zunge.

Wie langsam das ging.

Erst mal vorsichtig gegen den Gaumen drücken.

Einzelne Reiskörner wurden spürbar, wenngleich sie zusammenklebten, eine körnige Paste, die ihn an bestimmte körnige Zonen auf den Oberarmen von Vera erinnerte, eine permanente Gänsehaut gewissermaßen, die ihn heillos entzückte, während Vera beteuerte, sie schrubbte immer darauf herum beim Duschen, um die Haut weich zu schleifen, nein, hatte er gerufen, erschrocken, nein, lass das so, um Gottes willen, das ist so kostbar, diese körnige Konsistenz, und da war es zum ersten Mal gefallen, dieses Wort, *Konsistenz,* und er wusste, dass es ihn nicht wieder loslassen würde.

Nun begann sein oberer Gaumen aufzublühen, wölbte sich abwechselnd und presste sich an den Fisch, der lebendig schien, drängte sich an dieses fremde Leben, der Speichel rann seine Kehle herab und nun fing er an zu kauen, langsam, zögernd, und mit einem sich steigernden Bedauern, denn die Konsistenz, die unverwechselbare, wunderbare Konsistenz löste sich auf, wurde breiartig, wurde zu dem, was aus allem wird, wenn es erst einmal gekaut ist, ein anonymer Nahrungsbrei, ein Vorstadium der Verdauung, durchtränkt von Speichel, der alles übertönte, die Kiesel und das Gras und den Paarungstrieb, er kaute, er schmeckte noch einmal diesem spermatösen Aroma des Fisches nach, dann begann er zu schlucken, er kaute weiter und schluckte wieder, ungeduldig, denn er konnte es kaum erwarten, den nächsten, unversehrten Bissen zu nehmen und ihn länger im Mund verweilen zu lassen, um den Moment simplen, vulgären Essens noch weiter hinauszuzögern.

Konsistenz.

Er fuhr mit Vera nach Amerika, denn sie liebte dieses Land, obwohl es gourmettechnisch weitgehend eine Wüste war, sie jedoch versprach ihm üppige Oasen und liebliche Gestade kulinarischer Art, aber sie fanden nur Beach Grills und Pancakes Houses, wo die öffentliche Verabreichung gesundheitsschädlicher Esswaren niemanden erstaunte, wo die Gäste sich schwerfällig in die genoppten Lederbänke fallen ließen und die Schwermut ihres Übergewichts mit öligen, süßen Speisen besänftigten, sie aßen gleichmütig, ohne Gier, diese Menschen, mit stumpfem Blick, doch er hasste sich im selben Moment für seine Überheblichkeit, ja, dachte er, wer das Essen liebt und die Konsistenz im Besonderen, der geht an Grenzen und der ist hier richtig.

Ihm fiel auf, und dafür hätte er knien mögen vor den Küchensklaven mit ihren lustigen rot-weiß gestreiften Kochmützen, die zum allgemeinen Gaudi öffentlich kochen mussten, ihm fiel auf, dass sie die Verlagerung des Genusses vom Geschmack hin zur Konsistenz mit Umsicht betrieben, alles war *crunchy*, zur Freude der Lippen und des Gaumens, der kleine Geräusche erzeugte mit diesen Krusten und knusprigen Verwerfungen, ein leises Krachen, arhythmisch und unberechenbar, ein sanftes Knirschen, wie weiche, graue Autoreifen auf weißem Kies, auch wenn die *Chips* und *Fries* im Grunde kaum einen Eigengeschmack hatten. Er begann, sich für die verschorften Mückenstiche zu interessieren, die Vera plagten, er küsste sie sacht, erkundete sie mit den Lippen und leckte daran, und sie schüttelte sich und sagte, ich verstehe das nicht, aber er fuhr beharrlich fort, auch diese Grenze zu überschreiten.

Und was nicht *crunchy* war, das war *rich*, sahnig, der Speichel floss schon beim Erstkontakt mit den Lippen, alles wurde überströmt von dieser obszönen Sahnigkeit, er musste die Augen schließen, um mögliche Komplizen auszusperren, denn damit, mit dieser schweren, cremigen Konsistenz wollte er allein sein, Genuss ist eine seltsame Sache, dachte er, Vera aber lachte und sagte, du bist ein sinnliches Monster, sie löffelte alles umstandslos in sich hinein und sprach ausschließlich über den Geschmack, nie lobte sie die Konsistenz, sie hatte kein Sensorium dafür, aber eigentlich war es ihm ganz recht, es sollte ja schließlich ein einsames Vergnügen bleiben, so hatte er es sich vorgenommen, und er ahnte, dass seine Passion ihn weiter vereinsamen lassen würde, denn er war bereit, er würde an neue Grenzen gehen, er würde seine Liebeserklärung an die Kunst der Konsistenz mit der völligen Kapitulation vor der Dimension des Geschmacks besiegeln, er würde Dinge essen, die zweifelhaft, wenn nicht sogar scheußlich schmeckten, um allein deren Beschaffenheit zu preisen, die bedingungslose Individualität der Konsistenz, und er fühlte sich auserwählt.

Dies war die einzige Phase, die Vera wirklich Vergnügen bereitete.

Seine Suche nach sahnigen Substanzen traf in das Zentrum ihrer Lust und sie hielt still, ohne Lachen und ohne Entrüstung und sie schloss die Augen. Aha, dachte er, auch du willst keine Komplizen.

Nach ihrer Rückkehr aus Amerika begann er, rohen Salat zu knabbern, der nach nichts, aber auch nach gar nichts schmeckte, er ahnte zwar den dunklen feuchten Boden und die schleimige Spur der Schnecke, die darüber gekrochen war, auch die raue, schwielige Hand des Pflückers, doch er versuchte das auszublenden, sich ausschließlich auf den feuchten, rohen Widerstand der Salatrippen zu konzentrieren, die leise knisterten unter dem Druck seiner Zähne, Vera erschrak, als er vorsichtig begann, in ihre Fingerknöchel zu beißen, jetzt drehst du völlig ab, rief sie und erinnerte ihn an die vorhergehende Phase, doch vergebens, es gab kein Zurück, er suchte das Neue, das Unerhörte, er versuchte sich an rohem Fleisch, dann trank er frisches Blut, das er einem Schlachter abschwatzte, und dann verließ ihn Vera, verstört und stumm.

Er begann zu experimentieren.

Er zerrieb Marmor zu feinem, weißem Staub und streute ihn über Kuchen aus selbst gesammeltem Meersand, er röstete Sägespäne und vermischte sie mit Niveacreme, er kostete wie im Rausch, nicht auf den Geschmack achten, dachte er sich, bloß nicht auf diesen unwichtigen Geschmack achten, ich bin einsam, ich bin glücklich, denn niemand zuvor hat jemals gekostet, was sich mir erschließt, weil ich die Konsistenz liebe, wirklich liebe, und dafür alle Grenzen überschreite.

Er sah Vera noch einmal kurz, sie holte ein paar Bücher ab, die sie vergessen hatte bei ihrem überstürzten Auszug, er bot ihr einen Salat an aus rohen Hagebutten und perfekt durchrosteten Nägeln, den er mit Maschinenöl und Türschlossenteiser angemacht hatte, doch sie sah ihn nur an, dann lachte sie hektisch, und dann ging sie, nein, sie lief, du bist verrückt, rief sie, aber es klang nicht so zärtlich wie damals, als sie seine Raserei genossen hatte, sie geht eben nicht an Grenzen, dachte er, die Liebe war nicht groß genug, und als sie weg war, aß er den Salat und zum Nachtisch ein paar Glasscherben, die er aus einem Kirchenfenster herausgebrochen hatte, in einer mondhellen Nacht, sie waren weinrot, diese Glasscherben, er begeisterte sich neuerdings für Farben, er hatte sie satt, diese mausgrauen Küchenfarben, dieses ewige Beige und Grün und Apricot, dieses Eintopfgrau und Schürzenbraun, er wurde mutiger und stolzer, denn niemand wusste um die Gipfel, die er bestieg.

Er begann von Neonfarben zu träumen.

Als Einstieg wählte er lachhaft harmlose Dinge wie Marshmellows und giftgrünes Weingummi in Froschform. Aber eines Tages sah er diese pinkfarbene Radlerhose, er kaufte sie auf der Stelle, schnitt sie in Stücke und briet sie in Meister Proper, die Stücke jedoch waren etwas zu groß geraten und so würgte er und würgte, während er dachte, auch die Konsistenz ist nicht übel, ihm wurde schwarz vor Augen, man muss Opfer bringen, dachte er, ich weihe mein Leben dieser großen Leidenschaft, er spürte die Stofffetzen in seinem Hals, und er staunte, richtig, den Hals hatte ich ja ganz vergessen, auch der Hals kann etwas empfinden, er dachte an die heiße Schokolade seiner Kinderzeit, die seine Zunge und seine Kehle verbrannt und dann wie ein glühender Stein seine Brust erwärmt hatte, er dachte an seine Kinderzeit, mit Dankbarkeit, denn man hatte ihn gelehrt, Dinge zu essen, die er für ungenießbar hielt, man hatte sein Sträuben ignoriert und jede Nahrungsverweigerung mit genau abgezirkeltem Liebesentzug geahndet, bis er folgsam wurde und das farblose Fett des Eisbeins aß, die formlose Graupensuppe und die faserig zerfallenden Steckrüben, es war ein perfektes Training gewesen und er dankte seinen Eltern für ihre Unnachgiebigkeit in diesen Dingen, dankte ihnen still und pries ihre Konsequenz und Härte, und auch der Magen ist nicht gefühllos, fiel ihm ein, ganz im Gegenteil, warum war er nicht früher darauf gekommen, er nahm sich vor, es mit ganzen Muscheln zu versuchen und mit Seeigeln, er würde sie unzerkaut verschlucken, um ihrer Form zu huldigen und ihrer Textur, ohne sie der Demütigung des Zerkauens auszusetzen, und er freute sich darauf, dass überdies auch sein Darm das Unverdaute melden würde, mit einem leichten Kratzen und Geholper, bisher hatte er ihn allzu achtlos behandelt bei seiner Wanderung über die Grenzen, jede Faser seines Körpers würde tanzen und schreien und er würde vollkommen glücklich sein.

Vera bestand auf einer anonymen Bestattung.

Ulrich Woelk

Die Reaktion

Perfekter Sex: so simpel ist es. Ein Tisch, ein Paar, ein Date…
Men's Health

An einem dieser zerbrechlich milden Abende, die in der zweiten Septemberhälfte das nahe und unwiderrufliche Ende des Sommers ankündigen, schritt Cornelius Behrendt, der sich anlässlich der Herbsttagung des Ärzteverbandes Deutscher Allergologen, Regionalgruppe Nord, seit zwei Tagen in Berlin aufhielt, auf die Eingangstür jenes Restaurants in der Nähe des Brandenburger Tors zu, in dem er mit Julia Rauler verabredet war, die ihm beim Kongressmittagessen im Casino der Universitätshautklinik an einem der matt glänzenden Schleiflacktische gegenübergesessen hatte, einen kleinen Salatteller gelangweilt und ein wenig affektiert leerend. Seit er das Hotel verlassen hatte, fühlte Cornelius in sich eine sonderbar helle, beinahe schmerzende Lebendigkeit, seine Schritte waren leicht und federnd, und seine Sinne schienen den Abend mit überdeutlicher Klarheit in sich aufzunehmen. Dieser Eindruck gesteigerter Präsenz erstaunte ihn im Grunde, wenn er bedachte, was für ein nicht enden wollender Tag da eigentlich hinter ihm lag, und mit einem leichte Widerwillen rief er sich jene gedehnte, ereignislose, jedoch für wissenschaftliche Zusammenkünfte ganz und gar typische Aneinanderreihung von Vorträgen ins Gedächtnis, die seinen Tagesablauf sowohl gestern als auch heute bestimmt hatte. Wie Wortsand war die Zeit durch die Eieruhr des Kongressprogramms gerieselt, und die Themen der Vorträge – »Häusliche Allergene: Was gibt es außer der Hausstaubmilbe?«, »Sinusitis – Pathogenese, Diagnostik und Therapie«, »Primäre und sekundäre Prävention in der Allergologie: Stand der Dinge und Möglichkeiten« – hatten sich zu einem zähflüssigen, lautlosen und nicht spürbaren Minuten- und Viertelstundenvergehen addiert. Die einzig erinnernswerte Insel in diesem schier uferlosen Referats- und Kaffeepausenmeer war Julia Rauler gewesen. Wie sie dort im Casino gesessen hatte, den Blick mit eleganter Leere auf den Teller geheftet, war sie ihm sofort aufgefallen mit ihren runden grünen Augen, dem länglichen Gesicht und den auffällig akzentuierten Wangenknochen. Auch sie schien nicht mit übermäßig großem Enthusiasmus am Kongressprogramm zu hängen, das jedenfalls schloss Cornelius aus der schleppenden Art, mit der sie in ihrem Salat herumpickte. Ganz offensichtlich hatte sie es nicht eben eilig, irgendwohin zu kommen. Und so übte er, nachdem er sich mit seinem Tablett an ihren Tisch gesetzt hatte, nach ein paar unverbindlichen Floskeln eine gewisse, wenn auch dezente Kritik am überbordenden Tagungsprogramm, woraufhin sich die blasse Leere in ihren Augen mit der Patina eines leisen Interesses überzog. Und ganz nebenbei skizzierte Cornelius sich damit so, wie er selbst sich sah: als Mann der Praxis und nicht der Theorie. Und vielleicht, so dachte er, war ja auch sie, jene sich nun nicht mehr ganz so sehr langweilende Julia Rauler, ein Mensch der Tat und als solche von einer gewissen unkomplizierten

Entschlussfreude. Die Einladung zum Abendessen jedenfalls nahm sie ohne großes Zögern an.

Jetzt, ein wenig zu früh, betrat Cornelius das Restaurant, in dem er nach der Mittagspause einen Tisch bestellt hatte. Die Einrichtung war kühl und modern mit cremeweiß gestrichenen Wänden und ledernen Sitzpolstern, die in einem hellen metallischen Olivton schimmerten, eine zweifellos – wie es ihm durch den Kopf ging – äußerst milbenfreie Atmosphäre verglichen mit den Plüsch- oder Samtinterieurs früherer Epochen. Er ließ sich zum Tisch führen, setzte sich und sah hinaus in den weiten spätsommerlichen Abend, der über der Stadt lag und allmählich verblasste. Hinter den hohen Glasfronten, die das Restaurant zur Straße hin begrenzten, zogen sich die Scheinwerferketten der vorüberfahrenden Autos zusammen und weiteten sich wie der Korpus eines Akkordeons, eine unhörbare Musik spielend, die abendliche Serenade der Stadt. Die Straße verlor sich in der Ferne zwischen den Häusern, die erhebungslose Weite frappierte Cornelius jedes Mal aufs Neue, wenn er sich hier aufhielt, diese dünne Grenzschicht zwischen dem Himmel und der Erde: Berlin.

Auf Grund seiner Abneigung gegen die theoretischen Aspekte der Medizin hatte sich Cornelius zu Beginn seiner beruflichen Laufbahn nie auf den einschlägigen Tagungen und Kongressen blicken lassen, aber seit er und Renate, seine Frau, sich vor fünf Jahren getrennt hatten und er allein lebte, waren ihm diese Zusammenkünfte seines Berufsstandes mit einem Mal zu einer willkommenen Abwechslung in seinem Allergologendasein geworden. Er bewegte sich, hier und da grüßend oder eine kurze Unterhaltung führend, durch die einander stets gleichenden Korridore der Tagungsstätten und Kongresshotels, blieb vor den aufgestellten Schautafeln mit Messdiagrammen oder Bildern von ungewöhnlichen Ekzemen oder Schuppenflechten stehen oder folgte nach außen hin aufmerksam, doch innerlich unbeteiligt den Vorträgen. Darüber hinaus hatte er eine gewisse Kunstfertigkeit darin erworben, ohne großen Aufwand und gleichsam aus dem Stand heraus für die drei- oder viertägigen Symposien jeweils eine Partnerin zu finden, die das eigenartige kongressbedingte Aus-der-Welt-Sein ebenfalls als das ansah, was es war: eine Möglichkeit, sich für einen begrenzten und sehr überschaubaren Zeitraum etwas zu nehmen, was in unsren Schicksalen nicht mehr vorgesehen zu sein scheint, obwohl man doch eigentlich nicht sagen kann, es sei zu viel verlangt: ein paar Augenblicke des kalkulierbaren und folgenlosen Glücks.

Nachdem Cornelius kurz in der Speisekarte geblättert hatte, ohne wirklich einen Blick hineingeworfen zu haben, entdeckte er im losen Vorüberschlendern der Passanten Julia Rauler, die er nun erstmals von Kopf bis Fuß zu Gesicht bekam, eine überraschend große, sehr schlanke Person, deren Beine aber in Relation zu ihrem Körper eher kurz waren, sodass sie ein wenig gebeugt ging, mit gerundeten Schultern, als wolle sie den kleinen Makel durch die etwas müde wirkende Haltung ausgleichen. Sie betrat das Restaurant, und als sie ihn entdeckte, ging ein Lächeln über ihr Gesicht, das so durchlässig war wie ihr ganzes Wesen: Man war sich nicht sicher, wie viel von dem, was um sie herum vorging, sie wirklich berührte. Vor zehn Jahren, so vermutete Cornelius, mochte es einmal schwer gewesen sein, ihre Aufmerksamkeit zu erlangen, aber jetzt, da sie auf die vierzig zuging, war sie in diesem Punkt großzügiger geworden. Die dezente Blasiertheit ihres Wesens, die vielleicht einmal arrogant gewesen sein mochte, war jetzt seltsam bezaubernd. Als sie den Tisch erreichte, erhob er sich und nahm ihre Hand, die kühl war und recht leicht, und sagte: »Nun? Haben Sie bis zum Ende durchgehalten?«

»Ich war nach dem Mittagessen sehr schläfrig«, gestand sie, setzte sich und nahm die Karte entgegen. »Ich bin ja mehr ein Zaungast auf dieser Tagung, aber ich fühle mich doch verpflichtet, mir das eine oder andere Referat anzuhören.«

Sie war – so viel hatte sie ihm bereits beim Mittagessen mitgeteilt – nicht als Ärztin auf dem Kongress, sondern als Vertreterin eines mittelständischen Pharmaunternehmens, das auf die Herstellung von homöopathischen Medikamenten gegen Juckreiz und chronische Dermatose spezialisiert war. Auch sie selbst, verriet sie ihm, als sie in der Karte blätterte, litt unter einer leichten, zu kribbelndem Ausschlag führenden Eiweißallergie und müsse daher darauf verzichten, Fisch zu essen, was ihr angesichts ihrer norddeutschen Herkunft – sie war gebürtige Hamburgerin – besonders schwer falle. Und einen Moment lang sah sie versonnen hinaus in den Abend, als erfordere die bedauerliche Tatsache des Verzichtenmüssens einige Sekunden der seelischen Verarbeitung.

Nachdem sie ihre Bestellung aufgegeben hatte und der Kellner gegangen war, erkundigte sie sich: »Und Sie? Haben Sie auch eine Allergie?«

»Nein«, sagte er und bemerkte, dass ein subtiles Bedauern in seiner Stimme lag.

Sie spürte es auch und sagte: »Das klingt, als würden Sie es als Mangel empfinden.«

»Nicht gerade als Mangel«, sagte er, »aber Allergien

sind ja – zumindest kann man es so sehen – besonders ausgeprägte Formen der Sensibilität. Man reagiert mit einem gesteigerten Temperament auf bestimmte Dinge. Als Nichtallergiker könnte man das Gefühl haben, im Vergleich zum Allergiker über ein bestimmtes Niveau der Erregbarkeit nicht hinauszukommen, und dies könnte einem in der Tat wie ein Mangel erscheinen, wie ein fehlender Sinn. Vielleicht ist eine allergische Veranlagung, wenn sie in einem überschaubaren Rahmen bleibt, ja etwas durchaus Positives.« Und den halb ernsten Ton dieser Überlegungen nun ganz ins scherzhaft Selbstironische wendend, fügte er hinzu: »Aber ich habe die Hoffnung noch nicht aufgegeben. Ich denke schon, dass noch das Potenzial zu einer Allergie in mir schlummert. Viele Allergikerkarrieren beginnen ja vollkommen unerwartet.«

Er verstummte für einen Moment und lehnte sich ein Stück zur Seite, weil ein kleiner Teller mit einem Amuse-Gueule vor ihn hingestellt wurde, ein Dinkelplätzchen mit Steinpilzschaum, wie der Kellner erklärte.

Als sie wieder allein waren, sagte Julia nachdenklich: »Ich glaube, Körper sind nur die Verdichtungen einer allgemeineren umfassenden Existenz. Wir werden nie ganz verstehen, was in uns vorgeht.«

Cornelius nickte. »Das ist wohl so. Meine erste Frau beispielsweise – wir sind seit ein paar Jahren geschieden – hat, kurz nachdem wir uns kennen gelernt haben, eine Wespenallergie entwickelt. Sie hatte ihre Kindheit und Jugend über keine pathogene Überempfindlichkeit gegen Insektenstiche und war deswegen vollkommen überrascht, als die Symptome bei einem Ausflug ins Grüne erstmals aufgetreten sind. Ich war damals noch im Studium und noch nicht auf Allergien spezialisiert, sodass ich ziemlich hilflos mit ansehen musste, wie sich ihr ganzer Körper nach dem Stich mit einer netzartigen Rötung überzog. Wir sind sofort ins Krankenhaus gefahren, wo man ihr ein Antihistaminikum gegeben hat, und nach ein paar Stunden war die Geschichte zum Glück wieder vorbei.«

Er legte sich das Dinkelplätzchen auf die Zunge und spürte, wie sich der Steinpilzschaum weich gegen seinen Gaumen schmiegte, herbes erdiges Waldaroma verströmend. »Ich habe sie dann überredet«, fuhr er fort, nachdem er das Plätzchen hinuntergeschluckt hatte, »sich einem Allergietest zu unterziehen. Ihr war nicht ganz wohl dabei, und ich habe sie zu dem Termin begleitet. Es wurde ein Prick-Test durchgeführt, aber damals kannte ich dieses Verfahren noch nicht, weswegen ich mit einer vielleicht etwas unangemessenen Neugier dabei zugesehen habe, wie sie ihren Unterarm entblößen musste und eine Reihe von potenziellen Allergenen in ihre Haut gestochen wurden. Sie war danach sehr niedergeschlagen. Nach einer Weile war von den verschiedenen Testpunkten einer angegangen, und der rötliche Hof um die kleine Wunde wurde von dem behandelnden Allergologen mit jenem ruhigen und professionellen Ernst betrachtet, der sich jeder Interpretation durch den Patienten entzieht – ich befürchte, dass ich mich heute kaum anders verhalte. Schließlich teilte er meiner Freundin mit, dass sie unter einer Wespenallergie zweiten Grades leide, revidierte diese Entscheidung aber noch einmal, als er ihren Allergiepass ausstellte, und attestierte ihr darin doch nur eine Allergie ersten Grades. Ich glaube, diese Herabstufung hat sie ein wenig gekränkt.«

Es entstand eine kurze Pause, in der er Julia ansah, auf ihrem Gesicht lag das weiche Licht der Dämmerung, und es war schwer zu entscheiden, was sie in diesem Moment dachte. Nach einer Weile wurden die Vorspeisen gebracht, er hatte Carpaccio vom Seeteufel mit Walnussöl und rotem Pfeffer und sie Gartensalate mit Cassiscreme-Vinaigrette. Er schob etwas von dem rohen Fisch, der einen milden Meeresgeruch verströmte, auf seine Gabel und führte sie zum Mund. Julia ließ ein halbiertes Radieschen hinter der Biegung ihres Gebisses verschwinden.

»Sind Sie inzwischen wieder verheiratet?«, erkundigte sie sich.

»Nein«, sagte er. »Ich finde es ausgesprochen schwierig, jeden Tag mit ein und demselben Menschen zu verbringen. Meine Frau und ich, wir haben zum Schluss sehr viel gestritten, aber seit wir uns getrennt haben, verstehen wir uns wieder recht gut. Vielleicht bin ich ja allergisch gegen die Ehe.« Der Fisch war köstlich; sollte er tatsächlich einmal eine Allergie entwickeln, so würde es hoffentlich keine gegen Eiweiß sein. »Was ist mit Ihnen. Sind Sie verheiratet?«

»Nein«, sagte sie, »mir war immer an meiner Unabhängigkeit gelegen. Viele meiner Freundinnen sind verheiratet, und sie alle sind unglücklich.«

»Es ist schon seltsam«, sagte er, »aber offenbar besteht das gesamte Universum aus Anziehungen und Abstoßungen. So wie ich es sehe, sind Allergien als Krankheiten sehr viel sagend. Die Künste, heißt es, seien ein Ausdruck ihrer jeweiligen Zeit, aber ich glaube, dass Krankheiten ein sehr viel genaueres Bild einer Epoche zu zeichnen vermögen. Man kann Allergien ja als Krankheiten der Oberfläche, des äußeren Kontakts interpretieren. Allergien sind Fehlfunktionen der Begegnung. Das Allergen kämpft gegen die Schutzfunktionen des Immunsystems, und dieser Kampf, der sich unserer Kontrolle entzieht, wird zu einem Teil unseres Lebens. Vielleicht sehnen wir uns in Wahrheit ja nach dem Verlust von Kontrolle, weil wir sämtliche Gefahren aus unseren Schicksalen verbannt haben. Wir empfinden uns als überkontrolliert und leiden unter dem Mangel an Spontaneität.« Das Carpaccio wurde abgetragen, und danach fügte Cornelius hinzu: »Das Thema fesselt mich, wie Sie sehen, aber vielleicht sollte ich nicht so viel darüber reden.«

Sie schüttelte den Kopf und sagte: »Nein, warum? Ich höre Ihnen gerne zu.«

Er sah hinaus, und die spätsommerliche Atmosphäre draußen rief das brüchige Gefühl einstiger Lebensintensität in ihm wach. Beim Hauptgang – er hatte umbrische Maisgnocchi an sautierten Wachtelbrüstchen und sie Weidelammmedaillons im Briqueteig auf Wirsingraspeln – sagte sie: »Was ist mit Ihrer Frau? Hat sie jemals herausgefunden, ob sie Wespenallergikerin ersten oder zweiten Grades ist?«

»Dazu hätte sie wohl ein weiteres Mal gestochen werden müssen, aber das hat sie stets vermieden. Ich habe ihre Ängstlichkeit in diesem Punkt immer für einen Fehler gehalten, denn ich finde, man sollte wissen, woran man ist. Ich persönlich vermute, dass es sich bei der netzartigen Rötung seinerzeit lediglich um eine Irritationsdermatose gehandelt hat, aber sie hatte wohl Angst vor der Gewissheit.«

»Ist das nicht verständlich? Eine Wespenallergie kann auch tödlich sein. Würde man denn überhaupt noch ins Freie gehen, wenn man diese Gewissheit hätte?«

»Ja, vielleicht haben Sie Recht«, sagte er. »Es ist schon seltsam. Sich gegen Wespengift zu wehren mag ja noch verständlich sein, aber was ist so schlimm an Birkenpollen, Nüssen oder Kuhmilch, dass manche Körper sie so entschieden zurückweisen? Wussten Sie, dass die Griechen vor zweitausend Jahren die Vorstellung hatten, Leben sei im Kern die Mischung von vier Kardinalsäften – von Schleim, gelber Galle, schwarzer Galle und Blut. Gesundheit betrachteten sie als richtige Mischung dieser Säfte, während sie in Krankheiten jeweils bestimmte Missverhältnisse zwischen ihnen sahen. Die speziellen Zusammensetzungen der Lebenssäfte, die man heute als Allergien bezeichnen würde, nannten sie Idiosynkrasien – eigenartige Mischungen. Zurzeit neigt man ja eher dazu, in den um sich greifenden Allergien so eine Art Strafe für unseren rücksichtslosen Umgang mit der Natur zu sehen. Es ist immer das Gleiche: Kaum versteht man etwas nicht, fühlt man sich auch schon schuldig. In gewissem Sinne gefällt mir die Theorie der Griechen besser, weil sie nicht moralisch ist. Und irgendwie hatten sie ja Recht: Wir sind alle eigenartige Mischungen.«

Nach einer Weile sagte sie: »Ich glaube nicht, dass man das Rätsel der Allergien jemals lösen wird.«

»Wie können Sie das sagen«, widersprach er und schlug wieder einen leichteren Ton an. »Schließlich verkaufen Sie Medikamente gegen Allergien.«

Sie schüttelte den Kopf. »Wenn wir Allergien heilen könnten, dann bräuchten wir diese Medikamente ja nicht.«

»Und Sie glauben nicht, dass es möglich ist, Allergien zu heilen?«

»Nicht, wenn es stimmt, was Sie gesagt haben.«

»Was habe ich denn gesagt?«

»Dass sich hinter Allergien in Wahrheit so etwas wie die Sehnsucht nach Berührung und Intensität, nach Leidenschaft verbirgt.«

Er nickte und sah sie an. »Ja, das glaube ich wirklich.«

Sie erwiderte seinen Blick für einen Moment und sagte dann: »Wenn Sie Recht haben, wie wollen Sie diese dann jemals heilen?«

Eine letzte laue Nacht hatte sich mit ihrem warmen Puls über der Stadt ausgebreitet, und der Verkehr floss ruhig durch die Straßen, als Cornelius Behrendt Julia Rauler mit geschlossenen Augen den spitzenbesetzten aprikosenfarbenen Schlüpfer von den Hüften streifte und ihm dabei nicht nur ihr zimtsüßes Parfüm in die Nase stieg, sondern für einen kurzen Moment auch der traurige Geruch anonymen Menschseins, wie er in Hotelzimmern herrscht, doch dieser Eindruck verlor sich, und erregend überwölkte ihre duftende Anwesenheit das Geruchsgrau des Zimmers wie ein Morgen aus Pastelltönen. Cornelius beschloss, ihre Blöße allein mit Mund und Nase zu erforschen, und spürte, dass er mit der Wanderschaft seiner Lippen auf ihrer Haut den richtigen erotischen Ton traf, ihre Daumenballen legten sich lauwarm auf seine Ohren und ihre Hände umfassten seinen Hinterkopf, als sie ihn in ihren Schoß drückten, wo er nur kurz verweilte, um bald weiterzuwandern, sich dem Druck ihrer Hände sachte widersetzend, ihre Bauchdecke hinauf über die sanften Erhebungen ihrer Brüste ihren Achselhöhlen entgegen, zu denen es ihn mit sonderbar unwiderstehlichem Drängen hinzog und die sie ihm bereitwillig öffnete. Sie schmeckten nach Herbst und Holunder und ein wenig nach dem salzigen Geruch des Meeres, wie er in Hamburg manchmal in der Luft liegen mochte, und der Geschmack überzog seine Zungenspitze mit Schwärmen kleiner Stiche, deren Intensität erregend anschwoll und die begannen, über die Brücke des Gaumens als Kribbeln in seinen Rachen zu kriechen. Sein Hals wurde heiß und trocken und fing an zu pulsieren. Das heftige Bedürfnis zu schlucken überkam ihn, doch so sehr er sich auch darum bemühte, es gelang ihm nicht, den einfachen Reflex in sich auszulösen, sodass sein Rachen sich mehr und mehr mit einer fremden Substanz zu füllen schien. Seine Luftröhre zog sich zusammen, und die einsetzende Atemnot ließ Angst in ihm aufsteigen und zugleich eine sonderbare Erregung wie in Erwartung eines lang ersehnten Geschenks. Er hörte sich röcheln, und noch immer wollte es ihm nicht gelingen zu schlucken und seinen Rachen zu befreien von all dem, was ihn zu verstopfen schien. Was mit ihm geschah, entzog sich sämtlichen befehlenden Instanzen, die es in seinem Kopf irgend gab. Sein Körper zitterte, er rutschte vom Bett auf den Zimmerteppich, erstarrte und zitterte wieder. Er war dem Kampf, der in seinem Innern geführt wurde, hilflos ausgeliefert, diesem Aufbegehren aller Fasern und Nerven gegen etwas, das in ihn eingedrungen war und in ihm anschwoll. Ganz fern nur noch nahm er wahr, was um ihn herum geschah, schemenhaft wischten die hellhäutigen Bewegungen Julia Raulers durch sein Gesichtsfeld, die in ihrem Vertreterkoffer voller homöopathischer Tinkturen nach einem wirkungsvollen Medikament gegen anaphylaktische Anfälle suchte. Welche Geistesgegenwart fern jeglichen Beleidigtseins. Sie wollte ihn retten, wollte ihn erlösen, von all dem, was ihn verstopfte. Dieses Leben als Arzt, gescheiterter Ehemann und gelegentlicher Liebhaber. Erst jetzt, in seiner Hilflosigkeit, glaubte er zu spüren, dass es ihn hinter dieser funktionierenden Fassade wirklich gab, diesen Menschen, der er war. Es gab ihn, röchelnd und voller Liebe. Und während er dies fühlte, rann kühles Wasser über sein Kinn, vermischt mit jenem Präparat, das Julia ihm in ihrer verzweifelt beherrschten

Art verabreichte, jener Art, die sie wie einen Schleier um ihr Wesen gelegt hatte. Und auf einmal wollte er nur noch das: durch diesen Schleier treten. Es schien ihm, als müsse ein großes Glück darin liegen, zu ihr vorzudringen. Und er strömte über von diesem Glück. Zerfloss. Weinte.

Barbara Strohschein

Souper

Herr Eule, der Regisseur, wollte die Einladung eigentlich nicht annehmen.

Anita, die Gedankentänzerin, ist bereit, Herrn Eule zu begleiten.

Graf von Hazy, der vorgeblich aus dem Wiener Adel stammt, lädt ein. Victor ist sein stummer Diener.

Sie alle treffen sich zum Souper.

Herr Eule hat schon, bevor er ankommt, schlechte Laune.

»Dieser Graf von Hazy! Ein Angeber, einer, der eigentlich Müller oder Wagenrad heißt, aber nicht Salomon von Hazy«, murmelt er, nach Türschild und Klingel am Hauseingang suchend.

Anita weiß von nichts und freut sich. »Vielleicht ist er doch ein echter Graf? Steht doch hier! Und ich darf mit!«

»Gehen wir die Treppe hoch«, sagt Herr Eule, nachdem er geklingelt hat und sich die Tür öffnet, »bin ich froh, dass Sie mitkommen, Anita.«

»Was weiß ich? Ach, Herr Eule! Wenn Sie Regie führen, und das ist ja Ihre Profession – was soll da schief gehen?«

Entsetzliches Gekläffe auf der schmutzigen Treppe. Die Wohnungstür wird geöffnet. Zwei Pudel mit triefenden Schnauzen hecheln sich den Ankömmlingen entgegen. Der Herr tritt in Erscheinung. Etwas üppig um den Bauch, im dunklen Seidenanzug mit rotem Hemd, die schwarzen Locken in Öl um den Kopf gelegt, breit grinsend. Eine Brillantnadel hält das Foulard, das sich über seine Brokatweste faltet. »Mon dieu«, ruft er, »quel plaisier! Meine Gäste sind gekommen!«

»Im Hausflur stinkt's nach Katzenpisse, alte Latschen stehen vor der Tür und hier spielt man Adel. Es ist doch nicht zu fassen!«, flüstert Eule und zieht Anita mit sich.

»Guten Tag, guten Abend, gute Nacht«, ruft Anita fröhlich, die Abenteuer liebt und nicht damit rechnen muss, dass sie in diesem heute umkommt.

Sie hält dem Grafen eine Flasche Veuve Cliquot entgegen. »Hier, für Sie!«

»Wie reizend, wie entzückend, wie aufmerksam«, flötet von Hazy, »so eine Frau! Mit so roten Locken und so grünen Augen und so einem Himbeermundlächeln. Hätte ich dir, Eule, gar nicht zugetraut. Los!« Er wird laut. »Reinkommen, hinsetzen und den Mund halten!«

Eule und Anita gehorchen und betreten den engen Wohnungsflur, auf dem zerschlissene Perserläufer liegen.

Wuf, wau, wau, wie soll man die Pudelsprache wiedergeben, wenn nicht im Originalton. Die Pudel schütteln sich und rennen hin und her wie schlecht erzogene Zofen, die nicht wissen, was sie zu tun haben.

»Hereinspaziert, hereinspaziert«, der Graf weist in ein kleines Zimmer mit Bücherregalen, die ein Dilettant gestrichen haben muss. Die geronnenen Farbtropfen hängen am flüchtig gestrichenen Holz, die verstaubten Bücher stehen kreuz und quer durcheinander. Eine Blechtasse, Schnürsenkel, ein schmutziges Handtuch und ein Hundeteller liegen auf dem Fensterbrett. Gegenüber vom Balkonfenster lehnt ein Sofa an der Wand mit abgeschabtem, rosenrotem Samt. Aus der Mitte der Sitzfläche ragt durch ein Loch im Stoff eine Sprungfeder, wie ein fröhlicher Schelm.

»Es gibt keinen Krieg!«, der Graf klingt vergnügt, »das ist von gestern. Stellt euch nicht an, setzt euch dazwischen. Platz ist genug für euch, jetzt gibt es einen Apero! Victor! Los!«

An der Tür erscheint ein bleicher Blonder und verneigt sich höflich. Seine Augen lächeln weise. Er trägt ein gelbes Seidentuch als Hose um seine Hüften geschlungen, ein rot-schwarz kariertes Holzfällerhemd und grüne Jesusplastiklatschen mit einem Riemchen zwischen seinen Zehen. Seine Haare hängen lang und dünn auf seine Schultern. »Jaaaaa«, er verneigt sich noch einmal.

»Guten Abend«, erwidert Anita und reicht Victor die Hand. Aber Victor rührt sich nicht.

»So, jetzt habt ihr Victor gesehen. Victor! Ab in die Küche«, der Graf bugsiert den frommen Mann durch die Tür und folgt ihm.

»Mein Gott, wo sind wir hier«, flüstert Anita. »Sehen Sie sich das Sofa an, Eule, ist die Armut echt oder getarnt? Und da, eine Wiener Nymphe sitzt auf dem Messingaschenbecher, die gesamte Goethe-Ausgabe aus dem 18. Jahrhundert steht im Regal. Und dann dieser teure tibetanische Wandteppich! Wie soll ich das verstehen?«

»Ich habe Sie gewarnt!«, antwortet Eule.

»Ach was«, sagt Anita, »vor was denn?«

»Ich hab's Ihnen gleich gesagt, er ist zum Weglaufen! Aber Sie wollten ja unbedingt mit!«

»Eule, seien Sie nicht so eng! Sie haben mich gedrängt, mitzukommen. Wow! Mir gefällt's. Es riecht nach Rosenöl und nassen Hunden, nach Kampfer und brauner Butter, nach Caramel und Hanf…«

»Jaaaaa«, haucht Victor, der durch die Tür mit einem Messingtablett jongliert, auf dem zwei Karaffen, zwei Sherrygläser und drei Glasschälchen stehen.

Er stellt das Tablett auf den wackligen Holztisch vor dem Rosensofa und verbeugt sich. Halb voll gießt er die Gläser mit einer giftroten Flüssigkeit aus der einen Karaffe. Er pudert die Gläser mit einem braunen Pulver und füllt sie auf mit der hellgelben Flüssigkeit aus der anderen Karaffe. In den Schüsselchen sind fremdartige Nüsse und Früchte, verschrumpelt und stark duftend.

Victor weist die Gäste mit einer demütigen Geste auf den Cocktail.

Herr Eule nimmt das Glas und riecht daran. »Mhm, was is'n das?« Er steckt seine Zunge in die Flüssigkeit.

»Nicht grad wie ein Gentleman«, wispert Anita.

»Keine Spur davon! Das war er nie!«, wettert der Graf, der in diesem Moment ins Zimmer tritt. »Nichts weiter als ein Wiener Vorstadtjunge. Eule, weißt du noch, was du mit zweiundzwanzig nicht wusstest, was ein Burgunder und was ein Pariser ist?«

»Halt's Maul«, Eule ist leise, »du Aufschneider. Von wegen Graf.«

»Darauf kommt es mir wahrhaftig nicht an. Weder auf Grafen, noch auf Pariser oder Burgunder. Er soll sich nur nicht aufspielen!« Der Gastgeber wendet sich der Dame zu. »Anita! Sie sehen so aus, als wüssten Sie Bescheid. Auch über den Zwischenkieferknochen, den Goethe entdeckt hat?«

Anita lächelt, nippt an dem Glas, verdreht entzückt die Augen. »Wie köstlich, Herr Graf, das ist köstlich! Wie das auf der Zunge prickelt und prackelt und zwitschert. Was ist das?«

»Kommt aus Nepal! Trinken Sie, kosten Sie, Verehrte.

Sie sind doch über achtzehn und dürfen scharfe Sachen zu sich nehmen?«

»Aber gewiss!«, kontert Anita.

»Passen Sie nur auf«, faucht Herr Eule, »der Graf verdreht Ihnen noch den Kopf.«

»Aber ach wo«, sagt Anita. »Mein Kopf sitzt oben und ziemlich fest. Wie war das noch mit dem Zwischenbackenknochen, Herr von Hazy?«

»Kiefer! Nicht Backen! Wie wunderbar, dass Sie beim Thema bleiben. Ich hätte gedacht, solche Menschen gibt es gar nicht mehr.« Der Graf zerrt aus dem Regal ein vergilbtes Buch. »Bitte«, er legt es Anita in den Schoß. »Bitte, hier ist es. Außer mir hat sich noch niemand damit befasst.«

Eule nimmt das Buch von Anitas Schoß, fängt an, darin zu blättern und lacht.

»Gib her«, ruft Anita zornig, »das Buch ist für mich.«

Eule lässt es sich aus der Hand reißen, trinkt mit einem Zug das sonderbare Gebräu aus und wird hellrot im Gesicht. Aber nur für einen Augenblick.

»Und das haben Sie geschrieben?« Anita liest das Inhaltsverzeichnis und strahlt den Grafen bewundernd an.

»Mhm«, der Graf sieht zufrieden aus.

Sie nimmt ihr Sherryglas und trinkt. Ihr wird einen Moment lang grün im Gesicht.

»Nicht nur das«, spricht Herr von Hazy mit einem Anflug von Stolz, »ein weiteres Buch über Heroin, eines über die Wiener Sängerknaben und eines über den Terrorismus.«

»Das finde ich – gar nicht – komisch!«, brummt Herr Eule.

»Ich auch nicht«, erwidert der Graf, zupft an seinem Foulard und reckt seinen Hals, als würde er eine Krawatte zurechtrücken. »Glaub ja nicht, mein Freund, dass die Dinge so weit auseinander liegen. Die Knabenerziehung ist meist der reinste Terror, den man später mit Drogen und Waffen bekämpft. So werden die meisten Männer mit ihrem Lebenstrauma fertig, statt in Mamas Armen zu liegen, wo es am schönsten ist.«

Victor erscheint an der Tür, bleich und lächelnd.

»Victor, was ist? Ach so, das Essen ist gerichtet. Auf geht's!« Der Graf weist mit dem Zeigefinger aus der Tür.

Eule erhebt sich, Anita erhebt sich und zieht ihren Rock etwas herunter.

»Lassen Sie mal«, sagt Eule in ihr Ohr, »der ist nur scharf auf...« »Wie bitte?«, flüstert Anita, »auf was?«

»Nein«, ruft der Graf, der Fledermausohren und einen sechsten Sinn zu haben scheint, »ich bin fürs Matriarchat. Für nichts sonst!«

Die Gäste kommen in der kleinen, schmuddligen Küche an.

Gelb-graufett sind die Wände, die blaue Farbe der Küchenstühle blättert ab. Gerüche wirbeln durcheinander. Auf dem Herd brodelt und zischt es in vier Töpfen. »Mein Gott«, ruft Anita und zeigt auf den prachtvoll gedeckten Tisch, »das ist ja nicht zu fassen. Wo hat er das denn alles her?«

Eule gibt ihr einen Stoß. »Nicht so direkt! Seien Sie doch nicht so spontan! Was soll er denn von Ihnen denken?«

Auf dem alten Küchentisch liegt eine makellose, weiße Damasttischdecke allererster Qualität. Für vier Personen ist gedeckt. An jedem Platz stehen sechs verschieden große Kristallgläser, eines für Rotwein, eines für Weißwein, eines für Sekt, eines für Wasser, eines für Likör, eines für Cognac. Kostbares Geschirr mit Goldrand, feinstes, blank geputztes Silberbesteck. Für jeden gibt es einen Suppenteller, einen Menüteller, einen Salatteller, Brotteller, Dessertteller, Fischbesteck, Fleischbesteck, kleine und große Löffel. Nach frischer Wäsche duftende, weiße Damastservietten sind kunstvoll verschlungen in die Mitte des Tellers gestellt.

»Setzen!«, befiehlt der Gastgeber, »Sie da, Anita! Du da, Eule, Victor kommt zu mir, der hält sowieso den Mund. Victor! Der erste Gang!«

Victor verneigt sich und sagt Jaaaa. Er geht zum Herd, hebt einen Topfdeckel und schöpft Suppe auf die Teller.

Der Graf schlägt zweimal mit flacher Hand auf den Tisch. Trommelmusik ertönt im Hintergrund. Anita zuckt zusammen.

Der Graf grinst. »Madame, Musik der Schamanen, nach dem Herzschlag trommeln sie, bum bum, bumbum, bum bum, bumbum. Nehmen Sie es hin. Es wirkt!«

Victor reicht Herrn Eule die Suppe, nachdem Anita bedient ist.

»Was ist das? Riecht gut«, sagt Eule und hält die Nase in den Teller.

»Eule«, sagt der Herr Graf. »Das macht man nicht. Man steckt nicht die *Nase* in die Suppe, sondern den *Löffel*. Es ist doch kein Krieg, wo man die Suppen nur zum Riechen bekommt. Essen, Eule, essen! Auslöffeln! Du musst diese Suppe einfach – auslöffeln.«

»Du hast mir so manches eingebrockt!« Eule klingt beleidigt und fängt an zu löffeln.

Anita stößt ihn an, am Knie. »Victor hat noch nichts auf dem Teller! Können Sie nicht warten?«

Eule errötet und sieht, wie Victor sich mit der überschwappenden Suppe an seinem Tellerrand den Daumen verbrüht. Doch Victor zeigt keinen Schmerz, zieht den

Daumen aus der Suppe, schweigt, nimmt Platz und sieht seinen Herrn demütig an. »Selleriecreme mit Schaumklößchen, Sahne, Sherry und Kerbel. Von Engeln und Teufeln gekocht und gut für die Bildung von roten Blutkörperchen! Esst, meine Freunde, esst.«

Anita nimmt den Grafen beim Wort und kostet. »Mein Himmel, mein Herrscher! So kam mir noch keine Sellerie daher. Herr von Hazy, das ist ja ein Traum! So luftig, so heftig und leicht, so hingeweht wie ein Sommerwindabend in den Teller, die Schaumwölkchen hineingemalt. Es ist nicht zu fassen.«

»Stimmt«, brummt Herr Eule, »nicht schlecht.«

Victor pustet die Hitze vom vollen Löffel, kostet und verschluckt sich.

»Na, na«, sagt der Herr, »das wollen wir doch nicht. Langsam, langsam! Alles verkühlen und dann auf der Zunge zergehen lassen und dann erst in den Abgrund des Magen-Darm-Trakts.«

»Hör auf!«, schreit Herr Eule, »kannst du nicht aufhören, immerzu allen zu sagen, wo es langgeht?«

»Nur für die Deppen tu ich es«, kichert Herr von Hazy, »ich bitte Sie aber, gnädige Frau, sich selbst von dieser Bezeichnung auszunehmen. Sie sind natürlich etwas ganz anderes.« Er schnippt mit Daumen und Zeigefinger. Das Trommeln im Hintergrund hört auf.

»Gottlob ist endlich Ruhe«, seufzt Herr Eule und wischt sich mit der Serviette die feuchte Stirn ab. »Ich bin jetzt schon völlig fertig.« Und leise fährt er fort: »Das Essen ist gut, aber die Küche ist zum ... schweigen wir!«

Anita stößt mit ihrem Knie an sein Knie und Herr Eule guckt erstaunt. »He«, wispert sie, »die Serviette ist nicht für die Stirn gedacht, sondern für den Mund, den Schoß und die Finger!« Herr Eule wird blass.

»Der Arme! Er weiß einfach nicht, was sich gehört. Noch ein Klößchen, noch ein Löffelchen? Mein Lieber, Werter, alles bringt dich hier in Schwung und hoffentlich endlich aus dem Lot!«, sagt der Graf und gibt Victor einen Wink, damit er Eule noch einmal mit Suppe bedient.

Doch Eule winkt ab und schüttelt den Kopf. »Nee. Will nicht.«

»Ich aber!«, ruft Anita, »ich!«

»Hat denn hier nach dem Untergang des Großbürgertums überhaupt keiner mehr Manieren? Gackern, rülpsen und schreien wir jetzt alle, wenn wir etwas wollen oder nicht wollen?«, empört sich der Gastgeber, »füll der feinen Dame noch einmal den Teller auf. Bis obenhin!«

Victor gehorcht augenblicklich, füllt die Suppe auf und zieht seinen Daumen vom Tellerrand.

»Danke«, ruft Anita, löffelt und ist entzückt.

Herr Eule starrt auf ihren Mund, der genüsslich aufnimmt, was ihm Köstliches geboten wird.

Graf von Hazy beobachtet belustigt Anitas Gier und Victor senkt verschämt den Blick.

»Ich will rauchen!«, ruft Herr Eule, zieht aus seinem Jackett ein Zigarettenetui und öffnet es. »Och, oh, nix mehr drin!« Er ist enttäuscht.

Anita fischt das letzte Schaumklößchen aus der Suppe. »Noch nicht jetzt rauchen, Herr Eule. Wir essen doch noch.«

»Eule weiß nie, wann der rechte Zeitpunkt ist. Ha ha«, der Graf lacht ungeniert, »der hat in Wien im Café den Fräuleins auf den Hintern gehauen, wenn sie die Melange brachten.«

»Das ist nicht wahr!«, empört sich Eule, »du fantasierst.«

»Victor!«, brüllt der Graf, »los, geh und hol Zigaretten.«

»Jaaaa«, Victor steht auf und öffnet eine zerbeulte Blechdose, die auf dem Küchenschrank steht. Er fischt ein paar Münzen heraus.

»Nein! Das kommt überhaupt nicht in Frage!«, fährt Eule dazwischen, »meine Zigaretten zahle ich!«

»Ruhe! Victor, du weißt, was du zu tun hast. Das hier sind meine Gäste. Sie kriegen alles! Verstanden? Auch Zigaretten, wenn sie zu blöd und nicht voraussehend genug sind, sich selber welche vorher zu besorgen.«

Der Graf schlägt auf den Tisch. Im Hintergrund wird wieder getrommelt.

Victor nimmt die Münzen und verschwindet.

Anitas Teller ist leer und sie lächelt. »Victor ist süß. Aber warum sagt er nichts?«

Eule erhebt sich erschöpft, öffnet das Fenster, stöhnt und wischt sich mit der Hand über die Stirn. Er ist rot und ein bisschen weiß im Gesicht. »Es ist unglaublich«, fährt er auf, »wie du mit ihm umgehst. Es ist zum Kotzen, wie du ihn behandelst.«

»Halt's Maul«, antwortet der Graf gelassen, »was weißt du schon. Nichts weißt du.«

Und leise sagt er, Anita in die Augen sehend: »Meine werten Gäste! Victor ist heilig. Er hat ein Herz im Kopf und eine Stimme im Bauch. Fürchtet euch nicht. Er ist ein junger Gott. Er ist Tischler und ich hab ihn aus der Klapsmühle geholt. Er sprach mit dem Holz und fügte statt Beine Flügel an die Tische. Na so was. Könnt ihr euch das vorstellen?«

Herr Eule: »Ne.« Anita: »Das gefällt mir. Aber nur, wenn es ihm gut dabei geht!«

»Keine Sorge, mein Engel. Wenn ich ihm nicht genau

sage, was er tun soll, dann fängt er an zu weinen, zu tanzen oder zu hämmern. Wenn ich ihm aber Befehle gebe, bleibt er vernünftig, wach und wachsam.« Mit noch leiserer Stimme fährt von Hazy fort: »Wie Golem. Der konnte auch nicht sprechen und man musste ihm alles sagen.«

»Ich will einen Wein«, sagt Eule müde, »und eine Zigarette.«

In diesem Augenblick erscheint Victor an der Tür und sieht aus wie die Unschuld selbst. Wie ein Kind, das sein liebstes Spielzeug seinem Vater opfert, reicht er Eule die Zigarettenschachtel, ohne ihm einen Schritt näher zu kommen.

Eule springt auf. »Danke, danke!« Er nimmt Victor die Schachtel aus der Hand. Nachlässig und hektisch reißt er die Packung auf. Zieht eine Zigarette heraus und zündet sie sich an.

»Viiiiictor! Träum nicht! Der nächste Gang! Feinste Entenleber, Friséesalat mit gerösteten Pinienkernen, Thymianrisotto und dazu ein echter St. Émilion!«

Victor räumt die Teller ab und serviert den nächsten Gang.

Eule nimmt Anitas Hand und schluchzt fast: »Mein Gott, ich halte es nicht aus. Kann der nicht normal sein?«

Anita hält seine Hand. »Herr Eule«, sagt sie leise tröstend, »was ist denn schon normal?«

Graf von Hazy klopft Victor, der die vollen Teller verteilt, auf den Hintern. »Gut, gut, er macht es gut. Das ist der zweite Gang. Victor, Wein für den Herrn da, die Dame kriegt nur die Hälfte. Sie ist nicht ganz so groß und braucht nicht so viel.«

»Ein Meter siebenundsechzig«, antwortet Anita, »also sagen wir, ein Dreiviertelglas!«

Graf von Hazy lacht. »Sie ist wunderbar«, ruft er.

»Eule, wie hast du das fertig gebracht, dass sie mit dir mitkommt?«

Anita schiebt sich eine Locke aus der Stirn. »Ich war's! Ich wollte mit!«, ruft sie. »Aber nun will ich wissen, wer Sie sind, Herr Graf.«

»Eine sehr direkte Frage«, der Herr lacht dämonisch. »Woher wir kommen, wer wir sind und was wir tun sollen? Das fragen Sie? Sie haben's wohl mit der Philosophie?«

»Ach nö, ich will nur wissen, woher Sie diese wunderbaren Kristallgläser und dieses exquisite Essen haben... Also, wer sind Sie?«

»Achtzehnhundertundsechs verzichtete Kaiser Franz der Zweite unter dem Druck Napoleons auf den deutschen Kaisertitel. Das Großherzogtum Toskana kam an eine Nebenlinie, die 1859 entthront wurde. Eine andere Nebenlinie regierte infolge der Heirat, essen Sie, Gnädigste, alles wird sonst bitterkalt, infolge der Heirat mit der Erbtochter des Hauses Este 1814–1859 im Herzogtum Modena und erlosch 1875. Der Bruder Kaiser Franz Josefs, Maximilian, war 1864–1867 Kaiser von Mexiko. Also nicht länger als drei Jahre. Kaiser Karl der Erste musste auf den Thron Österreich-Ungarns 1918 verzichten. Die Republik Österreich verbot den Habsburgern den Aufenthalt in Ungarn. Das Gesetz wurde erst 1966 aufgehoben! Die armen Habsburger. Mein Großvater war Kommunist, meine Mutter sprach fließend fünf Sprachen und mein Vater stand 1945 vor dem Kriegsgericht in Nürnberg. Ich lebe seit fünfundzwanzig Jahren fern von meiner Familie und Österreich.«

»Du lügst!«, fährt Eule hoch, »wir und drei andere haben vor zwanzig Jahren in Zürich einen Bankraub geplant – aus reinem Gerechtigkeitsempfinden!«

Anita, ganz gespannt, mit erhobener Gabel, auf der ein Stück Entenleber baumelt: »Und? Hat der Bankraub geklappt?«

»Nee, was denken Sie«, erwidert Eule, »als ob dieser Feigling zu einer solchen Tat fähig wäre. Eben hat er uns die fünfte Fassung seiner undurchsichtigen Biografie geboten! Dieser Fälscher!«

»Aber die Gläser sind echt«, sagt Anita und schiebt das Stück Leber in den Mund.

»Alles ist echt«, dröhnt Graf von Hazy, »nur mein Pseudonym nicht.«

»Welches?«, fragt Eule, »du heißt doch in Wirklichkeit Carl Otto Wagenrad! Oder Herbert Müller!«

»Mais non! Du verwechselst mich!« Der Graf gießt sich einen Schluck Sancerre ein. »Victor, los, sieh nach den Seezungen. Sie liegen auf dem Lauch in Sahne-Weißwein-Sauce mit Schalotten und zerfallen langsam in Stücke. Nein? Du siehst, dass alle noch beieinander sind?«

Anita nippt am Glas und ruft begeistert: »Was ist das für ein Abend! Die Pinienkerne reihen sich so phantastisch in die Falten des Friséesalats. Und die zarte Ente. Und Sie, Herr Graf, Sie und Ihre Gläser sind wirklich aus dem Hause Habsburg?«

»Nebenlinie«, antwortet Herr von Hazy geschmeichelt.

»Der hat mit dem Wiener Adel gar nichts zu tun. Der wurde auf einer Hintertreppe in Semmering gezeugt, die Mutter Dienstmagd und der Vater ein Hallodri. Irgendjemand behauptete mal, sein Vater wäre Bankdirektor und seine Mutter eine indische Tänzerin!«

»Wow«, sagt Anita bewundernd und nimmt Victor den Teller mit der Seezunge ab. »Meine Mutter war Sängerin, aber nur aus Hannover.«

»Meine Liebe«, sagt der Graf und legt seine Hand auf ihre Hand, »es ist doch völlig gleich, was unsere Mütter taten. Hauptsache, sie haben uns geboren.«

Anita sieht auf den Brillantring am Rinfinger des Herrn und schweigt einen Moment lang irritiert.

»Victor, wo bleibt die Sauce? Na also, na bitte, es geht doch. Gib der Dame dort von dieser Köstlichkeit.«

Victor lächelt und gehorcht.

Das Telefon klingelt. Graf von Hazy springt auf, wie aus der Pistole geschossen. »Es wird Eduard sein!«, ruft er, »Eduard, ich habe schon so auf deinen Anruf gewartet.«

Eule, der raucht und gleichzeitig im Fisch herumstochert, murmelt: »Der schon wieder. Hat der nur diese Ringelschwänze im Kopf?«

Victor starrt ihn an und Anita schiebt sich ein Stückchen Seezunge mit einem Lauchring in den Mund. »Na und«, sagt sie, »lass ihn doch. Ich finde ihn herrlich. Er ist so grenzenlos. Eule, passen Sie auf, Ihre Asche fällt in den Teller.«

»Am besten fällt seine Asche in den Sarg«, sagt der Graf, der plötzlich wieder in der Tür erscheint. »In den Sarg kommen alle, die bei einem Souper paffen. Stellen Sie sich vor! Er hat angerufen. Er war es. Er denkt an mich, ohne dass ich etwas dafür tun muss. Ich hasse das Werben und Balzen und Herumhuren. Es strengt an und ist nichts für Propheten.«

Eule verschluckt sich, bekommt einen roten Kopf und ringt nach Atem.

»Na na«, Anita haut ihm kräftig auf den Rücken.

»Und«, stößt Eule mit Mühe vor, »was hast du in Zürich gemacht? Auf der Bahnhofstraße?«

»Iss deinen Fisch, mein Freund!«, befiehlt der Graf. »Der Fisch wird kalt, drum schweige.«

»Dieser Hurenbock, dieser Schwätzer und Wortverdreher!« Eule stochert im Gemüse und zieht aus der Seezunge mit den Fingern eine Gräte.

»Ich sah! Wie Fetzen von den Leibern sprangen, als schuppe große Fische hier der Koch. Du, rief Vergil, da näher er gegangen, zerreißen werden dich die Finger noch, gebrauchst du ewig sie so fort als Zangen! Brrr!« Der Herr Graf sieht einen Moment lang traurig aus.

»Ist was?«, fragt Anita erschrocken.

»Ach nichts«, erwidert der Graf, der wie ein feiner Herr den Fisch mit dem Fischbesteck zerlegt, »ach nichts. Genügen soll die Schärfe meiner Tatzen.«

Er schlägt einmal kurz auf den Tisch und plötzlich erklingt eine vierstimmige Motette aus dem 15. Jahrhundert. Anita hält inne und neigt ihren Kopf. Victor reibt sich wie ein fröhliches Kind die Hände und Eule starrt missmutig den Gastgeber an.

»Meine Mutter«, sagt der Graf leise, »wurde in Rom geboren. Der Tiber war vergiftet, der Papst war gestürzt, Krieg tobte durch die Straßen. Wäre ich doch nie in diese Zeit geboren. In der Finsternis liebten sich die Hintermänner in den Büschen, ohne Gott und ohne Moral.«

»Ich will nach Hause«, mäkelt Eule. »Ich bin satt.«

»Erst wird aufgegessen und außerdem gibt's noch Dessert.«

Anita gibt Eule einen Stoß in die Seite.

»Du hast mir in Zürich heißen Kaffee über die Hose gegossen, den Beleuchter des Theaters verprügelt, alle Huren einmal genommen, hast Geld aus der Gemeinschaftskasse geklaut, mich getreten, wo du konntest, und dir nie die Haare gewaschen«, bricht es aus Eule hervor.

Victor erhebt sich und schlägt ein Kreuz über Eule.

»Oje, Victor, was hilft das bei einem Atheisten«,

seufzt der Graf. »Der Ärmste. Aber immerhin hat er eine blühende Fantasie.«

Anita nippt an ihrem Weißweinglas. »Stimmt es denn oder stimmt es nicht?«

»Victor, leg der Dame Fisch nach!«, sagt der Graf.

»Ich will keinen Fisch. Ich will die Wahrheit!« Anita sieht den Grafen mit strenger Miene an.

Der Graf schlägt auf den Tisch. Die Motette verklingt.

Eule lehnt sich zurück. Seine Augenlider sind halb geschlossen.

»He«, Anita gibt ihm wieder einen kleinen Stoß, »also was ist – stimmt es nun oder nicht?«

»Ich kann nicht mehr!« Eule legt seine linke Hand auf die Stirn, wie ein Leidender.

»Er hatte braune Augen und dunkelbraunes Haar. Er hat 'ne tiefe Stimme und macht es mehr als einmal im Jahr. Sein Hintern war nie größer, seine Finger waren grob und das mochte der Polizeiwachtmeister Bellebob.« Der Graf legt das Besteck beiseite und einen diagnostischen Blick auf, den er auf Eule richtet. »Mein lieber, lieber Freund, hast du denn all das Schöne vergessen, was zwischen uns war?«

»Gibt's wirklich noch Nachtisch?«, spricht Eule Anita ins Ohr.

»Ja ja«, flüstert sie zurück. »Aber ich will wissen, ob alles stimmt, was ihr sagt.«

Victor macht sich an der Kühltruhe zu schaffen.

»Es stimmt alles! Es gibt noch Nachtisch«, sagt der Graf, »wir nennen ihn allerdings Dessert! Vattalappam. Die gestürzte Kokosnuss.«

»Was ist das?«, fragt Anita.

»Wir stürzen die Kopfnuss und die Kokosnuss.« Der Graf wird sanftmütig und weich. »Meine Liebe! Wir bemühen uns, dass Sie und Herr Eule alles vergessen, was mal war. Wir fangen ganz neu an, wenn wir die Kopfnüsse einfach fallen lassen, den Schädel in der Mitte öffnen und ganz im Rausch leben. Santé, Eule, folge meinem Rat und vergiss alles.«

Eule schluckt einmal trocken herunter und schiebt seinen nicht ganz leer gegessenen Teller ein Stück zur Seite. »Mama mia«, sagt er leise, »ich hätte wirklich absagen sollen. Ich brauch schon wieder eine Zigarette und ein Glas mit Rotwein. Mir ist schon ganz anders in der Birne.«

»Sie meinen, in Ihrem Kopf«, erwidert Anita und beobachtet, wie Eules Blicke auf ihren nackten Knien ruhen.

Der Herr des Hauses schlägt auf den Tisch. Und eine klingende, singende fremdländische Harfenmusik beginnt.

»Ist das schön«, sagt Anita andächtig. »Und dazu gibt es Tavalappam?«

»Nein! Vattalappam! Victor, noch etwas Kokosraspeln darüber und vorsichtig servieren!«

Victor nimmt die abgegessenen Teller vom Tisch und trägt sie behutsam, als wären es Schätze, in die Spüle.

Die Harfe erklingt, die Küche riecht nach Pudeln und Fischen und ein wenig nach Anitas Moschusparfüm.

Der Graf faltet die Hände. »Eduard«, sagt er glücklich, »Eduard hat wirklich angerufen. Er ist ein Engel. Es gibt Engel unter den Menschen, hören Sie? Eule, wenn du an Engel glauben würdest, ginge es dir viel besser.«

Anita stützt ihren Ellbogen auf den Tisch und beugt sich vor zum Grafen.

»Sind Engel denn nicht weiblich und außerdem eine glatte Einbildung?«

»Vattalappam«, antwortet der Graf leise, »Vattalappam, das ist der Nachtisch, das Dessert – die Öffnung zum Himmel ist männlich *und* weiblich, mein Kind. Die Kokosnuss ist aufgebrochen und darin liegt die süße, weiße Glut. Die Erde ist in der Mitte aufgebrochen und das Feuer, das hervorbricht, schafft endlich Licht im finstren Universum.«

Victor stellt zärtlich die Schälchen mit dem Vattalappam auf den Tisch, vor jeden eines, nur vor Eule zwei.

»Warum?«, fragt Eule. »Was soll das? Ich habe keinen Hunger mehr.«

Der Graf wiegt den Kopf hin und her. »Mein Freund«, sagt er fast versöhnlich, »du hast den kathartischen Nachtisch am nötigsten. Anita hingegen ist unschuldig und sauber.«

»Was denken Sie von mir?«, fragt Anita fast entsetzt. »Ich bin …«

»Sie haben ein reines Herz«, antwortet der Graf ernst. »Schon durch Ihre gütige Neugier.«

Victor lächelt ein Jesuslächeln und reicht ihr einen hübsch verzierten Dessertlöffel.

Anita sieht ihn an, sieht den Grafen an, sieht ihn an, sieht den Grafen an. Soll sie sich wirklich unschuldig fühlen?

Der Graf hebt die Hand und die Musik verstummt augenblicklich.

Eule hört nicht mehr. Mit roten Ohren stochert er mit dem Löffel im Vattalappam, mit Blicken auf Anitas Knie.

»Das weiße Zeug schmeckt nach nichts«, Eule steckt den Löffel in den Mund und leckt ihn genüsslich ab.

»Victor, nimm es weg!«, brüllt der Graf. »Jetzt reicht es mir!«

Victor erhebt sich von seinem Platz und schlottert. Er schüttelt den Kopf und kreuzt die Arme über der Brust.

»Ach bitte«, fleht Anita, »lassen Sie ihm doch den Nachtisch. Er meint es nicht so, nicht wahr, Eule?«

»Nach was soll das denn schmecken?« Eule löffelt weiter.

Der Graf lehnt sich im Küchenstuhl zurück, ordnet sein Foulard und sagt kalt: »Es hat keinen Sinn. Eule kann sich nicht öffnen. Eule ist dicht. Nichts erreicht ihn. Ein mottenähnlicher Kleinschmetterling. Victor!«

»Jaaaaa!«, erwidert Victor, immer noch stehend, nun in Habtachtstellung.

»Victor, räum ab! Wir setzen das Souper im Salon fort. Kaffee, Likör und die Pilzpfeife!«

Anita spitzt die Lippen. »Kann ich noch mein Dessert zu Ende essen?«

»Bis ans Weltende!«, sagt von Hazy. »So lange, bis Sie angekommen sind.«

»Ich schwebe«, ruft Anita, öffnet den Mund und leckt die Süßigkeit vom Löffel ab, »es zergeht auf der Zunge, fährt in die Speiseröhre, streichelt den Magen und breitet sich in allen Adern aus.«

»Victor? Ist der Kaffee mit dem Pulver fertig? Ist die Likörflasche geöffnet und die Cognacflasche ebenfalls?«

Eule erhebt sich, sein Gesicht wird abwechselnd grau und rot. Er stützt sich auf den Tisch, die Damastdecke verrutscht, die Gläser klirren aneinander.

»Eule? Können Sie noch?« Anita hält ihn für einen Augenblick am Arm fest.

»Natürlich«, schreit Eule, »was gibt's denn da zu können? Also, wo ist der Salon und der Kaffee und der Likör und…«

»Immer geradeaus an den Pudeln vorbei und dann links. Bitte nicht auf den Balkon treten, der hält nicht«, ruft von Hazy.

Anita folgt, Victor mit einem Tablett ebenfalls und der Graf mit den beiden Pudeln auch.

Sie setzt sich rechts, Eule links – neben die Sprungfeder.

Der Graf schnippt mit Daumen und Zeigefinger. Ein Menuett von Mozart ertönt, gespielt von einem Quartett.

»Echter Wiener Kaffee, Marillenlikör, die Pfeife, Victor, wo bleibt die Peife?«

Victor eilt herbei mit einem Tablett mit goldenen Kaffeetassen, Likörgläsern und Schälchen mit unbekanntem Gebäck. Eine kunstvoll geschnitzte Pfeife liegt auch dabei und ein Beutel mit Tabak.

Eule murmelt: »Auch das noch. Ich will nicht. Ich will überhaupt nichts mehr. Ich will mit Anita nach Hause.«

»Wie bitte«, ruft der Graf, der gute Ohren hat. »Wo willst du hin? Du bleibst hier. Wie willst du etwas vom Leben verstehen, wenn du immer wegläufst, bevor das Leben anfängt?«

»Und was kommt jetzt noch?«, ruft Anita aufgekratzt. »Das Essen haben wir doch hinter uns.«

»Erst kommt Wien, dann der indische Tempeltanz ins Nirwana«, ruft der Graf und lässt sich von Victor die Kaffeetasse reichen.

»Au fein«, Anita nimmt ebenfalls eine Kaffeetasse entgegen. »Und – wie geht das, mit dem Nichts?«

»Hier stinkt's nach alter Wäsche, Pudeln und Kartoffelschalen. Ich lasse mir nicht mehr von diesem Kerl vorschreiben, was ich zu tun und zu sagen habe.«

»Was sollen wir da machen? Er meint, er wär ein ganzes Ich! Er hat ein Autoritätsproblem! Eule, na so etwas! Ich dachte, ich dachte, die Jahre hätten dir etwas Reife beschert.«

Eule springt auf und gestikuliert. »Immer haust du noch einen drauf…«

Der Graf lächelt gelassen und Victor stopft die Pfeife. Der Graf nimmt sie und zündet sie an. Ein herrlicher Duft verbreitet sich im Zimmer. »Eule, bitte setz dich und rauch!«

Eule nimmt wieder neben Anita und der Sprungfeder Platz, greift nach der Pfeife und saugt daran wie ein hungriges Kind.

»Ich auch!« Anita stellt die Kaffeetasse ab.

»Nein!« Von Hazy hebt die Hand, die Wiener Klassik verstummt. Es wird plötzlich dunkler im Zimmer. Schritte, Tappen, Knistern, dann die ersten leisen Klänge indischer Tempelmusik.

Eule saugt an der Pfeife und starrt in die Luft. Victor kommt zu ihm, verneigt sich und nimmt ihm die Pfeife aus dem Mund.

»He hem«, stammelt Eule, »was soll'n das? Erst krieg ich sie und nun, nun… ich aaah, mich ich will…« Er fällt ein wenig in sich zusammen und dann ins Sofa zurück.

»Ich auch!«, schreit Anita etwas zu laut.

»Nein«, ruft der Graf. »Sie bleiben oben im Kopf und gucken genau hin.«

Eule schließt die Augen und tastet nach der Kaffeetasse.

»Nichts mehr drin«, flüstert Anita in die immer schwüler werdende Luft.

Am Fenster brennt ein Licht. Victor wartet vor dem Grafen, der an der Pfeife zieht.

»Und ich?«, ruft Eule matt. »Noch mal, bitte, noch einmal.«

Von Hazy reicht Victor die Pfeife, Victor steckt sie in Eules Mund, und Eule lächelt das erste Mal heute Abend.

Die indische Tempelmusik steigert sich, nimmt an Tempo, Intensität und Leidenschaft zu. Anita beobachtet den mächtigen Grafen, den frommen Victor und den seligen Eule, der in die Pfeife versunken ist.

»Ich verstehe nicht«, sagt sie leise, »warum ich nicht die Pfeife rauchen darf.«

»Meine Liebe, das ist völlig überflüssig. Sie können sich mit sich selbst ganz glücklich schätzen.« Der Graf redet, als hielte er eine Vorlesung. »Keine Persönlichkeitsstörung mit deutlicher Tendenz, impulsiv zu handeln, ohne die Konsequenzen zu berücksichtigen. Weder borderline, noch zwanghaft. Keine wechselnden instabilen Verfassungen oder unkontrollierte Ausbrüche mit selbstschädigenden Tendenzen. Von Verwahrlosung innen und außen keine Spur!«

Anita trinkt ihren Kaffee und nimmt ein Gebäckstück. »Nee, wieso? Ich höre jeden Morgen Glockenmusik, liebe meinen Vater und freue mich, wenn der Frühling kommt…«

Victor klatscht in die Hände und strahlt. »Ja, mein Guter«, sagt der Graf zärtlich, »ich weiß, ich weiß. Du brauchst auch keine Pfeife, du bist ja bei mir.«

Eule rutscht vom Sofa und behält die Pfeife zwischen den Lippen.

Der Graf streicht über seine Brokatweste und sein Gesicht wirkt erhellt. »Nicht wahr, Victor, das haben wir von Anfang an gesehen, dass Anita in Ordnung ist.« Nach einer kleinen Pause flüstert er: »Eule? Eule?«

Eule räkelt sich, wie in Trance, die Pfeife fällt ihm aus dem Mund.

»Und was sollen wir tun?«, fragte Anita und sieht besorgt auf den gestürzten Eule hinab.

»Nichts«, flüstert der Graf, die Tempelmusik wird leiser, »Victor, heb die Hände und sprich.«

Victor nimmt die Pfeife, reicht sie an den Grafen weiter, der sie neu stopft, anzündet und raucht. »Victor, was habe ich zu dir gesagt?«

Victor steht mitten im Zimmer, hebt die Hände und ein Lichtschimmer um ihn erscheint. Ein vorbeifahrendes Auto mit Scheinwerfern, die ins Zimmer leuchten? Ein Engel, der durch den Raum schwebt? Oder einfach Victors Geist?

Anita hält den Atem an. Die Pudel unter dem Tisch knurren etwas. Eule liegt wie ein Kind unten und stöhnt selig. Seine Augen sind geschlossen, sein Mund, durch den er regelmäßig atmet, ist leicht geöffnet. Er lächelt glücklich, seine Gesichtszüge sind entspannt, fast schön.

Von Hazy ist in Rauchwolken einhüllt. Die Tempelmusik wird immer leiser. Victor steht immer noch da, mit erhobenen Armen und verzücktem Gesicht.

Der Graf gibt ihm einen kleinen Stoß. Victor erschrickt, hält inne und setzt sich zu Füßen seines Herrn. Der Lichtschein im Zimmer verschwindet.

Der Graf atmet, Victor atmet und Eule träumt.

»Und nun?«, fragt Anita. »Ist das Souper beendet?«

»Nein«, singt Victor, »die Türen stehen alle offen für den nächsten Gang.«

Mario Zuber

Just in time

»Mein Gott, ich fühle mich wie gerädert«, sagte der Stundenzeiger, während er sich leicht gequält streckte. »Ich habe kein Auge zugemacht, weil der da mal wieder keinen Moment stillhalten konnte!«

Hasserfüllt sah er dem Sekundenzeiger nach, der soeben an ihm vorbeigeeilt war.

»Guten Morgen, zunächst mal«, sagte der Minutenzeiger und gähnte.

»Was soll an diesem Morgen so gut sein? Himmel, wie ich mal wieder aussehe, wenn das so weitergeht, bekomme ich noch ein time lag«, jammerte der Stundenzeiger, während er sein Spiegelbild im Glassturz betrachtete.

»Da, da, da! Da kommt er schon wieder …!«

»Einen wunderschönen Guten Morgen«, rief der Sekundenzeiger, fröhlich wippend.

Der Minutenzeiger starrte ihn entnervt an.

»Schrecklich, diese professionelle Munterkeit, wie spät ist es eigentlich?«

»Halb sieben!«, rief der Sekundenzeiger, der sich bereits wieder entfernte.

»Mitten in der Nacht also. Kein Wunder, dass ich so abgespaced aussehe. Richtig verquollen. Aufgeschwemmt. Aber nie ist hier Ruhe im Karton«, brummte der Stundenzeiger.

»Alles in Ordnung. Du siehst super aus«, sagte der Minutenzeiger.

»Wirklich? Findest du nicht, dass ich zugenommen habe?«, fragte der Stundenzeiger und sah an sich herunter.

»Wo denn nur?« Der Minutenzeiger rückte einen Schlag näher, während der Stundenzeiger weiter sein Spiegelbild in Augenschein nahm.

»Herrgott, ich wollte, ich wäre so schlank wie du. Wie machst du das nur?«

Der Minutenzeiger überlegte kurz.

»Keine Ahnung«, sagte er schließlich. »Ich glaube, ich war immer so.«

»Du hast es gut. Ich versteh es einfach nicht. Dabei esse ich – – eigentlich nichts …«, jammerte der Stundenzeiger weiter.

»Vielleicht solltest du dich ein bisschen mehr bewegen«, schlug der Sekundenzeiger vor, der gerade wieder näher kam.

»Unverschämtheit! Kümmere dich um deinen eigenen Krempel!«, rief der Stundenzeiger barsch. »Der ist garantiert magersüchtig«, flüsterte er dem Minutenzeiger zu.

»Hundert pro«, wisperte das Zifferblatt.

»Oder er hat diese neue Form der Bulimie, die jetzt in Mode gekommen ist, du weißt schon, diese Sportsucht, wo die Leute die ganze Zeit ins Studio rennen, weil sie glauben, dass sie zu dick wären, oder zu dünn, Anorexie heißt das, oder Bigorexie …«

»Wo hast du das denn nun wieder her?«, fragte der Minutenzeiger.

»Habe ich in unserer Hauspostille gelesen, im Zeit-Magazin«, antwortete der Stundenzeiger. »Aber vielleicht nimmt er ja auch Koks.«

»Wie bitte?«, fragte der Minutenzeiger und rückte noch einen Schlag näher.

»Klar, so wie die Models, die nehmen das Zeug doch auch, um dünn zu bleiben, dämpft das Hungergefühl, macht wach – na ja, und so wie der hier rumrennt…«

»Koks? Hier bei uns? Glaube ich nicht«, sagte der Minutenzeiger. Aber er war ins Grübeln gekommen.

»Na, dann eben speed«, sagte der Stundenzeiger unwirsch.

»Das schon eher«, grinste der Minutenzeiger.

»Sagt mal, habt ihr keine anderen Themen?«, fragte das Uhrwerk dumpf. »Dauernd dieses Gequatsche von dick und dünn – schon mal was von inneren Werten gehört?«

»Innere Werte? Willst du uns jetzt zutexten? Nur weil du unter Ausschluss der Öffentlichkeit arbeitest, während wir hier die Frontschweine sind, die den Rampenservice machen? Innere Werte. Wo wären denn Claudia Schiffer und Pamela Anderson heute, wenn sie nur auf ihre inneren Werte geachtet hätten?«, ereiferte sich der Stundenzeiger.

»Unterm Zifferblatt«, gluckste der Minutenzeiger.

»Oder von der Baywatch versenkt«, lachte die Datumsanzeige.

Der Stundenzeiger wollte gerade eben fortfahren zu lamentieren, als sich der Sekundenzeiger wieder näherte und bestens gelaunt »As time goes by« summte.

Der Stundenzeiger holte tief Luft, sichtlich um Fassung ringend. Er warf einen Blick des Abscheus auf den entschwindenden Sekundenzeiger.

»Dauernd dasselbe Theater, den ganzen Tag, die ganze Nacht, ich bekomme schon Tränensäcke, da, guck doch mal!«

»Tränensäcke? Du hast ja nicht mal Augen«, sagte der Minutenanzeiger trocken.

»Ja, aber wenn ich Augen hätte, dann bekäme ich auf der Stelle Tränensäcke!«, rief der Stundenzeiger. Seine Stimme überschlug sich.

»Tränensäcke kriegt man, wenn man zu viel Salziges isst«, schaltete sich das Uhrwerk wieder ein.

»Wie?«

»Zu viel Salziges bindet Wasser im Gewebe, Salzstangen, Salzheringe, Chips und Junk, das machst du ein paar Jahre lang, und schwupps, hast du Tränensäcke!«

Fröhlich winkend passierte der Sekundenzeiger die Runde.

»Es geht eine Träne auf Reisen«, sang der Minutenzeiger.

»Hungerhaken«, brummte der Stundenzeiger. »Wie Kate Moss kurz vorm Aufschlagen. Ich steh mehr auf Nadja Auermann. So möchte ich aussehen, wie Nadja Auermann!«

»Ich habe gehört, dass sie in Orangensaft getränkte Wattebäusche isst, das soll ein überaus angenehmes Sättigungsgefühl erzeugen«, warf die Datumsanzeige ein.

»Wie eklig. Ich hasse Orangensaft«, sagte das Uhrwerk. »Hier kommt mir jedenfalls kein Saft rein. Das klebt gnadenlos – und dann stehen alle Räder still. Ihr auch, übrigens.«

»Mein Gott, dann esse ich eben Wattebäusche ohne Orangensaft«, rief der Stundenzeiger verzweifelt. »Aber ihr müsst mich schon ein bisschen unterstützen! Bin ich euch denn ganz egal? Habt ihr denn nicht ein kleines bisschen Mitleid mit meinem Ungemach?«

»Ich weiß wirklich nicht, warum ausgerechnet du dich beschwerst«, meldete sich das Armband zu Wort.

»Was soll ich denn sagen? Ich muss hier draußen die ganzen Abreibungen ertragen, bin völlig ausgeleiert, werde abgeschabt und fast ertränkt. Von den Spülmitteln bin ich schon völlig ruiniert, also wenn hier jemand Tränensäcke bekommt, dann ja wohl ich! Von wegen – ›Sie baden gerade Ihre Hände drin.‹ Es müsste eher heißen: ›Sie ruinieren gerade Ihre Uhr damit!‹ Und dann immer diese heiße Schokolade. Dauernd wird heiße Schokolade getrunken und wer kriegt es ab? Mir wird schon schlecht, wenn ich die nur rieche!«

»Verstehe ich nicht«, kicherte der Stundenzeiger. »Das ist doch der einzige Lichtblick hier!«

»Du hast gut reden, du bist ja unter Glas«, seufzte das Armband. »Ich würde das alles ja hinnehmen, aber zu allem Überfluss bin ich auch noch aus Kroko! Ausgerechnet! Das trägt schon seit den Achtzigern kein Mensch mehr, von der political correctness mal ganz zu schweigen. Fehlt nur noch, dass mich demnächst so ein ferngesteuerter Umweltschützer mit Farbe besprüht. Ihr seid wenigstens in zeitlosem, schlichtem Gold gehalten, aber ich …«

Ein paar Tränen lösten sich an den Nähten des Armbands.

»Guckt doch mal, Krokodilstränen«, flüsterte das Zifferblatt, doch alle starrten dem Sekundenzeiger nach, der anmutig vorbeigehuscht war, während er »I had the time of my life« trällerte.

»Wie wär's denn mit Makrobiotik?«, schlug die Datumsanzeige vor.

»Makrobiotik? Was soll das denn sein? Riesige Dinge essen? Wie soll ich denn bitte schön eine unzerteilte Melone runterkriegen?«, fragte der Stundenzeiger aufgebracht.

»Ach du liebe Güte. So hysterisch, wenn es um die Figur geht und dabei so unwissend«, sagte die Datumsanzeige. »Du solltest mal öfter Zeitschriften lesen. Bei der Makrobiotik geht es nämlich um Gesundheit und Glück, steht alles im Honso-Komoku aus China, oder im indischen Manu-Code, die Grundlage aber ist immer die Dialektik des einzigen Prinzips, des ewigen Wandelns von Yin und Yang…«

Einen Moment lang herrschte Stille in der Uhr.

»Sag das doch gleich«, sagte der Stundenzeiger verunsichert. »Yin und Yang, kennt doch jeder, oder?«

»Eben«, sagte die Datumsanzeige. »Du musst einfach extremes Yin und extremes Yang vermeiden, wobei man eventuell ein extremes Yang durch den exzessiven Genuss eines Yin wieder ausgleichen könnte…«

»Oha. Ist mir zu kompliziert. Da bleibe ich lieber bei den Wattebäuschen«, seufzte der Stundenzeiger.

»Schade. Denn Makrobiotik ist keine Diät, sondern eine Lebenseinstellung, Atmung, positives Denken!«

»Ein bisschen positives Denken könnte dir in der Tat nicht schaden«, sagte der Sekundenzeiger, der sich wieder angeschlichen hatte.

»Wenn ich nicht Pazifist wäre, dann hätte ich dich längst erwürgt«, schrie der Stundenzeiger ihm nach. »So wie du aussiehst, ziehst du dir ja wohl Mikrobiotik ein, Plankton vielleicht!«

Doch der Sekundenzeiger hatte sich schon wieder davongemacht, eine wandertüchtige Version von »Time after time« auf den Lippen.

»Einfach degoutant!«, fuhr das Uhrwerk dazwischen. »Anderswo verhungern die Leute und ihr habt nichts Besseres zu tun, als über nicht existente Fettpolster zu schwadronieren!«

»Also von mir können die Hungernden gerne etwas abbekommen…«, maulte der Stundenzeiger.

»Ich verstehe dich nicht«, sagte das Uhrwerk. »Sei doch froh, dass du so kräftig bist. Ihr seid doch alle aus Gold und im Grunde bist du deshalb doch der Wertvollste von allen.«

»Gold oder Blech, egal! Ich bin einfach zu fett«, brach es aus dem Stundenzeiger heraus.

»Entwässer dich erst mal«, schlug der Minutenzeiger vor. »Einfach nur Reis essen und nichts als Reis, dazu Tee und Mineralwasser.«

»Bist du wahnsinnig? Dann rennt er alle zehn Minuten zum Klo – und dann? Wer soll dann seinen Job machen? Die Datumsanzeige vielleicht?«, fragte das Uhrwerk empört.

»Bloß nicht«, sagte die Datumsanzeige. »Von diesem Gedrehe wird mir nur schwindelig.«

»Da bleibt mir nur die Bulimie. Ist zwar hoffnungslos altmodisch, aber es wirkt. Das Problem ist nur: Was soll ich bloß auskotzen, wo ich doch fast gar nichts esse?«, rief der Stundenzeiger.

»Und außerdem: Hier drin wird nicht mit Flüssigkeiten rumgesaut!«, sagte das Uhrwerk. »Ich warne dich!«

»Dann eben Appetitzügler«, sinnierte der Stundenzeiger weiter drauflos. »So schöne bunte Pillen.«

Der Minutenzeiger schüttelte den Kopf.

»Wie willst du die denn runterkriegen? Die sind doch größer als du!«

»Außerdem kugeln die dann hier durch die Gegend und halten den Betrieb auf, kommt nicht in Frage!«, sagte die Datumsanzeige.

»Probier's doch mal mit Ayurveda!«, schlug das Armband vor.

»Ich werde nichts ausprobieren, was ich noch nicht einmal aussprechen kann«, schmollte der Stundenzeiger.

Der Minutenzeiger zog an dem Stundenzeiger vorbei und betrachtete ihn dabei verächtlich.

»Also gut. Was bitte schön ist Aroweda?«, fragte der Stundenzeiger kleinlaut.

»Eine Wissenschaft, die alle medizinischen Disziplinen einschließt«, dozierte das Armband. »Ayurveda ist göttlichen Ursprungs und wurde vor vielen tausend Jahren von Sri Bhaga van Dhanvanatari, einer Inkarnation Krishnas, der Menschheit offenbart. Wer in seinen Gewohnheiten maßvoll ist und seinen Typus erkennt, nämlich Vata, Pitta oder Kaphta …«

»Toll. Hast du den Hype auch aus dem Zeit-Magazin?«, fragte der Stundenzeiger.

In diesem Augenblick sah er in das lachende Gesicht des Sekundenzeigers, der gerade den »Sommer« aus Vivaldis »Vier Jahreszeiten« pfiff.

»Kriegt man denn da weg mit Aroweda?«, zischte er.

»Du hast es nicht wirklich verstanden«, sagte das Armband und schwieg.

Es war plötzlich sehr still, bis auf den Sekundenzeiger, der inzwischen beim Largo angelangt war.

»Nee, weißt du, so mit Arodings und Yoga und so, das ist nichts für mich. Ich krieg doch niemals die Beine in den Nacken. Oder stellt euch mal vor, ich verknote mich aus Versehen!«, nahm der Stundenzeiger das versickernde Gespräch wieder auf.

Niemand widersprach. Einen verknoteten Stundenzeiger wagte sich beim besten Willen niemand vorzustellen.

»Also, der letzte Schrei ist ja die Blutgruppendiät«, brach der Minutenzeiger das Schweigen.

»Muss man da etwa verschiedene Blutsorten trinken?«, fragte das Uhrwerk schaudernd.

»Die Draculanummer ist doch seit Aids durch«, antwortete der Minutenzeiger vorwurfsvoll. »Nein, dabei geht man davon aus, dass man blutgruppenspezifisch nur bestimmte Dinge essen sollte. Die Blutgruppe null ist die älteste, sagt man. Leute mit Blutgruppe null gehören gewissermaßen zum Urgestein und sollten vorzugsweise rotes Fleisch essen, gern auch mal etwas fetter…«

»Klingt nicht schlecht«, sagte der Stundenzeiger.

»Blutgruppe A sind die ›Landwirte‹, die sollten sich vor allem von Pflanzen ernähren und Blutgruppe B sind die Nomaden, die brauchen Fleisch und Milchprodukte; und dann ist da noch Gruppe AB, aber…«

»Das funktioniert doch nie!«, rief das Armband.

»Trennkost«, zwitscherte der Sekundenzeiger und sang aus Leibeskräften »Time on my hands«.

»Oh, Gott, muss ich mich da von meinem Essen trennen?«, fragte der Sekundenzeiger angsterfüllt.

»Im Gegenteil. Du darfst alles essen, nur nicht gleichzeitig. Also: Kohlenhydrate und Eiweiß und…«

»Da muss ich erst mal einen Trennungsplan machen«, mischte sich die Datumsanzeige ein.

»Klar, du Erbsenzähler. Du hast bestimmt auch Kalorientabellen im Kopf, oder?«, sagte der Stundenzeiger verächtlich. Die Datumsanzeige ging ihm schon lange auf die Nerven. Während er zusammen mit den anderen Zeigern unablässig über das Zifferblatt kriechen musste, blieb die Datumsanzeige immer gemütlich auf einem Fleck und tauschte nur alle vierundzwanzig Stunden die Ziffern aus. Ein ziemlich lauer Job, fanden alle.

Der Minutenzeiger dachte einen Moment nach, dann

flüsterte er: »Wisst ihr, was ich neulich gehört habe? Es ist eine Revolution! Die Genussdiät!«

»Wahnsinn«, sagte der Stundenzeiger aufgeregt und versuchte sich zu bewegen, aber vergeblich.

»Jahrzehntelang hat man uns eingeredet, dass alles, was Spaß macht, auch fett macht. Zucker, Fett, Alkohol, Salz… Aber nun fanden Wissenschaftler heraus, dass das nicht stimmt: Das Stückchen Schokolade, das Schlückchen Rotwein, der dampfende, süße Espresso geben uns ein Wohlgefühl, sind ein Labsal unserer gebeutelten Seele…«

Bei der Erwähnung der Schokolade begann der Stundenzeiger wohlig zu vibrieren.

»Halt still, du bist noch nicht dran«, sagte der Minutenzeiger scharf und schob sich ein Stückchen weiter.

»…wissenschaftliche Analysen haben ergeben, dass sich in der Schokolade hunderte von Aromastoffen zu einem marihuanaähnlichen Cocktail zusammenfinden, der nachhaltige Wonnen des Genusses erzeugt…«

»Schon wieder Drogen«, grantelte das Uhrwerk.

»Und davon soll ich abnehmen?«, fragte der Stundenzeiger zweifelnd.

»Die Pointe ist, dass du dir gar keine Gedanken mehr darum machen musst, was du essen sollst, du folgst einfach deiner Intuition, du horchst in dich hinein, Sushi, sagt dann deine innere Stimme, oder: Bratkartoffeln, oder: Möhren…«

»Hm.« Der Stundenzeiger begann auf der Stelle in sich hineinzuhorchen. »Ich höre nur: Schokolade, Schokolade, Schokolade«, begehrte er auf.

»Und wenn schon«, erläuterte der Minutenzeiger geduldig. »Der größte Fehler wäre jedenfalls, drastisch zu hungern. Denn der Körper legt dann sofort den Alarmschalter um und signalisiert: ›Verhungern!‹ Wenn du dann wieder normal isst, wird alles, aber auch alles postwendend als Fettreserve angelegt. Du siehst: Hungerdiäten sind ein riesiger Irrtum!«

Der herbeihüpfende Sekundenzeiger frohlockte in den höchsten Tönen: »...vom Aufgang bis zum Niedergaaang...!«, aus Telemanns »Die Tageszeiten«.

»Oh, ich fühle was«, knirschte der Sekundenzeiger. »Meine innere Stimme signalisiert mir gerade: AGGRESSION!«

Er schäumte vor Wut. »A! Es ist ein zweigestrichenes a! Das, was du da singst, ist allenfalls ein as, Banause! Wenn er wenigstens musikalisch wäre, dieser monströse Marathonläufer! Der ist doch krank!«

»One apple a day keeps the doctor away«, warf das Armband ein.

»Spuckt hier bloß nicht mit Kernen herum«, sagte das Uhrwerk warnend. »Außerdem, nur so als Tipp: Man sollte nie im Stehen essen, oder beim Fernsehen, immer nur am Esstisch!«, sagte der Minutenzeiger.

»Esstisch. Soso. Wie soll ich mich denn an einen Esstisch setzen? Ihr lasst mich hier ja nicht raus! Und das Fernsehprogramm kann man sowieso knicken. Ist mir viel zu hektisch!«, sagte der Stundenzeiger.

»Geschenkt. Jedenfalls sollte man bei jeder Mahlzeit fünfmal das Besteck ablegen und immer wieder kleine Pausen einschieben. Der Magen ist nämlich ein lahmer Hund, bis er dem Gehirn endlich gemailt hat, dass er voll ist, hast du schon ohne Sinn und Verstand weitergeschlungen!«

»Aha«, sagte der Stundenzeiger.

»Und dann natürlich Sport«, ergänzte der Minutenzeiger seinen kleinen Vortrag und betrachtete wohlgefällig den Sekundenzeiger, der sie mit unnachahmlicher Hurtigkeit umkreiste.

»Seht ihn euch an: Kein Gramm Fett! Power-Walking, das bringt's! Oder schwimmen!«

»Äh, würde es euch stören, wenn ich vielleicht so dreimal die Woche zum Schwimmen ginge?«, fragte der Stundenzeiger und blickte erwartungsvoll in die Runde.

»Wie? Du willst hier einfach abhauen? Bist du völlig abgedreht jetzt, oder was?«, schrie das Uhrwerk aufgebracht.

»Und wenn ich einfach hier drin, ich meine beim nächsten Abwasch, da könnte man doch…«

»Vergiss es«, sagte die Datumsanzeige.

»Andere gehen sogar in einen Sportklub«, ereiferte sich der Stundenzeiger.

»Ach, und dann donnert ihr hier eure Vereinspartys rein, richtig?«, giftete das Uhrwerk entrüstet.

»Einmal die Woche eine Massage kommt gut«, gab das Armband zu bedenken. »Der Wellnessfaktor. Die Wohlfühlnummer. Das ist besser als Schokolade.«

»Besser als Schokolade? Moment, da war doch was… was ist mit Sex?«, fragte der Stundenzeiger, der wieder Hoffnung schöpfte. »Man sagt, dass Sex mehr Kalorien verbrennt als Hochleistungssport.«

Das Schweigen in der Uhr wurde schwer und verspannt.

»Komm mir bloß nicht zu nahe«, grollte der Minutenanzeiger und rückte einen weiteren Schlag vom Stundenzeiger ab.

»Mich kriegst du nicht rum!«, höhnte der Sekundenzeiger und eilte vorbei, während er »Time to say goodbye!« intonierte.

»Nicht mal dran denken, klar?«, drohte das Uhrwerk.

»Wisst ihr eigentlich, warum Singlefrauen schlank sind und verheiratete Frauen eher moppelig?«, fragte das Armband.

»Keine Ahnung«, antwortete der Stundenzeiger.

»Ganz einfach«, sagte das Armband und grinste. »Eine Singlefrau kommt nach Hause, sieht nach, was so im Kühlschrank herumliegt, seufzt und geht ins Bett. Eine verheiratete Frau kommt nach Hause, sieht nach, was im Bett herumliegt, seufzt und geht zum Kühlschrank!«

Alle giggelten und kicherten, bis auf den Minutenzeiger, der nachdenklich den Stundenzeiger fixierte.

»Es gibt ja noch andere Wohlfühlkicks«, sagte er. »Ein gutes Buch lesen, einen Spaziergang machen, Freunde einladen …«, und schon tat es ihm wieder Leid, was er da vorschlug. »Na ja, das mit den Freunden ziehe ich zurück, dabei wird dann doch nur besinnungslos gegessen und getrunken …«

»Man sollte jedenfalls die Schokoladengeschichte vergessen und nur Esswaren mit niedrigem Glukosefaktor zu sich nehmen«, sagte die Datumsanzeige. »Ich kann dir bei Gelegenheit mal eine kleine Tabelle ausdrucken …«

»Glukosefaktor?« Der Stundenzeiger sah sich bereits in einem See aus Zucker schwimmen.

»Schluss jetzt!«, rief das Armband. »Wir sollten alle gemeinsam abnehmen. Wir motivieren uns gegenseitig. Denkt doch mal nach. Wie heißen wir auf Englisch? Richtig, watch. Wir stylen uns einfach um, zu einer Weight-Watch!« Stolz auf diesen Einfall dehnte sich das Armband, sodass alle ins Schwanken gerieten.

Aufgeregt schrien sie durcheinander. Von allen unbemerkt, schleppte sich der Stundenzeiger keuchend auf seine nächste Position.

»Habt ihr das gesehen? Ich war sehr, sehr sportlich gerade. Also: Bewegung habe ich abgehakt. Jetzt gibt es erst mal Schokolade, als Belohnung, dann liest mir die Datumsanzeige aus einem guten Buch vor und das Armband massiert mich und dann ...«

»Wisst ihr, was ich am schlimmsten finde?«, seufzte die Datumsanzeige. »Er meint das auch noch ernst!«

Der Stundenzeiger begann zu weinen.

»Hollywood-Diät!«, rief das Zifferblatt. »Ananasenzyme!«

»Brigitte-Diät!«, rief die Datumsanzeige. »Mami kocht und die Pfunde purzeln!«

»Atkins-Diät!«, rief das Uhrwerk. »Eiweiß ohne Ende!«

Während der Stundenzeiger noch vor sich hin schnüffelte, brach plötzlich zur allgemeinen Überraschung der Minutenzeiger in Tränen aus.

»Was – was ist mit dir?«, fragte die Datumsanzeige vorsichtig. Noch nie hatte man einen Gefühlsausbruch des Minutenzeigers erlebt. Er wirkte immer so ausgeglichen, so entspannt. Überrascht blickten alle auf ihn.

Dem Uhrwerk kam plötzlich ein böser Verdacht.

»Warum weißt eigentlich ausgerechnet du so viel über Diäten?«, fragte er zögernd. »Wo du doch rank und schlank bist, der dünnste von allen?«

»Sei still«, schluchzte der Minutenzeiger, doch so sehr er sich auch bemühte, es gelang ihm nicht, seine Fassung wieder zu erlangen.

»Was ist denn los?«, fragte der Stundenzeiger hilflos.

»Nun rede schon«, sagte das Uhrwerk sanft.

Stockend begann der Minutenzeiger zu erzählen, während sein dürrer Leib von Erschütterung gebeutelt wurde.

»Wisst ihr, als junger Zeiger war ich wirklich hübsch.

Alle sagten immer: ›Ach, ist der niedlich!‹, und: ›Ach, ist der hübsch!‹ Aber irgendwann, als ich älter wurde, ich weiß selbst nicht, wie das passieren konnte, irgendwann wurde ich einfach – fett!«

»Du und fett?«, fragte der Stundenzeiger ungläubig. »Gibt's doch gar nicht!« Er verstummte, als er den strengen Blick der Datumsanzeige auffing.

»Plötzlich sagte niemand mehr: ›Ach, ist der hübsch!‹«, setzte der Minutenzeiger seine Beichte fort. »Alle sagten höchstens: ›Ach, ist der aber fett geworden!‹«

Er schluckte.

»Was ist dann passiert?«, fragte das Uhrwerk leise.

»Ich habe immer weniger gegessen. Ich nahm ab. Aber nur bis zu einem gewissen Punkt. Also aß ich gar nichts mehr. Ich hungerte. Immer öfter hatte ich Schwächeanfälle. Ich fiel einfach in Ohnmacht. Ich verlor meinen Job. Musste raus aus meiner Uhr. Es war grauenvoll. Apathisch lag ich auf der Werkbank eines alten Uhrmachers herum. Doch dann brach der Heißhunger durch, mit der Gewalt eines Vulkanausbruchs. Ich gierte nach süßen Sachen. Wahnsinn. Am Anfang habe ich Schokolade, Bonbons, Marshmellows nur gelutscht und gekaut und dann wieder ausgespuckt. Der Triumph des Willens. War eine furchtbare Qual. Ich kaute und spuckte und irgendwann konnte ich einfach nicht mehr, ich schluckte das Zeug auch runter, ich stopfte es in mich hinein, ich kaute auch gar nicht mehr, ich stopfte und stopfte, ich war süchtig, und dann …«

»Und dann?«, echoten alle unisono, auch der Sekundenzeiger, der erregt vorbeizappelte und immer nur einzelne Wortfetzen dieses furiosen Outings aufschnappen konnte.

»… bist du zu einem Stundenzeiger mutiert!«, ergänzte er den Satz und duckte sich, um seinen empörten Kollegen auszuweichen.

Der Minutenzeiger sah ihm traurig nach.

»Ich steckte den Finger in den Hals und…«

Alle sahen sich betreten an.

»Na ja, und dann dachte ich: Wenn ich sowieso alles auskotze, dann soll es sich auch lohnen, nicht wahr? Also aß ich alles, was ich fand, und ich fand eine Menge, ich aß Butterbrote und Schweinebraten und Mandelhörnchen und Wackelpudding und…«

»… oh, Gott, hör auf, hör bitte auf«, sagte der Stundenzeiger erschöpft.

»Und keiner hat etwas bemerkt?«, fragte das Uhrwerk atemlos.

»Ach was! Alle beglückwünschten mich! Alle sagten mir, wie toll ich aussehe, keiner sah die Ringe unter meinen Augen, keiner sah mein Unglück. Und genau das war es: Ich war schlank und unglücklich. Versteht ihr? Mein Lebenstraum hatte sich erfüllt und ich war sterbensunglücklich!«

Der Stundenzeiger hätte ihn gerne umarmt, doch er war wie festgenagelt an seinem Platz.

Für einen Augenblick herrschte völlige Stille in der Uhr. Alle verharrten in Schweigen, selbst der Sekundenzeiger schien etwas langsamer zu kreisen und es schien tatsächlich so, als würde die Zeit kurz innehalten.

Dann streckte sich der Stundenzeiger und sagte: »Und wie hast du es geschafft, dass…«

»Der Uhrmacher war's. Er hat an mich geglaubt. Er versteckte die Süßigkeiten, dann setzte er mich in eine Standuhr, da konnte ich auch als Minutenzeiger ruhig etwas dicker sein, er setzte mich ein und sagte: Lauf, mein Junge. Du schaffst es.«

Alle schnieften gerührt.

»Es war eine harte Zeit. Aber ich habe auch viel gelernt. Zum Beispiel, dass man vorher die sieben Geißlein rausnehmen sollte, wenn man sich in einer Standuhr verstecken will. Na, Spaß beiseite, ich fühlte mich wohl. Ich mochte mich so, wie ich war. Und eines Tages ...«

»... warst du zu schlank für die Standuhr, stimmt's?«, rief der Stundenzeiger aufgeregt.

»Genau«, antwortete der Minutenzeiger. »So kam ich zu euch, als mein Vorgänger hier in Pension ging.«

»Zum Glück. Der hatte schon voll den Altersstarrsinn!«, kreischte der Sekundenzeiger. »Zum Schluss wollte er sogar rückwärts gehen!«

»Achtung!«, rief die Datumsanzeige, die als gelegentliche Nebenbeschäftigung eine Weckfunktion innehatte. »Gleich piepse ich los!«

»Oh, Gott, das bedeutet Frühstück!«, ächzte der Stundenzeiger. »Weiche Eier, Marmelade, Croissants, heiße Schokolade, kann jemand schon was sehen?«

»Der hat schon wieder ein Pfützchen auf der Zunge, wenn er ans Essen auch nur denkt, hey, brems dich mal aus, sonst beschlägt gleich das Uhrglas!«, rief das Zifferblatt.

»Fertig machen zum Anschnallen!«, rief das Armband.

»Festhalten!«, rief das Uhrwerk.

Die Datumsanzeige piepste los.

»Oh, Gott, der Typ hat seine Tasse heiße Schokolade auf den Nachttisch gestellt!«, schrie das Zifferblatt. »Vorsicht!«

»Schokolade?«, fragte der Sekundenzeiger.

»Just in time«, raunte der Sekundenzeiger, bevor er mit den anderen in den braunen Fluten ertrank.

Tatjana Kruse

Leckerschmecker

Die lodernden Pforten der Hölle öffneten sich, und der Urvater aller Diäten betrat zu dissonanten Fanfarenklängen die Erde. »Geh hin, mein Sohn«, rief der Teufel höchstselbst, väterlich gerührt. »Vollbringe dein garstiges Werk.« Und all die infernalen Lakaien seufzten hämisch auf.

Ich hatte mir diesen Job nicht ausgesucht, aber freie Wahl des Einsatzortes stand nicht in meiner Stellenbeschreibung.

HANNA'S KONDITORWAREN leuchtete in gelben Buchstaben über dem Eingang. Das H flackerte. Der ganze Laden war nicht breiter als die Leuchtschrift und lag am Charlottenplatz, in einem alten, gelb-orange gestrichenen Karree, zwischen einer Fachbuchhandlung für Reisebücher und einer Damenschneiderei. Nur zehn Schritte weiter befand sich eine angesagte Kunstgalerie mit Szenepublikum.

Nele hatte die Konfiserie von ihrer verstorbenen Tante geerbt, der einzigen Verwandten, die sie hatte. Gehabt hatte. Nele wirkte etwas verhuscht, ganz in Schwarz und tristem Grau gekleidet. Selbst der Sensenmann war farbenfroher als dieses zarte Persönchen.

Ich schwöre, die ganze Frau war nicht breiter als mein rechter Oberschenkel. Bei meinem Anblick zwang sie sich ein Lächeln in das hagere Gesichtchen. »Schön, dass Sie endlich da sind. Sie kommen doch von der Zeitarbeitsagentur?«

»Ich mag Menschen, und ich habe genau die richtigen Maße, um Ihre Köstlichkeiten zu verkaufen.«

Meine Figur war rubenesk.

»Wollen Sie damit sagen, dass Sie keinerlei Erfahrung haben?«

Ich nickte.

»Willkommen im Klub.«

So wurde ich an einem verregneten Donnerstag Verkäuferin in einer Konfiserie.

Der Schöpfer hat dem Menschen die Verpflichtung auferlegt,
zu essen, um zu leben.

Jean Anthelme Brillat-Savarin

Neles Tante hatte mitnichten auf den Namen Hanna gehört, sondern vielmehr auf Karoline Luise. Hanna war die Tante der Tante gewesen. Sozusagen also ein alter Familienbetrieb. Die Torten, Kuchen und Pralinen lieferte seit dreißig Jahren ein schon lange pensionierter Konditor namens Ruschke, der die verblichene Karoline Luise einst heiß umworben hatte und nun auch ihrer Nichte zuverlässigen Nachschub zu extrem günstigen Konditionen gelobte. Und ich muss sagen: seine Brioches, sein Feingebäck, seine Obstkuchen und seine Cremepralinen schmeckten einzigartig. Manch ein Mensch hatte sein Leben schon für weniger gegeben.

Allerdings schien das niemand zu wissen. Wenn wir

im Laufe eines Tages drei Kundinnen hatten, war das viel. Wie sich meine Chefin mein Gehalt leisten konnte, blieb mir ein Rätsel.

»Wie Sie sich mein Gehalt leisten können, ist mir ein Rätsel«, sagte ich folglich zu Nele.

»Es ist ja nur für drei Monate. Meine Tante hat ihr Vermögen in diesen Laden gesteckt. Er war ihr Vollzeithobby«, nuschelte Nele aus dem winzigen Büro im hinteren Teil des Ladens, in dem sie die Auflösung abwickelte. »Ich habe allerdings nicht vor, ihrem Beispiel zu folgen. In Kürze ist hier dicht.«

»Schade.« Ich schob mir ein Nougatstück in den Mund. Als Mitarbeiterin durfte ich großzügig zulangen. »Dabei könnte man sicher viele Leute anziehen, wenn man den Laden etwas aufpeppte. Der Glasschrank mit den Nippesfigürchen müsste weg. Die Spitzenvorhänge am Schaufenster. Und es könnte sicher nicht schaden, das Ganze in NELE'S KONFISERIE umzutaufen. Das klingt peppiger.«

»Das ist doch alles nur Makulatur. Wer isst in *Fit for fun*-Zeiten noch Torten und Pralinen? Das ist einfach nicht mehr zeitgemäß.«

Mir wäre beinahe das Nougatstück im Hals stecken geblieben. »Süßwaren sind Speisen für die Seele. Das soll nicht mehr zeitgemäß sein?«

Nele ließ verschämt ihren Blick über mich schweifen. »Na ja, Ausnahmen bestätigen die Regel.«

Irrte ich mich oder tauchten auf ihrer Stirn in Braille die Worte *willenlose Frustfresserin* auf? Nun gut, bevor ich je wieder in ein Kleid der Größe 42, geschweige denn 38 passe, muss ich tot sein – und das schon eine ganze Weile. Aber ich bin, die ich bin, weil ich mich systematisch nach oben gegessen habe. Ich bin ein Kunstwerk, jede Speckfalte ist ein Pinselstrich, alles, was wabbelt, ein Sonett, das dreifache Kinn ein Concerto grosso, wie Robert Morley einmal zu sagen pflegte. Und ebenso wie er bin auch ich in meiner Form ein Meisterwerk!

Ich lachte in mich hinein. »Ausnahmen sollen die Regel bestätigen? Mächtig großer Irrtum. Die Ausnahmen *sind* die Regel.«

Nele schüttelte den Kopf. Sie sah mich nicht an, als sie mir antwortete. »Süßwaren sind ungesund. Sie schaden den Zähnen und der Figur. Daran will ich mich nicht bereichern.«

Ich lachte. Wenn ich lache, erinnern meine drei Doppelkinne an Buddha selig. »Ja, aber alles, was süß ist, zaubert auch ein Lächeln ins Gesicht, ist das nicht viel wichtiger?«

Nele blickte säuerlich und brummelte leise, aber noch hörbar: »Kann man diese Weisheit irgendwo auf ein Kissen gestickt kaufen?«

Ich lächelte milde. Toleranz ist ein weiteres Charakteristikum aller Zuckerbäckerjüngerinnen.

»Haben Sie Ihre eigenen Köstlichkeiten eigentlich mal probiert?«, wollte ich wissen.

»Nein, wozu denn?«

»Süßwaren sind Nervennahrung. Das könnten Sie jetzt gut gebrauchen.« Ich stellte meinen Teller, auf dem nur noch eine Mandelsplitterpraline und ein Butterhörnchen lagen, auf ihren Schreibtisch.

Dann machte ich mich daran, die von mir dezimierten Pralinenbestände im Schaukasten derart anzuordnen, dass es nicht länger nach dem alles verschlingenden Einfall einer Hunnenhorde aussah.

Als ich mich am Abend von Nele verabschiedete, war der Teller leer.

Hoffnung auf Genuss ist fast so viel
als schon genossne Hoffnung.

Shakespeare

Von Anfang an verbrachte ich meine Mittagspause im Laden. Hin und wieder, also eigentlich jeden Tag, nahm ich dabei eine Brioche und eine Tasse Milchkaffee zu mir.

Die Spitzenvorhänge, in denen nicht nur der Gilb, sondern auch seine ganze Sippschaft hausten, hatte ich abgenommen und in der Abstellkammer entsorgt. Die beiden Rattansessel und das kleine Jugendstiltischchen hatte ich direkt vor das Schaufenster gerückt, in das ich – auf eigene Kosten – eine Vase mit einem herrlich bunten Blumenstrauß in Rot, Gelb und Orange gestellt hatte. Farblich passend zu meinem rot-orange gestreiften Ganzkörperoverall und der gelben Schürze, die ich im Laden trug.

Punkt zwölf Uhr pflegte ich mich in einen der beiden Rattansessel, mit Blick aus dem Schaufenster hinaus zum Akademiegarten, zu setzen und meine Pause zu zelebrieren.

Die Brioches von Konditor Ruschke waren himmlisch. In ihrer Konsistenz butterweich und doch von einer Festigkeit, die es mir erlaubte, auch einen Klecks selbst gemachter Aprikosenmarmelade darauf zu verteilen. Wie soll ich Ihnen diesen Genuss beschreiben? Es war, als ob diese köstliche Süße, die doch nicht zu süß war, Wellen durch meinen Körper schickte, die, wenn sie mein Gesicht erreichten, ein Lächeln darauf zauberten. Und der heiße Milchkaffee aus der altertümlichen Kaffeemaschine floss durch mich hindurch und transportierte seine wohlige Wärme noch bis in meinen kleinen Zeh.

Ich muss wohl sehr verlockend ausgesehen haben, wie ich jeden Mittag mein kleines Ritual am Fenster durchführte, denn nach ein paar Tagen kam gegen halb eins ein Managertyp vorbei. Er hatte mich von seinem Bürofenster auf der anderen Seite des Charlottenplatzes aus gesehen, erzählte er, und wollte auch einmal eine Brioche probieren, obwohl er sonst mittags immer die edle Snackbar in dem Fitnessstudio frequentierte, in dem er während seiner Pause ein Konditionstraining absolvierte.

»Sie werden es nicht bereuen«, versprach ich. »Es ist Form gewordene Verführung.«

Er lachte. »Wenn das so ist, nehme ich zwei. Ausnahmsweise, versteht sich.« Sprach's und biss gleich hinein.

Meine Chefin lugte durch den Türspalt. War das der Anflug eines Lächelns in ihrem Gesicht?

»Wozu geben Sie sich all diese Mühe? Ich schließe den Laden ohnehin«, erkundigte sie sich, kaum hatte der Kunde den Laden verlassen, eine Bröselspur hinter sich herziehend.

Ich kehrte zu dem Rattansessel zurück und breitete eine Serviette auf meinem Schoß aus. Beim Verspeisen einer Brioche gehört es sich einfach, ausgiebig zu krümeln.

»Ach, da halte ich es mit Martin Luther: Ich werde bis zuletzt ein Apfelbäumchen pflanzen.«

Nele schüttelte den Kopf und zog sich in ihr Kabuff zurück.

Over the lips, past the gums,
Watch out stomach, here it comes.

Hägar the Horrible

Nein, dies ist nicht die Geschichte einer kleinen Konfiserie, die über Nacht zum Geheimtipp und zur Kultpilgerstätte für alle Schokoholiker wurde. Der Managertyp kam zwar von nun an jeden Mittag und brachte auch eine Kollegin mit, die daraufhin ebenfalls Stammkundin wurde, aber das war es dann auch schon.

Eines Tages genoss ich mein Stück Nachmittagstorte, es war gegen sechzehn Uhr und draußen goss es in Strömen, da trat eine Frau unbestimmten Alters in den Laden. Sehr elegant, sehr teuer duftend und mit mehr Goldschmuck an, auf und über ihrem *Chanel*-Kostüm als Pharao Tutanchamuns gesamte Grabbeigaben.

»Scheußliches Wetter«, kommentierte sie.

»Furchtbar«, stimmte ich ihr zu. Wiewohl mir nichts lieber ist, als von einem Sommerguss klatschnass geregnet zu werden. Aber die Kundin hat immer Recht.

»Was darf es denn sein?«

»Ehrlich gesagt, ich will gar nichts kaufen.« Aus perfekt geschminkten Augen sah mich die Frau entschuldigend an. »Ich suche nur Unterschlupf, und nebenan war es schon voll.«

»Kein Problem«, meinte ich und machte es mir wieder in meinem Rattansessel gemütlich. »Wenn Sie es sich anders überlegen, komme ich sofort.«

Der Regen wurde schlimmer.

»Oje, sieht so aus, als würde ich hier eine Weile festsitzen.« Sie sah gar nicht so entsetzt aus, wie sie klang. Ihr Blick schweifte über die Vitrinen.

»Vielleicht eine Tasse Kaffee?«, schlug ich vor.

»Ist das entkoffeinierter Kaffee?«

Ich nickte. Wenn es sie glücklich machte.

»Und fettarme Milch?«

Ich lachte und ließ meine Hüften wogen. »Was glauben Sie?«

Sie musste ebenfalls lachen. »Dann bitte schwarz.«

»Sie wissen ja gar nicht, was Ihnen entgeht«, tirilierte ich.

Nele steckte den Kopf durch die Tür. So viel Gejauchze hatte der Laden seit seiner Eröffnung nicht mehr erlebt.

»Wir trinken gerade einen Kaffee. Schließen Sie sich uns doch an«, schlug ich Nele vor. Sie holte ihren Hocker aus dem Hinterzimmer und setzte sich zu unserem Gast an den Tisch.

»Wissen Sie, ich war als Kind einmal hier«, erinnerte Letztere sich. »Ich weiß noch, dass ich ganz wunderbare Schillerlocken gegessen habe. Mit einer köstlichen Sahnefüllung.« Ihr Gesicht verklärte sich.

Nele, die im Beisein Fremder immer zu verstummen pflegte, nickte.

»Schillerlocken?«, fragte ich. »Die hat unser Hauskonditor doch gar nicht im Angebot.«

Nele räusperte sich. »Die wurden auch nie geliefert. Meine Tante hat sie selbst gemacht. Sie waren wirklich köstlich.«

»Und jetzt hat sie das Rezept mit ins Grab genommen«, seufzte ich. Meine theatralische Ader kam durch. Wenn es nach mir gegangen wäre, wäre ich Muse geworden und hätte mein Dasein damit verbracht, inspirierende Küsse unter der Menschheit zu verteilen. Vorzugsweise unter dem männlichen Teil.

»Wie schade. Diese Schillerlocken hätte ich wirklich zu gern noch einmal probiert«, seufzte die *Chanel*-Frau.

Nele wurde rot. »Meine Tante hat mir gezeigt, wie sie ihre Schillerlocken machte. Wenn Sie wollen, kann ich Ihnen für morgen ein paar zubereiten.«

Die elegante Erscheinung blühte auf. »Das wäre wunderbar! Dafür würde ich auch mal sündigen. Wissen Sie was: Machen Sie gleich mehrere – ich bringe meine beiden Kinder mit.«

Ich nippte an meinem Milchkaffee. Sollte ein ätherisch-graziles Geschöpf, das in der Kindheit ihrer Tante beim Backen über die Schulter geschaut und seither augenscheinlich keine feste Nahrung mehr zu sich genommen hatte, wirklich in der Lage sein, köstliche Schillerlocken zu kreieren?

Es braucht zu allem ein Entschließen,
selbst zum Genießen.

Eduard von Bauernfeld

Am nächsten Tag warf ich mich in Schale. Voraussichtlich mehr als zwei Kunden an einem Tag, das musste gewürdigt werden! Nicht, dass ich mich sonst gehen ließ. Ich gehöre nicht zu den Dicken, die denken, wer nicht aussieht wie Claudia Schiffer, kann es sowieso bleiben lassen. Aber im Gegensatz zu meinen sonst eher kreischebunten, groß gemusterten Overalls schlüpfte ich in ein dezent jagdgrünes Dirndl mit großem Dekolleté. Damit sich meine lila Haare nicht allzu sehr damit bissen, trug ich dazu ein passendes hellgrünes Kopftuch. Ich kam mir ziemlich folkloristisch vor, aber dezentere Stücke hatten in meine Garderobe keinen Eingang gefunden.

Nele schluckte nur kurz, als sie mich sah. »Der Abstellraum war früher die Backstube meiner Tante, wenn man so will. Wir könnten alles ausräumen und die Arbeitsfläche abwischen. So lange kann dann auch der Blätterteig für die Schillerlocken auftauen.«

Obwohl Nele nur ein Strich in der Landschaft war, passte sie nicht mehr in die Abstellkammer, sobald ich mich darin befand. Wir einigten uns also darauf, dass ich das Wischen und Feudeln übernahm und sie so lange über dem Rezept ihrer Tante meditierte.

Als ich fertig war, konnte man vom Boden essen. Nele war ganz entzückt, als sie in dem von Staub und Dreck befreiten Raum die herrlichen Delfter Kacheln an der Wand entdeckte, die sie mit Lichtgeschwindigkeit in ihre Kindheit versetzten. Mit wahrer Begeisterung machte sie sich ans Werk. Die Kochmütze ihrer Tante war ihr zwar viel zu groß und wäre, ohne die Ohren, prompt auf ihre Schultern gerutscht, aber sie wirkte auf originelle Art und Weise professionell.

Das fand auch der Enkel von Konditor Ruschke, der an diesem Vormittag ausnahmsweise die Waren vorbeibrachte, weil sein Großvater einen Arzttermin hatte: Eine halbe Bananencremetorte, eine halbe Zwetschgentorte, ein Walnusskuchen, fünf Croissants, fünf Brioche und siebenhundertfünfzig Gramm Pralinenmischung Spezial. Anderen Konditoreien würde diese kleine Menge keine Stunde reichen, aber wir mussten wahrscheinlich am Abend wieder fast alles entsorgen.

»Mein Opa hat mir gar nicht erzählt, dass Sie auch selbst backen«, rief er in Richtung Nele, die mit der Mütze ihrer Tante, meiner übergroßen gelben Schürze und den vor Begeisterung geröteten Wangen zum Anbeißen aussah.

»Keine Sorge, wir werden Ihnen nicht untreu«, beruhigte ich ihn. »Nele will nur ein altes Spezialrezept ihrer Tante ausprobieren.«

»Hm.« Der junge Ruschke blickte skeptisch. Er war ein gestandener Kerl, mit rappelkurzen dunklen Haaren, blauen Augen und derart leuchtend weiß gebleichten Zähnen, dass ihn des Nachts zweifelsohne Motten umschwirrten. »Sollen das Schillerlocken werden?«

Nele nickte nur. Die Anwesenheit von fremden Männern ließ sie noch stummer als stumm werden. Sie wickelte gerade einen Teigstreifen überlappend auf die Schillerlockenform, die sie daraufhin mit einer Mischung aus Eigelb und Milch verstrich und in den kleinen Backofen gab, der ansonsten höchstens zum Aufbacken gebraucht wurde.

Ich warf den jungen Ruschke freundlich, aber bestimmt hinaus, damit ich die Schlagsahne von Hand rühren konnte. Meine Spezialität. Mag sich am Sandsack austoben wer will, ich schlage gern von Hand auf süße Sahne ein. Gut, hinterher war der Laden mit Sahnespritzern dekoriert und mein rechter Arm für Stunden unbrauchbar, aber dafür fühlte ich mich echt gut. Die ersten Schillerlocken waren schon fertig und auch etwas abgekühlt, also füllte Nele die Sahne mit einem Spritzbeutel in die leeren Locken und steckte sie anschließend in ein Halteteil, das ich bislang nur von italienischen Eisdielen kannte.

»Los, probieren Sie eine!«, forderte sie mich auf. Ihre Stirn glänzte feucht, und sie war vom Kopf bis zu den Gesundheitsschuhen in eine hauchdünne Mehlschicht getaucht.

Ich zögerte. Wenn ich die Schillerlocken gräuslich fand, würde ich dann meinen Job verlieren?

Meine Befürchtung erwies sich als unbegründet, es war eine kulinarische Offenbarung. Natürlich hatte ich auch dazu beigetragen, meine Sahne war nicht zu süß und besaß genau die richtige Festigkeit. Aber vereint mit der Teighülle schenkte es mir eine Ekstase, die ich sonst nur in Zusammenhang mit durchtrainierten Südseeinsulanern gebracht hätte.

»Gut?«, wollte Nele wissen.

»Gut?« Ich schüttelte den Kopf. »Gut trifft es auch nicht annähernd. Es ist ein veritables Erleuchtungserlebnis! Ich will nie wieder etwas anderes essen. Da ist doch ein Trick dabei!«

Nele grinste befriedigt. Sie wurde wohl nicht oft gelobt.

»Probieren Sie auch eine!«, befahl ich.

»Ich habe schon vorhin etwas genascht.«

»Naschen zählt nicht. Los, ich mache uns einen Kaffee dazu, und dann genießen Sie Ihr Werk.«

Ich will mal annehmen, dass es unsere Wohlfühlwellen waren, die wir ausstrahlten, nicht unser lautes Geschmatze, das kurz darauf die beiden Teenys hereintrieb. Sie kauften die restlichen Schillerlocken.

Nele musste schnell in die Stadt, neue Zutaten besorgen, damit bis zum Auftauchen unserer *Chanel*-Kundin mit ihren Kindern neue Schillerlocken auf ihren Verzehr warteten. In der Zwischenzeit verkaufte ich an den Managertypen und seine Kollegin die halbe Zwetschgentorte. Unser frisch gebackener Stammkunde jammerte, dass er von all den süßen Genüssen schon einen richtigen Bierbauch bekomme, aber ich versicherte ihm, dass ein Bierbauch der erste Schritt sei, um sexy Kardiologinnen kennen zu lernen. Und seine Kollegin kiekste verlegen, wie sehr sie kompakte Männer zu schätzen wisse …

Nele war dann leider noch nicht da, als der einzige potenzielle Nachmieter vorbeischaute. Möglich, dass ich ihm den Laden nicht ganz in den güldenen Farben schilderte, die er verdient hätte, jedenfalls meinte der Herr, dass er nicht noch einmal vorbeikommen wolle, er hätte sich die Immobilie größer vorgestellt.

Ach ja, die Zeitarbeitsfirma rief auch noch an. Ob man es sich zwischenzeitlich mit der Auftragsstornierung anders überlegt hätte und nun doch jemand bräuchte. Ich sagte: »Nein.«

Et l'on revient toujours
à ses premiers amours.

Charles Guillaume Étienne

Sonntag machten wir Inventur. Das heißt, Nele machte Inventur von allen beweglichen und unbeweglichen Gegenständen, immer mit dem Hintergedanken, welche sie noch Gewinn bringend verkaufen konnte. Ich dekorierte den Laden neu. Etwas Farbe hier, etwas Stoff dort – ich war stolz auf mein Werk.

Zur Pause gab es die Reste vom Vortag: den Walnusskuchen, ein ziemlich stabiles Teil aus Walnüssen aus dem Périgord. Mit doppelt so viel Nüssen wie Mehl und einem Schleier aus Puderzucker. Dazu jede Menge Schlagsahne. Sogar Nele nahm sich ein zweites Stück. Irrte ich mich oder waren ihre Wangen nicht mehr so eingefallen und darüber hinaus rosig angehaucht? Was gut zu dem roten Halstuch passte, das ich ihr geschenkt hatte. Habe ich schon erwähnt, dass Rot meine Lieblingsfarbe ist? Sonnenuntergangsabend-Himmelrot, um genau zu sein.

Es war so ein herrlicher Herbstnachmittag, dass wir die Ladentür geöffnet ließen. Diverse Fußgänger auf dem Heimweg aus dem Stadtpark lugten herein und erkundigten sich, ob wir geöffnet hätten.

»Nein«, mümmelte ich dann immer mit vollem Mund, »erst ab morgen wieder. Sie können aber gern Vorbestellungen abgeben. Schillerlocken sind unsere Spezialität.«

Nele nickte dazu.

Und zwei Leute bestellten tatsächlich Schillerlocken und Pralinen vor.

Wer nicht, was ihm Gott beschert,
frohen Muts und flott verzehrt,
wird von Reu und Spott verzehrt.

Persien

Am nächsten Morgen kam wieder Ruschkes Enkel mit der Lieferung, obwohl der Opa keinen Arzttermin hatte: Bananencremetorte, Birnen-Mandel-Torte, Käsekuchen, Croissants, Brioches und 1000 Gramm Pralinen.

»Die Birnen-Mandel-Torte sieht ein wenig unscheinbar aus, aber sie ist ein Prachtexemplar«, erklärte Ruschke, mehr in Richtung von Neles Kabuff als zu mir.

»Aha«, sagte ich und schmunzelte.

»Ja, eine Mischung aus Frucht und Schaum auf knusprigem Teig«, fügte er hinzu. »Eine ganz neue Kreation. Sie stammt von mir.«

Man hörte ein Ruckeln aus dem Kabuff, dann stand Nele in der Tür. Sie hatte sich zu meinem roten Halstuch einen farblich passenden roten Pullover gekauft. Stand ihr ausnehmend gut.

»Klingt interessant«, hauchte sie, ohne Ruschke anzusehen. »Vielleicht probiere ich mal ein Stück.«

»Gute Idee«, sagte er, schob mich beiseite und hievte ein riesiges Stück Birnen-Mandel-Torte auf einen Pappteller.

»Ich mache die passende Sahne dazu«, schlug ich vor, zog mich in den kleinen Backraum zurück, schloss die Tür hinter mir und ließ mir viel Zeit, um eine Schlagsahne zu erschaffen, die mit Amarenakirschen und Zimt gewürzt war.

Als ich wieder herauskam, war Ruschke gegangen, aber Nele saß mit glühenden Wangen über diversen Rechnungen und verspeiste beseelt den Rest des Tortenstücks.

»Hier, nehmen Sie meine Sahne dazu, schmeckt unwiderstehlich«, erklärte ich. Nele tat brav wie geheißen.

Ebenso die anderen Kunden, die sich im Laufe des Tages in unsere Konfiserie verirrten.

Es wurde ein guter Tag. Wir verdoppelten die Neubestellung bei Ruschke.

Candy is dandy,
But liquor is quicker.

Ogden Nash

Die elegante *Chanel*-Dame mit ihren *Hilfiger*-Kiddies kam am nächsten Tag wieder. Zu viert ergötzten wir uns an den Pralinen mit Erdbeerjogurtfüllung und an den ganzen Mandeln in Nusscreme. Die Mutter und ich langten auch bei den Cointreaupralinen in weißer Schokolade und bei der Kaffeelikörcreme in Zartbitter kräftig zu. Mehr als kräftig. Wir fingen an, deutsche Schlager zu singen. Ruschke hatte ein besonderes Talent für Pralinen: seine Kreationen waren so dick wie belgische Pralinees und schmeckten auch so gut. Und noch besser. Jedenfalls musste Nele daraufhin bei Ruschke anrufen und Nachschub ordern.

Erstaunlich schnell stand der Enkel mit der Kühltasche vor der Tür. Wie sich herausstellte, war er der Mann mit dem goldenen Händchen für alles Schokoladige. Er hatte es nicht eilig, wieder zu gehen, und sah Nele eine Weile über die Schulter, die Schillerlocken zauberte, mit Weintrauben in der Sahnefüllung für den frischeren Geschmack.

Unser Stammkunde, der Managertyp aus dem Bürohaus, schaute kurz vor Ladenschluss noch vorbei und bestellte für den übernächsten Tag zwei Schwarzwälder Kirschtorten. Er wollte im Büro Geburtstag feiern.

»Natürlich, gern auch mit Kerzen«, sicherte ich ihm zu. »Noch eine Schillerlocke mit auf den Weg?«

Das ließ er sich nicht zweimal fragen.

Es war der erste Abend, an dem wir ausverkauft waren.

Beim abschließenden Aufräumen verlor Nele den verträumten Blick, den sie seit der Unterhaltung mit Ruschkes Enkel hatte. »Was meinen Sie«, fragte sie mich. »Ob ich den Laden vielleicht doch weiterführen sollte?« Nele wurde rot. »Denis hat es mir vorgeschlagen.«

Denis war der junge Ruschke.

Ich hob die Augenbrauen.

»Als Historikerin habe ich null Karrierechancen«, fuhr Nele fort. »Und die Arbeit hier«, sie wedelte mit beiden Armen, »ich weiß auch nicht …«

»Scheint irgendwie sinnvoll zu sein?«, ergänzte ich.

»Na ja, alle, die hierher kommen, lächeln. Das ist mir im Institut noch nie passiert.«

»Es wäre ganz sicher eine schöne Herausforderung«, meinte ich. »Und die richtigen Gene haben Sie auch.«

Nele grinste. »Ich habe das mal durchgerechnet. Es könnte klappen. Für den Anfang habe ich ja auch noch mein Erspartes. Allerdings kann ich mir Ihr Gehalt nicht länger leisten.«

Ich wischte mir die Hände an meiner Schürze ab. »Machen Sie sich deswegen mal keine Gedanken. Mich zieht es ohnehin zu neuen Ufern. Ab morgen gehören diese heiligen Hallen Ihnen ganz allein.«

Nele trat auf mich zu. »Danke für alles«, sagte sie und umarmte mich. Bei dem Versuch, ihre Ärmchen um mich zu schlingen, wurde ihr Gesicht gegen mein Dekolleté gedrückt, das mit reichlich Mehl bestäubt war, was an Neles rechter Wange nicht spurlos vorüberging.

»Gern geschehen. Ich schaue bei Gelegenheit mal wieder vorbei und bringe meine Spezialsahne mit. Wissen Sie, meine Sahne lässt sich auch prima als Ersatznegligé für intime Momente zu zweit verwenden.« Ich blinzelte ihr verschwörerisch zu.

Nele wurde knallrot. Sie zog sich in ihr Kabuff zurück. Gleich darauf steckte sie den Kopf durch die Tür. »Wir sind für morgen verabredet. Meinen Sie, dass eine Schüssel voll reicht?«

Lasset uns essen und fröhlich sein.

Lukas

Am nächsten Morgen sah ich noch mal nach Nele und ihrer Konfiserie. Zwei Arbeiter tauschten gerade die Leuchtbuchstaben über der Eingangstür aus. Ruschkes Enkel leerte eine riesige Kühltasche in die Pralinenvitrine. Die *Chanel*-Frau gab einer lächelnden Nele ihre Bestellung auf, höchstwahrscheinlich für Schillerlocken mit Fruchtsahnefüllung. Der Managertyp und seine Kollegin standen, Arm in Arm, vor der übervollen Tortenvitrine. Die beiden Teenys tranken Milchkaffee am Jugendstiltisch.

Ich stellte die Frischhaltedose mit meiner Spezialsahne auf die Theke. Das Rezept hatte ich auf den Deckel geklebt.

Ich würde sie vermissen. Nele. Die leckeren Torten, Kuchen und Pralinen. Die bunten Overalls und die gefärbten Haare, die im Wind flatterten. Weiße knöchellange Hemden und flockige Rauscheflügel machten mich einfach blass und plump. Na egal, Job erledigt. Werk vollbracht!

Und zu melodischen Harfenklängen seufzten die himmlischen Scharen wohlig auf.

Tanja Dückers

Lakritz (Warzawa)

Wir stiegen »Warzawa Zentralna« aus und versuchten, im Dunkeln die polnischen Straßennamen zu lesen. Es war warm, viel wärmer als zu Hause, und in der Luft hing ein süßlicher Geruch von Parfüm. Jetzt merkte ich, woher er kam: aus einer kleinen Bar gegenüber dem Bahnhof. Zwei junge Frauen in eng anliegender, lässiger Kleidung lehnten an der Tür, die Hüften vorgeschoben. Sie rauchten und sahen durch uns hindurch. Es war lange her, dass ich das letzte Mal in Warschau gewesen war, und jedes Mal roch es anders. Einmal roch es nach Abgasen, das war die Zeit, als viele Straßen gesperrt und neu geteert wurden, kurz nach der Wende. Dann roch es nach Sägespänen, als nahe dem Bahnhof das erste IKEA-Werk Polens seine Pforten öffnete. Und einmal hatte es einfach nur überall nach Ketchup und Schweiß gerochen, als die Hotdogbuden aufmachten. Und jetzt, dieser schwüle Geruch, nicht mehr nach Aufbruch, Staub, Schmutz und Arbeit, sondern ein bisschen schon nach Erfüllung.

Wir hatten viel Gepäck und wollten so schnell wie möglich ins Hotel, um noch einen Abendspaziergang zu machen – vielleicht würde ich uns noch bis zur Altstadt lotsen, auf jeden Fall aber bis zum Saski-Garten. Seitdem wir im Zug nach Warschau gesessen hatten, hatte Christian das Regiment an mich abgegeben: Er hatte mir die Reiseführer auf den Schoß geworfen und war meinen gelegentlichen Vorleseversuchen mit einem starren Blick aus dem Fenster begegnet. Wenn zwei Menschen zwei verschiedene Urlaubsziele haben, kann eben nur einer sich durchsetzen, und da wir letztes Jahr auf Christians Wunsch hin nach Spanien gefahren waren, hatte ich diesmal die Oberhand behalten. Punkt. Irgendwie schien diese Logik bei meinem Freund nicht richtig anzuschlagen. Je mehr ich von meiner Tante, meinem Onkel und von Kasimir sprach, desto eifriger hatte Christian für die Kanarischen Inseln plädiert, als wolle er bloß nicht in etwas hineingezogen werden. Nun, wo wir versuchten, die Ulice Marszalkowska zu finden, konnte Christian es nicht unterlassen, meine mangelnde Orientierung in der Stadt »meiner Familie« zu kritisieren. Auch bot er mir nicht an, meine Tasche zu tragen, obwohl ich schon eine wunde Schulter vom rauen Trageriemen hatte. Wir stritten verbissen, während wir die Marszalkowska entlangstapften, eine Straße so breit und leer wie ein unheimlicher Gedanke. Die stalinistischen Bauten zur Rechten und zur Linken verfehlten ihre Wirkung nicht auf uns; während ich neben dem plötzlich schweigsamen Christian herlief, merkte ich, wie ich mir selber immer unwichtiger, kleiner und verlorener auf dieser Meile vorkam. Die leere, gigantische Kreuzung, Produkt weggebombter Häuser, das unheimliche, traurige Gelächter aus einem Eingang, die breite Straße, über die schon die deutschen Landser nach Osten, die Rote Armee nach Westen und die Polen von einer Straßenseite auf die andere marschiert waren. Menschen huschten an uns vorbei, die es an die Bars und Verschläge am Bahnhof drängte, an die knappen Kleider, den Geruch von Parfüm, die Wärme, wärmer als zu Hause ... Ich hievte meine Tasche mühsam weiter, meine Tasche, in der sich zu Christians Spott polnische Sprachführer verbargen. Glaub nicht, dass du das so schnell lernst wie Englisch oder Spanisch!, hatte er mir beim Einpacken kopfschüttelnd zugerufen.

Am ersten Tag ging ich nicht gleich meiner Recherche nach, sondern zeigte Christian all jene Sehenswürdigkeiten, die ich mir schon oft mit Onkel Kasimir angeguckt hatte. Wir fuhren mit dem Fahrstuhl bis auf die Plattform des Kulturpalasts, dem »schönsten Ort Warschaus«, wie die Polen gern sagen, »denn von hier aus muss man den Anblick des Kulturpalasts nicht ertragen!« Das »russische Geschenk« erinnerte Onkel Kasimir an eine marode, mehrstöckige Torte, »außen hui und innen pfui«. Mein Onkel hatte viel Humor gehabt, besonders wenn er zu viel »Woda«, Wasser, getrunken hatte. Oder »Wodka«: Wässerchen. Von wegen. Er hatte mir lachend erklärt, dass die Russen sich unter anderem amerikanische Wolkenkratzer als Vorbilder für ihre – wie er verallgemeinernd sagte – »Lomonossow«-Bauten genommen hatten. Ausgerechnet amerikanische. Er konnte auch lustige Witze über die Juden machen. »Ja, »die Juden«. Obwohl er selbst einer war. Er witzelte über die Ungeschicklichkeit von Linkshändern, obwohl er selbst einer war, und über Kurzsichtige und Nachtblinde. Er stellte für sich selbst ein unerschöpfliches Reservoir an Themen dar, die er in bissige Scherze kleiden konnte.

Wenigstens das fand Christian psychologisch interessant. Ich konnte ja verstehen, dass er lieber an einen anderen Ort ohne Geschichte, ohne Familie, die gleichsam im Koffer mitreiste, fahren wollte. Wir hatten überlegt, getrennt Urlaub zu machen, aber dann überfiel mich die Angst, dass ich in Warschau auf den Spuren meines Onkels vielleicht die Nähe meines Freundes brauchen könnte.

Zu Hause hatten wir die wenigen Fotos, die meine Mutter von Tante Miriam, Onkel Lion und deren Sohn Kasimir besaß, angeschaut, dabei einen trockenen Wein getrunken. Christian stellte Fragen – Fragen, die unmittelbar mit ihm selbst zu tun hatten und ihn nicht zu tief in meine Familiengeschichte eintauchen ließen. Zum Beispiel interessierte es ihn eher, warum Onkel Kasimir als Linkshänder nicht »umgepolt« worden war, als warum er sich von der Poniatowskiego-Brücke gestürzt hatte. Denn er, Christian, war noch Anfang der Siebzigerjahre zum Schreiben mit der rechten Hand gezwungen worden, und er machte diesen Umstand für allerlei Schwierigkeiten im Umgang mit Autoritäten und für gewisse rebellische Züge in seinem Wesen verantwortlich.

Jetzt saßen Christian und ich in der »Bar Syrenka«. Er aß Pizza Margherita, ich Klöße mit Rinderbraten und Rotkohl. Wie er mir gegenübersaß, der große, schlanke Mann mit den halblangen dunklen Haaren, und argwöhnisch auf die Straße schaute, fragte ich mich, ob es nicht doch ein Fehler gewesen war, mit ihm hierher zu kommen.

Plötzlich rückte Christian näher: »Vera, warum tust du dir das an?«

Ich starrte auf zwei junge Polen, die hinter Christians Rücken keck in meine Richtung grinsten.

»Vielleicht… kann ich doch noch etwas herausfinden, was meine Mutter nicht in Erfahrung gebracht hat…«

»Aber deine Mutter spricht fließend Polnisch.«

»Ja, aber ich kann auch etwas, und außerdem bin ich die bessere Psychologin!«

»Meinst du? Seitdem du hier bist, wirkst du nur depressiv. Guck mal, wir könnten jetzt am Strand liegen, ich würde dich mit Melone füttern und dich verwöhnen…«

»Hach, ich will nicht verwöhnt werden, begreif das endlich. Ich will etwas herausfinden, mir lässt das keine Ruhe, kannst du das nicht verstehen? Er war mein Lieblingsonkel!«

Christian spießte eine halbe Tomate auf. Seine lockigen Haare fielen ihm ins Gesicht. Ich sah ihn immer gerne an. Optisch waren wir völlig unterschiedlich: Ich entsprach eher dem östlichen Typ mit puppenhaftem Gesicht, hohen Wangenknochen und bleicher Haut, er dagegen hatte die markanten Züge eines Italieners oder Spaniers und einen dunklen Teint.

»Ich versteh das ja schon, aber ich glaube, dir tut das nicht gut. Du gräbst dich viel zu sehr ein in deine Familiengeschichte. Du warst schon so oft hier, und dann stehst du wieder vor den Gettomauern und denkst… was soll das noch? Ich bin total abgearbeitet, ich wollte mal Urlaub haben, verstehst du?«

»Ich habe dir doch gesagt, dass du tagsüber machen kannst, was du willst. Du wirst sehen, dass Warschau nicht so übel ist, wie du denkst. Du kannst dich hier amüsieren, du sollst nur bitte nachts für mich da sein.«

Christian nahm kurz geschmeichelt meine Hand.

»Vera, ich finde einfach, du solltest, auch wenn's hart klingt, das Ganze einfach… vergessen. Vergessen, verstehst du?«

»Hör mal, Tante Miriam und Onkel Lion, das ist eine

Sache, das ist lange her, und wir wissen leider viel zu gut und zu genau, was passiert ist. Meine Mutter hat sogar ihre exakten Todesdaten in Treblinka herausgefunden. Aber Kasimir, das hat damit nichts zu tun, oder vielleicht, indirekt, das will ich rausfinden.«

»Warum? Lass ihn doch einfach ruhen. Ich will dich schwängern und kleine niedliche Babys mit dir haben, und du redest nur von deinem toten Onkel.«

»Nun komm bitte nicht wieder mit deiner Nulltheorie!«, entfuhr es mir.

»Warum nicht?« Christian sah mich angriffslustig an.

Die Nulltheorie hatte er mir vorgestellt, als wir uns kennen lernten. Eines Nachts, als ich bei ihm mit einem Glas Wein in der Hand auf dem Sofa lag, hockte er sich mit einer Schublade vor seinen Ofen. Wir hatten uns im Winter kennen gelernt. Er bat mich, zu ihm zu kommen, dann zeigte er mir kurz den Inhalt der Schublade: Briefe und Fotos von Ex-Freundinnen. Ich wurde neugierig und hätte gern ein bisschen in der Fundgrube gebuddelt – Christian sprach nie über sein Vorleben – aber er nahm mir den Kasten aus der Hand und warf alles – eins, zwei, drei – in den Schlund des Ofens.

»Weißt du«, sagte er dann, während er mich plötzlich abküsste, »ich will mit dir bei null anfangen. Alles andere ist passé. Ich will diesen Ballast loswerden, ich will nicht mehr voll gestopft sein mit Geschichten von Leuten, die ich gar nicht mehr kenne, die mir nichts mehr bedeuten.«

Er unterbrach sich kurz, um sich mit einem Ärmel Ruß vom Gesicht zu wischen.

»Man bleibt nur leidenschaftlich, wenn man hier und jetzt seine ganze Energie hat…« Er zog mich heftig an sich.

Was danach kam, brauche ich nicht im Detail zu schreiben, es war göttlich, und für eine Weile hatte ich an seiner Theorie nichts auszusetzen. Doch dann, im Februar, starb Onkel Kasimir. Und irgendwann schien es mir geradezu absurd, dass ich Fotos in den Händen hielt, auf denen ich neben Onkel Kasimir stand, nur mein damaliger Freund an meiner Seite war herausgeschnitten worden.

Jetzt winkte Christian den Kellner heran. Wir haben lange geschwiegen. Früher hat Christian noch versucht, mich aus meiner Innenwelt herauszulocken, jetzt verdrehte er nur noch genervt die Augen und blättert Zeitung. Christian war der ungeduldigste Mensch, den ich kannte.

Am nächsten Morgen war ich ziemlich nervös. Heute sollte ich drei Menschen treffen, die Onkel Kasimir nahe gestanden hatten: Lore, die letzte Freundin meines Onkels. Mit ihr war ich in der »Czekoladaria Wedel« verabredet, danach wollte ich Marek und Krzysztof, zwei langjährige Freunde von Kasimir, treffen. Christian, der es morgens nicht lange im Bett aushält, war schon vor mir losgestürzt, um sich neue Architektur, die Universitätsbibliothek und das Oberste Gericht anzuschauen.

Meine Mutter war der geduldigste Mensch, den ich kannte. Nach dem plötzlichen Tod von Onkel Kasimir war sie natürlich sofort nach Warschau gereist. Sie schimpfte später darüber, dass ich nicht mitgekommen, stattdessen mit Christian auf Partys gegangen bin. Wahrscheinlich hatte sie Recht. Sie kam zurück mit wirren Geschichten von hundert Leuten, mit denen sie gesprochen hatte, und irgendwie wusste niemand und jeder etwas über Kasimir zu sagen. Kasimir hatte so viele Freunde und Bekannte, dass es für uns aus Berlin völlig undurchsichtig war, mit wem zu reden sich lohnte und mit wem nicht. Lore, die Ex-Freundin meines Onkels, mit der er noch ein gutes Verhältnis unterhielt, erzählte, sie habe ihn noch am Vorabend seines Todes getroffen; er hätte exzessiv getrunken, was allerdings nicht weiter ungewöhnlich war, und Witze jenseits des Geschmacks gemacht – aber, wie immer, großen Beifall dafür geerntet. Meine Mutter war nach der Reise verwirrter als vorher.

Lore saß mir gegenüber, blinzelte ins Sonnenlicht und rauchte. Ihre runzlige Hand mit den vielen Altersflecken lag auf meiner. Sie war acht Jahre älter als Kasimir gewesen und hatte ihn immer »…«, »Schätzchen« genannt.

»Wie schön, dass du mal wieder da bist«, sie tätschelte mir den Arm. Lore sprach recht gut deutsch.

»Was macht das Leben, die Liebe?«, wollte sie wissen.

Ich lächelte ein wenig, erzählte ihr von Christian und deutete an, dass er sich an Warschau noch gewöhnen müsste. Lore lachte, ein heiteres Lachen – sie ist durch nichts aus der Ruhe zu bringen, und ich fragte mich, ob es Kasimir vielleicht das Leben gekostet hatte, für eine Jüngere, für viele Jüngere, Lore verlassen zu haben.

Lore strich sich eine lange graue Strähne aus dem Gesicht. »Weißt du«, sagte sie, »seitdem da unten im russischen Geschenk das Kino mit den neuesten Hollywood-Streifen drin ist, mögen wir den Kasten ja ganz gerne …«, sie lachte wieder. Mir fielen ihre schönen geraden Zähne auf. Ein Weihnachtsgeschenk von Kasimir, erinnerte ich mich.

Sie tätschelte wieder meinen Handrücken.

»Was macht denn so die explosive Kulturszene in Berlin? Wir lesen hier immer, ihr seid das New York Europas… oder ist das alles nur Angeberei?«

Ich versuchte, mit ein paar kurzen Sätzen über Wunsch und Wirklichkeit Lore zufrieden zu stellen, dann fasste ich mir endlich ein Herz und sagte ihr, dass ich wegen Kasimir hier säße und froh wäre, wenn sie mir etwas sagen könnte, was die ganze Unordnung in meinem Kopf aufklären würde. In einem plötzlichen Moment von Ehrgeiz, vielleicht aber auch, um ihr näher zu sein, hatte ich versucht, Polnisch zu sprechen, und sie musste ziemlich lachen.

Nachdem sie sich wieder gefangen hatte, zuckte sie die Schultern. Ernsthaft erklärte sie mir dann, er sei im Vollrausch von der Brücke gesprungen. Er hätte in seiner Verfassung bestimmt geglaubt, er könne schwimmen.

»Im Februar?«, wagte ich dazwischenzufragen.

»Dein Onkel ist schon mal im Winter im Bademantel Zigaretten holen gegangen…«, sinnierte sie. »Nein, ganz ehrlich, ich glaube nicht, dass er gewusst hat, was er da macht. Dein Onkel hat die Nacht vorher bis zum Morgen ziemlich viel durcheinander getrunken, weißt du. Nicht nur Wässerchen. Aber… du hältst mich vielleicht für allwissender als ich bin. Wir waren nie so ein… typisches Paar, wir haben nicht zusammengewohnt, wie du weißt, er ist immer mit seinen Kumpels in Urlaub gefahren, nach Afrika, Asien, sonst wohin nach der Wende, wir hatten eher so eine Feierabendbeziehung. Er hat nicht viel über sich selbst geredet.«

»Und über seine Eltern? Wie hat er sich als Jude hier in Warschau gefühlt?«

»Ach… ich weiß, diese Flausen hast du von deiner Mutter. Er ist fast nie zum Gettodenkmal gegangen. Er hatte ein gerahmtes Foto von seinen Eltern auf seinem Schreibtisch. Aber ansonsten: Er war so wenig Jude wie er Parteimitglied war. Das Einzige, was er war, er war ein guter Liebhaber!«

Sie lächelte jetzt und errötete trotz ihrer neunundsechzig Jahre kein bisschen.

»Und Alkoholiker«, fügte ich leise hinzu.

Lore zuckte die Achseln, mir fiel ihre schmale, fast mädchenhafte Gestalt wieder auf. Sie war früher Balletttänzerin. Später hat sie noch choreografiert und Kinderballettunterricht gegeben. In die Partei ist sie nie eingetreten.

»Hat er denn an dem letzten Abend… ich weiß, meine Mutter wird dich all das schon gefragt haben… hat er denn irgendetwas Besonderes von sich gegeben an diesem Abend… da habt ihr euch doch gesehen?« Gern hätte ich sie gefragt, ob sie mit ihm geschlafen hatte in dieser Nacht, aber ich wagte es nicht. Mir wäre der Gedanke angenehm, dass mein Onkel seine letzte Nacht nicht allein, sondern mit so einem liebenswerten, starken Menschen wie Lore verbracht hätte. Aber dann wäre es vielleicht noch unbegreiflicher, warum er am nächsten Tag diesen Schritt getan hat.

Ich fühlte mich gegenüber Lore, die so wissend und doch so unbekümmert schien, unsicher und linkisch. Mir ging durch den Kopf, dass mein selbstbewusster Spruch Christian gegenüber, ich hätte mehr psychologisches Geschick als meine Mutter, reinste Übertreibung war.

»Warum hat er dich verlassen, warum hat er so viel getrunken, warum all das, Lore?«, brach es plötzlich aus mir heraus.

»Mädchen«, sagte sie leise und streichelte meinen

Arm, »es rührt mich wirklich, wie sehr dich die Geschichte beschäftigt. Aber ich will nicht weiter im Schlamm wühlen, weißt du? Es hat mir das Herz gebrochen, als ich es erfahren habe, und dann habe ich überlegt: Es war seine Entscheidung, er hat mich nicht vorher in seine Angelegenheiten eingeweiht, das habe ich zu respektieren, und ich werde jetzt nicht das lange Leben, das noch vor mir liegt«, sie schaute mich komplizenhaft an, »an keinen anderen mehr denken als an ihn. Ich könnte auch ärgerlich sein, dass er zu niemandem von uns Vertrauen hatte, ja, das könnte ich, traurig werden, wenn ich an seine Lakritzküsse denke, du erinnerst dich, dass er permanent Lakritze gelutscht hat, ich könnte auch traurig werden, wenn ich daran denke, wie oft ich mit ihm an diesem Tisch – hier! – gesessen, geredet, fantasiert habe – er hatte ja viel Fantasie, dein Onkel … was wollte er alles für verrückte Leute ins Fernsehen holen, ja, hier haben wir oft gesessen und alles um uns herum vergessen. Aber ich kann auch zu dem Schluss kommen, dass er uns nichts vorgespielt hat, dass er derjenige war, als den ich ihn kennen gelernt habe, dass er einfach nicht ganz bei Verstand war, als er da runtergesprungen ist … und: Ich habe mich für diese Version entschieden … rozumiesz?«

Damit war für Lore das Thema beendet. Wir tranken unsere heiße Schokolade und redeten, es ließ sich nicht mehr vermeiden oder mir fehlte die Kraft, dem etwas entgegenzusetzen, über Berlin.

Ich weiß, dass die Macht von Gerüchen, Geschmäckern, Geräuschen stärker ist. Mit diesem merkwürdigen Satz wachte ich in der zweiten Nacht in Polen auf. Aus einem Traum, in dem ein Mann mit Flügeln, mit großen fleischfarbenen Schwingen wie verlängerte Körperteile, auf einer Mauer steht und, kurz bevor er springt, noch einmal das Parfüm seiner Lieblingsgeliebten auf seinen Handrücken sprüht.

Während ich noch im Halbschlaf lag und überlegte, was mein Traum genau mit Onkel Kasimir zu tun hatte, hörte ich Christian unter der Dusche. Ein paar Minuten später rief er von der Tür her: »Ich geh los zum Lasienki-Park, wir sehen uns heute Abend zum Essen im Hotel. Um acht. Czesc.«

Czesc, »Tschüss«, war das Einzige, was sich ihm bisher in Polnisch eingeprägt hatte.

Ich nahm mein Notizbuch und machte mir Stichpunkte für meine Recherche heute. Marek und Krzysztof hatten mir gestern kurzfristig abgesagt. Die nächste Woche nicht zu erreichen. So lange war ich jedoch nicht mehr hier. Ich war am Rotieren. Schließlich verabredete ich mich mit Kasimirs Putzfrau.

Elzbieta zündete sich eine Zigarette an und blies den Rauch in mein Gesicht. Sie schwitzte, und der Schweiß rann ihr in den Ausschnitt ihres grün-grauen Kleids. Irgendwie schien es sie zu beunruhigen, dass sie interviewt werden sollte. Einmal kicherte sie hysterisch und sagte: »Also ICH hab ihn nicht von der Brücke gestoßen.« Es gelang mir nur sehr allmählich, ihr Vertrauen zu gewinnen. Mein gebrochenes Polnisch trug auch nicht gerade zu einer besseren Verständigung bei. Aber wenigstens hatte meine Mutter noch nicht mit ihr gesprochen. Schließlich erzählte Elzbieta mir, dass mein Onkel manchmal alleine in eine Bar gegangen sei, »Glos« hätte die Bar geheißen. Woher sie das wisse?, fragte ich schnell. Elzbieta sah mich erschrocken an und verschwand erst einmal auf der

Toilette. Schließlich kam sie mit einem neuen Zigarettenpäckchen zurück. Ich musterte sie. Sie hatte eine großporige, fettige Haut und strahlte nichts Heiteres, Verführerisches aus. Ich glaubte nicht, dass sich mein Onkel an sie herangemacht hat.

»Also der Jerzy, mein Mann, dem bin ich eine Weile…«, sie sah mich jetzt durchdringend an, und mir wurde klar, dass ich sie nicht unterschätzen sollte, sie konnte vielleicht nicht feurig, aber eisern sein, »also dem bin ich eine Weile lang abends heimlich gefolgt. Ich wollte wissen, ob er mich betrügt. Hat er getan. Und bei diesen Beobachtungen habe ich auch deinen Onkel, als er noch mit dieser ältlichen Ballerina liiert war, mit irgendwelchen…«, sie verzog ihren Mund auf unschöne Weise, »leichten Mädchen gesehen.«

Ich nickte, ich wusste das schon.

»Wie hat mein Onkel Sie behandelt? War er freundlich, zuvorkommend oder herablassend, barsch?«, fragte ich jetzt.

»Ihr Onkel«, jetzt hellte sich ihr Gesicht auf, »war ein Engel. Ja, ein teuflischer Engel. Zu jedem nett und hilfsbereit, aber auch ein bisschen gefährlich…«

»Gefährlich?«, fragte ich nach.

»Na ja, ich bin meinem Mann treu geblieben…«, Elzbieta starrte ob diesen großen Opfers schlecht gelaunt auf die schmuddelige Tischkante.

»Und was glauben Sie, warum er das gemacht hat… zum Schluss?«

»Das weiß ich nicht. Ist mir selber total unklar. War doch nicht arbeitslos und nicht verschuldet und keine unehelichen Kinder… richtig Dreck am Stecken auch nicht… keine Ahnung, Fräulein Vera.«

Während ich die breite, leere Aleja Jerozolimskie entlangmarschierte, lief Christian irgendwo im Lasienki-Park herum, mit seiner Sehnsucht nach dem Süden. Es war sehr warm und sonnig heute, aber er wird schimpfen, dass er die frische Brise vom Mittelmeer vermisst. Hin und wieder wird er mit einer Faust gegen einen Baumstamm, eine Mauer schlagen, aus Ärger über seinen vermasselten Urlaub. Seine schönen Fäuste, die manchmal neben meinem Kopf auf das Kissen trommelten, in kurzer, erregter Abfolge.

Ich musste an ein Gespräch mit Onkel Kasimir denken. Es fand statt, als ich sechzehn Jahre alt war und von meiner Mutter nicht ganz ohne Sorge zu meinem lasterhaften Onkel auf Besuch nach Warschau geschickt worden war. Ihr Familiensinn und ihre Moralität gerieten angesichts Kasimirs immer wieder in Widerstreit.

Gleich am ersten Abend schleppte mein Onkel mich in einen zweifelhaften Salon, in dem wir viel zu viele »Wässerchen« wegschütteten und über alles Mögliche redeten. Durch seine Parteimitgliedschaft ging es ihm mit der Weile ziemlich gut, und er lebte – ein Ausdruck, den er gern benutzte – »auf großem Fuß«.

»Weißt du, Vera«, fing er irgendwann nach Mitternacht an, als er schon ziemlich betrunken war, »es gibt Paare … vielleicht Agnieszka und mich?« – dabei schaute er unschuldig an die Decke des Jugendstilsalons –, »also es gibt Paare«, wiederholte er lallend, »die … die sich nur in einem … Seinszustand … flüssig, nackt, horizontal … verstehen … Paare … die sich eigentlich nur … mit geschlossenen Augen und ohne miteinander zu sprechen … verstehen … das wirkliche Leben … die Welt bei Tageslicht … ist für sie schlicht der falsche Ort, um sich zu begegnen«, schloss er.

Dann nahm mein Onkel genießerisch einen Schluck Wein und erzählte mir übergangslos etwas über seine letzte Fernsehshow – und in meinem jugendlichen Gemüt hallte diese höchst interessante Anschauung noch lange nach.

Der vierte Tag war der Erste, an dem Christian und ich gemeinsam frühstückten. Unsere Tagesabläufe und Interessen waren einfach zu unterschiedlich. Morgens hatte er mich um acht Uhr wachgekitzelt, nun saß er mir mit einem Marmeladenbrötchen in der Hand und leuchtenden Augen gegenüber.

»Vera, diese neue Uni-Bibliothek hat echt eine tolle Fassade. Du musst dir die unbedingt angucken. Ich wünschte, in Berlin hätte man mal so was gebaut. Und dann war ich gestern noch am neuen Gebäude der Warschauer Börse und am Sony-Center… ein blauer Glaspalast… auch sehr beeindruckend…«

Er griff nach meiner Hand, »weißt du, wenn wir jetzt noch am Ende der Woche an die Ostsee fahren würden, wäre ich vollkommen ausgesöhnt… Polen forever!«

Seine gute Laune war ansteckend, und für einen Moment spielte ich mit dem Gedanken, meine Verabredung zum Lunch mit dem Fernsehdirektor, der mir sowieso wahrscheinlich nicht viel über Kasimir erzählen könnte, abzusagen, und mit Christian einfach ins Grüne zu fahren, den großen Fuß, auf dem mein Onkel gelebt hatte, einfach mal hochzulegen.

Aber dann fiel mir ein, während Christian zärtlich meine Hand streichelte, wie meine Mutter – sie interessierte sich für Kabbala – berechnet hatte, dass der Todestag meines Onkels exakt die gleiche Quersumme wie sein Geburtstag aufwies – und ich beschloss, doch den

Fernsehdirektor zu treffen und zu fragen, ob mein Onkel viel von seiner jüdischen Herkunft im Berufsalltag durchsickern gelassen hatte.

Und ich dachte an meine Mutter mit ihren hellen, suchenden Augen, ihrem blassen slawischen Gesicht und ihrer Sorge um uns. Ihre Anhänglichkeit. Und während ich sie vor mir sah, spürte ich Christians Berührung nicht mehr.

Am Nachmittag stand ich mit Christian auf dem Umschlagplatz. Das Kirscheis, das Christian uns gekauft hatte, tropfte auf meine Schuhe. Lilanes Blut, dachte ich verwirrt. Er saß auf einer Bordsteinkante in der Sonne, während ich die vielen Namen las und las und las. Zwischendurch fiel mir mein Gespräch mit Dr. Kasowski ein, der mir erst stolz den Fernsehsender gezeigt und mich dann in sein Lieblingsrestaurant eingeladen hatte. Ich war verwundert darüber, dass er sich wegen mir – der Nichte von einem verstorbenen Arbeitskollegen – so viel Zeit nahm. Kasimir musste ihm viel bedeutet haben. Dr. Kasowski schwärmte von ihm. Keinen Allgemeinplatz an Sympathiebekundungen ließ er aus. Oder war es nur Pietät, die ihm solch ein Verhalten diktierte? Wollte er sich und seinen Sender vor einer Westlerin im besten Licht zeigen? Wahrscheinlich hatte er mit seinen Kollegen wegen der vielen Liebesgeschichten meines Onkels über ihn hergezogen und ihn … vielleicht sogar zu Tode gemobbt? Meine Fantasie wurde immer blühender; da ich nichts wusste, dachte ich mir alles aus. Dr. Kasowski blieb lächelnd verschlossen.

Was ich an diesem Ort Neues hatte herausbekommen wollen, war mir selber nicht klar. Ich hatte schon oft mit meiner Mutter auf dem ehemaligen Umschlagplatz gestanden, von dem die Nazis 300 000 Juden nach Treblinka gebracht hatten. Auch Tante Miriam, die Schwester der Mutter meiner Mutter. Kasimir war mit vier Jahren schon Vollwaise gewesen; sein Vater, Onkel Lion, entging den Nazis durch eine Tuberkuloseerkrankung, an der er noch vor seinem Abtransport nach Treblinka starb.

Ich stand wieder an diesem Ort und versuchte, wie es tausende vor mir getan hatten, mir einen Menschen aus meiner Familie vorzustellen, den ich nie persönlich gekannt hatte, der von hier aus im Winter, frierend, mit nichts als einer Bluse und einem Rock bekleidet, in den Tod gefahren war. Onkel Kasimir war nie mitgekommen, wenn meine Mutter, meine beiden Schwestern und ich den obligatorischen Umschlagplatzbesuch machten. Er pflegte über diesen Ort Witze zu machen und, während er schon nachmittags statt Kaffee zuckersüße Cocktails trank, saudumme Dinge zu sagen wie: »Was für ein niedlicher Hühnerstall, dieser Platz, ich glaube, die Neonazis haben doch Recht: Hier haben doch keine 300 000 Menschen drauf gepasst!« Dann lachte er gequält. Manchmal, wenn meine Mutter zu langen Überlegungen über Gott und die Welt ausholte, brachte Onkel Kasimir sie damit in Rage, dass er seine ewigen Lakritzpastillen geräuschvoll lutschte und nach jedem ihrer mit einem pathetischen Finale ausklingenden Sätze ein Schmatzen hinterhersetzte. Ansonsten war er nett zu meiner Mutter und lud uns immer großzügig zu allerlei Vergnügungen ein. Denn, wie er immer in Selbstparodie ob seiner zahlreichen Wiederholungen zu sagen pflegte, »er lebte ja auf großem Fuß«.

Das war nicht immer so gewesen: Onkel Kasimir war von den Russen »gerettet« worden und in einem Heim bei Minsk aufgewachsen. Irgendwie ist es ihm später gelungen, zurück nach Warschau zu gelangen, was nicht einfach war, denn nach dem Krieg hatte die polnische Regierung eine Zuzugssperre über Warschau verhängt und sehr genau geprüft, wer in die einstige 3-Millionen-Stadt ziehen durfte. Kasimir, der das Außenseitersein bisher nur von seiner schlechtesten Seite kennen gelernt hatte, entwickelte sich nun zum begeisterten Kommunisten, wurde Parteimitglied und erfolgreicher Fernsehmoderator. Noch kurz vor seinem Tod sprachen ihn manchmal alte Damen auf der Straße an und baten ihn um ein Autogramm. »Wiedziec« hatte seine Sendung geheißen, in der man mit historischem Wissen und etwas Glück allerlei Firlefanz gewinnen konnte.

Eine Gruppe japanischer Touristen fotografierte die Gedenktafel des Umschlagplatzes, dann gingen sie nuschelnd weiter. Christian klopfte einmal an die Mauer. Ich betrachtete ihn, diesen großen, schlanken Mann, und erschrak über mich selber, dass ich an diesem Ort an so etwas Unpassendes wie körperliche Liebe dachte. Ich versuchte, an meine Tante zu denken und traurig zu sein. Keine zwei Meter vor uns lief eine junge Mutter mit zwei bunt gekleideten Kindern, moderne Autos, alles westliche Marken, VW, Opel, BMW, fuhren mit heruntergelassenen Scheiben, manche mit Musik, vorbei. Wo sich einst die Gässchen des jüdischen Viertels schlängelten, stand schon seit langem die Platte. Ich versuchte, mir meine Tante vorzustellen, in Bluse und Rock, das Nötigste dabei. Der Gedanke an sie, die ich nur von Fotos kannte, machte mich sehr traurig, doch konnte ich diese Trauer nicht mit diesem munteren Ort in Verbindung bringen. Die Vorstellung, hier haben sie gestanden, hier wurden sie abgeholt, blieb für mich gänzlich abstrakt. Ich stand an einem Denkmal, nicht an einem wirklichen Platz. Das Denkmal, ging mir durch den Kopf, während Christian an der Gedenktafel eine Fliege erschlug, das Denkmal ersetzt als Erklärung, als Hinweis, als Zeichen, den wirklichen Ort. Ein Denkmal ist geradezu der sichere Beweis dafür, dass hier kein Ort mehr ist. Ein Ort kann nicht gleichzeitig existieren und an selbiger Stelle kommentiert werden. Vielleicht ist dieses Verhältnis proportional.

Mit meiner Tante hatte dieser Ort jedenfalls nichts zu tun. Die lag zu Hause, still und verkohlt, im Familienalbum.

Fotos, Briefe, Tonbandaufnahmen, Gerichtsanhörungen, Zeitzeugnisse aller Art hatte ich in den Bibliotheken gewälzt und doch wollten mir die Eltern von Kasimir, Tante Miriam und Onkel Lion, während der Reise nicht näher kommen. Die beiden waren mir so vertraut und so unvertraut wie historische Figuren, wie Abraham Lincoln, wie Lenin. Ich konnte hier nichts herausfinden, was einen Schlüssel bedeutet hätte für Kasimirs Tod. Ich lief durch die Straßen Warschaus, ich hörte auf ihre Geräusche, das leise Starten der Automatikautos, die sich hier so gut verkauften, ich atmete die Gerüche ein, nach kräftigem, südamerikanischem Kaffee aus den Bars, nach Bademoden aus den weit geöffneten Türen des Einkaufszentrums »Galeria Mokotów«, und mir wurde bewusst, dass diese Stadt ganz anders roch, als sie damals vor sechzig Jahren gerochen haben musste. Wie der menschliche Körper, der seine Hautzellen alle sechs Wochen vollständig erneuert – und somit nie derselbe, nie der Gleiche ist –, schien mir diese Stadt die Gleiche und nicht mehr die Gleiche zu sein. Doch in der natürlichen Veränderung einer Stadt gibt es Komponenten, die über einen langen Zeitraum konstant sind, so wie im menschlichen Körper die Nerven- und vor allem die Knochenzellen ein Leben lang erhalten bleiben. Aber was in Warschau passiert war, hatte nichts mit organischen Veränderungen zu tun. Auf erschreckende Weise wurde mir klar, dass der Plan der Nazis, die Juden zu vernichten, hier in Erfüllung gegangen war: Nichts, aber auch gar nichts erinnerte mehr an sie, kein sinnlicher Eindruck vermittelt noch ihre Existenz. Diese Leere, die Abwesenheit legte sich auf mich. Seltsam leidenschaftslos lief ich durch die Stadt, begegnete ihrer Leere ebenfalls mit Leere, mit einer stumpfen Freudlosigkeit, die mir das pittoreske Schloss Wilanow, die Wasserspiele und vieles mehr zu einer beliebigen, grauen Kulisse geraten ließ.

Dass ich nichts empfinden konnte, entsetzte mich. Ich konnte keine Verbindung aufnehmen mit all dem, was in dieser Stadt geschehen ist. Vor Christian hielt ich es geheim. Ihm gegenüber wollte ich nicht zugeben, dass ich nicht voller Emotion durch das unkenntliche Warschauer Getto lief; diesen Triumph hätte ich ihm einfach nicht gegönnt.

Christian und ich stritten immer öfter und heftiger; in unseren gemeinsamen Nächten begegneten wir uns nur noch als Fremde. Wir, die sonst immer das Nachtlicht anschalteten, wenn wir uns liebten, ließen es jetzt bewusst aus. Eines Morgens, als Christian schon unter der Dusche stand und ich noch schlaftrunken im Bett lag, murmelte ich vor mich hin: Onkel Kasimir und du, ihr hättet euch gut miteinander verstanden. Aus meinem letzten Traum hatte ich noch ein Bild von Kasimir vor Augen, wie er mit der gleichen hektischen Art wie Christian Fliegen von seinem Marmeladenbrötchen verscheuchte. Christian kam zurück an mein Bett, ein Kapuzensweatshirt über der Schulter, und sagte genau ein Wort: »Hirnwichse«. »Hirnwichse sei das«, erklärte er mir mit ungewöhnlich leiser Stimme, »mir darüber Gedanken zu machen, ob er sich mit einem Toten wohl gut verstanden hätte oder nicht.«

Am letzten Tag, Christian war morgens ohne ein Wort zu sagen an die Ostsee gefahren, war ich einfach nur deprimiert: Ich hatte mit elf Leuten über Onkel Kasimir gesprochen, mein Polnisch mühsam wieder aufpoliert, hatte alle Orte abgeklappert, die mit seinem Leben in Verbindung standen: In Kasowskis Fernsehanstalt war ich gewesen, in Kasimirs Lieblingsrestaurant auf der Edelstraße »Nowy Swiat« hatte ich diniert, zum »Stadion« in Praga war ich aufgebrochen, wo er alte Freunde aus Minsk, die jetzt als Händler unterwegs waren, traf. Ich hatte Lore in der »Czekoladaria Wedel« getroffen, ich war allein im »Glos« gewesen, wo ich lüsterne Geschäftsmänner abwimmeln musste. Meine Recherche hatte nichts ergeben, nichts zu Tage gefördert, was ich nicht schon gewusst hatte.

Am letzten Tag passierte es dann:

An einem schmuddeligen Kiosk kaufte ich gedankenverloren mit einem »Woda Mineralna« ein kleines Tütchen »Lukrecja«. Ich dachte, ich hätte etwas Süßes erwischt. Mir war nämlich nach etwas Endorphinhaltigem. Nun schmeckte ich, kaum hatte ich eine glänzende schwarze Perle in den Mund genommen, etwas Salziges. Plötzlich musste ich mitten im Lasienki-Park anfangen zu weinen. Ich lutschte die Lakritzpastille und konnte nicht mehr aufhören zu weinen. Ich dachte an Onkel Kasimirs weiche Lippen, die sich immer auf so eine ganz besondere Weise, die ich vollständig vergessen hatte, an meine Wange gedrückt hatten, ich dachte an seinen großen Mund, wie er ihn schmerzhaft verzog, wenn sein Lachen langsam nachließ, wenn der Beifall für eine Pointe abebbte. Mir fielen auch seine Hände wieder ein, seine dicklichen, aber doch sehr beweglichen, zierlichen Hände, die über mein Haar strichen, über meinen Mädchenrücken, mir fiel »Puschkin« ein, ja selbst an seine schwarze Katze erinnerte ich mich erst jetzt beim Lutschen dieser dunklen Perlen. Ich hörte das Klappern der Lakritzdosen wieder, unförmige Blechdinger, die Onkel Kasimir stets in seiner Hosentasche trug, die deshalb schon ausgebeult war. Keinen Schritt konnte man neben ihm gehen, ohne dieses beständige Klappern zu hören.

Ich spürte, wie sich der Bonbon langsam in meinem Mund auflöste, das Salz brannte an meinem Gaumen, wie es an Onkel Kasimirs Gaumen hundert-, nein tausendmal gebrannt haben muss. Hinter seinem Lachen. Einen Moment schlug ich die Hände vors Gesicht, sodass die Welt um mich herum dunkel wurde, und – plötzlich – für Sekunden – verstand ich etwas. Ich hielt mir die Hände vors Gesicht und spürte nur noch meine Mundhöhle, konzentrierte mich ganz auf sie, diesen dunklen, geheimen, privaten Raum, dort, allein, das Salz, der Schmerz. Man ist so allein, wenn man isst. Hätte Onkel Kasimir nicht zwanghaft Lakritze gegessen, sondern Sonaten in d-Moll gehört oder Reproduktionen von Käthe Kollwitz gesammelt, hätte keiner seinen Selbstmord so seltsam gefunden. Vielleicht hätte man ihn auch vorher auf seine Stimmungslage angesprochen. Aber mein Onkel war nicht sehr transparent. Er hasste Geständnisse, er hasste, verabscheute die Wahrheit. Er liebte das Opake, sein Lieblingsstein war der Onyx, sein

Lieblingsbaum die dichte Hemlocktanne, fiel mir jetzt plötzlich alles ein, er war stolz, er wollte nicht über die Dinge sprechen, über die alle Welt reden wollte.

Ich lief in Richtung des »schwimmenden Amphitheaters« im Lasienki-Park, dem Sanssouci von Warschau, und weinte. Irgendwo neben mir lief Christian, der, ebenso plötzlich, wie er verschwunden war, wieder aufgetaucht war. Er spazierte dort wie eine Erscheinung, ein Geist, kaum nahm ich ihn wahr, so sehr war ich in meiner Mundhöhle, in dem schwarzen klebrigen Zwischenraum meiner Zähne, versunken, mein Leben, für immer, verbunden mit diesem Menschen, der sich in der fernen polnischen Stadt an einem kalten, klaren Sonntag im Februar in die Weichsel stürzte. Das Klappern seiner Dose in der ausgebeulten Tasche beim freien Fall nur von den Tauben aufgeschnappt und in der Luft, im ewig sich wechselnden Parfüm der Stadt, verloren.

Später, als wir wieder im Zug saßen, Christian blätterte eine polnische Musikzeitschrift durch, versuchte ich zu verstehen, was ich vorhin meinte, verstanden zu haben. Es gelang mir nicht recht. Mein Gefühl vorhin im Park, meine Tränen, mein von einer ganzen Lakritztüte brennender Gaumen, die äußerst lebhafte Erinnerung an Kasimirs Küsse auf meinen Wangen, die Ahnung seiner undurchdringbaren Melancholie – all das schien mir jetzt diffus, unerklärlich, ein hysterischer Moment – wahrscheinlich hatte ich zu viel mit Christian gestritten.

Die nächsten Stunden schaute ich aus dem Fenster, wo wie ein düsteres Heer all die Tannen an mir vorbeiflogen, die Deutschland und Polen voneinander trennen und miteinander verbinden. Der Zug schwankte ein wenig, und der dünne Kaffee spritzte ein unübersichtliches Muster auf meine weißen Jeans.

Wladimir Kaminer

Russisch kochen

Die Tatsache, dass nicht nur die Menschen, sondern auch jede zubereitete Suppe eine nationale Identität hat, wurde mir erst in Deutschland klar. Denn früher zu Hause in Moskau kochte meine Mutter immer international: z. B. Buletten mit Pellkartoffeln dazu. Manchmal gab es anstatt Kartoffeln Reis, doch das hieß bei uns dann nicht gleich »chinesisch essen«, sondern »Kartoffeln waren alle«. In Berlin spielt dagegen die Herkunft des Rezepts eine sehr wichtige Rolle. Nicht nur in Restaurants, auch wenn unsere Freunde zu Hause kochen und uns einladen, sagen sie immer: »wir kochen italienisch« oder »mexikanisch« und manchmal sogar ganz exotisch – »deutsch«.

Vor kurzem waren wir auf einer solchen Party bei einem Pärchen, das gerade die thailändische Küche ausprobieren wollte und dabei ein mir unbekanntes, aber sehr scharfes Gewürz benutzt hatte. Alle anderen Gäste am Tisch wussten wahrscheinlich Bescheid und kosteten deswegen nur sehr vorsichtig davon, so als handele es sich dabei um eine psychedelische Droge. Ich hatte dagegen nicht aufgepasst – nach kurzer Zeit brannten mein Rachen und mein Hals höllisch. Um die innere Flamme zu löschen, griff ich immer häufiger nach der Weinflasche und verzichtete auf den ebenfalls thailändischen

Nachtisch, doch das nutzte wenig. Dennoch erlaubte ich mir keine kritischen Meinungsäußerungen über die hier offensichtlich missbrauchte thailändische Küche. Von den Gastgebern wurde ich trotzdem verspottet: »Typisch Russen«, zeigten sie mit dem Finger auf mich, »sie kennen nur ihren Borschtsch und Wodka, und alles was pikanter als eine Salzgurke ist, lehnen sie ab.«

»Ihr habt doch keine Ahnung von der russischen nationalen Küche!«, widersprach ich. »Alles nur Vorurteile und Klischees!«

Meine Aussage hatte das Gleichgewicht am Tisch wieder hergestellt, doch anstatt das Thema zu beenden, fuhr ich wie verrückt weiter fort und machte meine Freunde immer weiter auf die russische Küche neugierig. »Über Inder und Thailänder mögt ihr Bescheid wissen, aber niemand von euch weiß, was wir Russen wirklich gerne essen«, erzählte ich mit gehobener Stimme.

»Mag sein«, meinten die Gastgeber, »dann zeige es uns.« Für einen Rückzieher war es nun zu spät und also verabredeten wir uns in einer Woche bei mir – zum russisch Essen. Die ersten Tage danach versuchte ich, nicht an den Termin zu denken. Ich hatte nie in meinem Leben etwas anderes als Bratkartoffeln und Spiegelei zubereitet und musste nun praktisch experimentieren.

Der Termin rückte immer näher. Zu Hause hatte ich die wertvolle Ausgabe der »Sowjetischen Kochkunst« aus dem Jahr 1947 im Bücherregal stehen. Diesen prachtvollen grünen Band hatte ich bei meiner Mutter vor Jahren enteignet wegen der vielen schönen Bilder. Und meine Mutter hatte in diesem Buch zwar oftmals geblättert, aber es niemals richtig benutzt. In Moskau fehlten ihr dafür die Zutaten, später – in Berlin – die Lust. Nun wollte ich mit einem typisch russischen Gericht aus diesem Buch meine deutschen Gäste überzeugen. Mal sehen, was es mit der russischen Küche auf sich hat, ob sie tatsächlich so geheimnisvoll ist, wie ich sie vor kurzem in der Öffentlichkeit gepriesen hatte. Je länger ich in dem Buch las, umso beeindruckter wurde ich. Die gesamte Geschichte meines gepeinigten und gequälten Landes spiegelte sich quasi in diesen Rezepten wider. Das verarmte Russland aus den Zeiten der Monarchie und des Bürgerkriegs sowie die menschenverachtenden Experimente des Stalinismus wurden in »Die sowjetische Kochkunst« zusammengerührt. Die Rezepte waren in knappen, kurzen Sätzen zusammengefasst: Sie klangen wie Kriegsbefehle – autoritär und unmissverständlich. Besonderes faszinierte mich ein Gericht mit dem Namen »Sauere Geflügelsuppe mit Eingeweide«, das von den Herausgebern des Kochbuches – zu Recht – als unkompliziert und fantasievoll angepriesen wurde.

An dem Kochtag schlug ich die »Sowjetische Kochkunst« auf der nämlichen Seite auf:

»Holen Sie sich einen Vogel!«, stand dort. »Hacken Sie den Schnabel ab! Entfernen Sie die Augen, schneiden Sie das Herz heraus und lassen Sie sodann das Blut abfließen. Waschen Sie die Eingeweide – gründlich, aber ohne Seife. Danach zerhacken Sie alles nach Maß und lassen es eine halbe Stunde in einem eisernen Topf kochen.« Das klang sachlich und überzeugend. In der Küche fand ich im Werkzeugkasten unter der Spüle eine Axt und ging damit aus dem Haus – auf der Suche nach dem richtigen Vogel. In drei Stunden erwartete ich die ersten Gäste, es war höchste Zeit, den Schnabel abzuhacken.

Annett Gröschner und Karl-Heinz Ott

Von Lungenhaschee und anderen Köstlichkeiten

Eine kulinarische Zeitreise

Eine Frau (Ost) und ein Mann (West) sitzen im Hof einer Pfälzer Wirtschaft, die vor zehn Jahren ein Regisseur übernommen hat, der das Theater nicht mehr von innen sehen will. Mitten in der Weinbaupampa, abseits jeder sechsspurigen Autobahn, trifft sich hier alles, was zwischen Wien und Hamburg unterwegs ist und den Heini, wie er heißt, noch von früher kennt, als er Horváth und Brecht inszeniert hat. Der Koch kommt aus Paris, der Riesling und der Dornfelder stammen von den Trauben, die ums Dorf herum wachsen, und im Garten steht ein Feigenbaum, der die Beigaben für den Palatschinken mit Vanilleeis liefert. Nichts Schöneres, als beim Warten aufs Essen übers Essen zu reden, als reize das Reden über Kohl, Knödel, Kutteln, Lunge und sonstige Schweinereien erst richtig die Geschmacksnerven.

Heini bringt die Speisekarten.

Sie: Das Erste, was mein Großvater mir beigebracht haben soll, so erinnert sich meine Mutter, war, dass man bei der Wahl der Gerichte mit dem Unterarm die Preise auf der Speisekarte verdeckt. Das würde einen davor bewahren, das Essen nach dem Preis auszuwählen. Ich sollte lernen, dass nur der Genuss zählt. Es scheint mir bezeichnend für den Verlauf meines weiteren Lebens, dass ich mich genau daran nicht mehr erinnern kann. Was kannst du denn empfehlen?

Er: Probier den Saumagen.

Sie: Ist das dein Ernst?

Er: Obwohl der Name nichts Gutes verspricht, kann Pfälzer Saumagen wunderbar munden. Wenn man ihn dreimal in der Woche isst, wie es in dieser Gegend üblich ist, muss man der Verdauung halber zum Schnäpsler werden und trotzdem mit Koliken rechnen. Außerdem schmeckt er überall ein wenig anders: Die einen geben dem vorwiegend aus Kartoffelstückchen bestehenden Brät eine Menge Kräuter bei, die andern stopfen ihn mit Maronen voll, die dritten reichern ihn mit Karotten an, bei wieder anderen ist er mit Dörrfleisch gespickt, manche vermanschen all das zu einem pervers-polymorphen Gericht, und im Deidesheimer Hof, in den Kohl einst Gorbatschow zur Tafel geladen hatte, damit er endlich die DDR hergibt, wird er sogar, in hauchdünnen Scheiben und mit einer Vinaigrette beträufelt, als Carpaccio angeboten. Am allerwenigsten spricht gegen Kohl, dass er diesem Gericht mit seinem Ekel erregenden Namen zu gastrosophischen Weihen verholfen hat.

Sie: Mein Großvater war noch dicker als Helmut Kohl und außerdem Choleriker. Das Einzige, womit man ihn besänftigen konnte, war gutes Essen in teuren Restaurants. Es war nicht so, dass meine Großmutter nicht kochen konnte. Sie kochte sogar sehr gut, am liebsten Thüringer Klöße, deren Zubereitung sie beherrschte wie keine andere. Die Kloßmasse wurde in kleine leinenen Säckchen gepackt, die in die Wäscheschleuder kamen, wo sie so lange zentrifugiert wurden, bis auch das letzte bisschen Wasser in der Schüssel und die Kloßmasse trocken war. Aber mein Großvater brauchte die Öffentlichkeit beim Essen, und ich glaube auch devote Kellner, die ihm jeden Wunsch von den Lippen ablasen. Er hat sein ganzes Geld in Interhotel-Restaurants getragen, denn das waren die einzigen Orte, wo man im Osten gut essen konnte in den Sechzigerjahren. Denn dort kamen Gäste aus dem Westen hin, die man nicht mit dem in billigen Restaurants üblichen Angebot zwischen Soljanka und Schweinebraten mit Mischgemüse abspeisen konnte. Damals gab es dort Schildkrötensuppe und Krabbencocktail als Vorspeisen, eine Zeit lang waren Wachteleier ganz groß in Mode. Wahrscheinlich hat irgendein volkseigenes Gut Wachteln für den Export produziert, nur die Eier wurden sie nicht los. Da lagen dann auf dem Teller drei bis vier dieser kleinen Eier, mit ein bisschen Sättigungsbeilage drum herum drapiert. Kennst du das Wort Sättigungsbeilage? Ich liebe das Wort!

Er: Ich kann mich nicht entsinnen, dass es in unserem oberschwäbischen Dorf je gebraucht wurde. Dabei lebten wir damals, vor allem in der kalten Jahreszeit, fast ausschließlich von Sättigungsbeilagen. Im Herbst kam die Krautschneiderin – so hieß sie bei allen im Dorf, und unter einem anderen Namen existierte sie gar nicht – mit einem riesigen Hobelmesser, und gemeinsam mit der Oma stampfte ich das geschnittene Filderkraut in einem Fass ein, und zum Schluss hievten wir auf den Deckel einen Mühlstein. Von Oktober bis Ostern hat man dann das Fass von Tag zu Tag ein bisschen leerer gemacht. Und deshalb gab es montags Kartoffelpüree und Sauerkraut mit Saitenwürsten, dienstags das aufgewärmte, angebrutzelte und dadurch intensiver schmeckende Sauerkraut mit Röstkartoffeln und einer Scheibe Speck, mittwochs zur Abwechslung Pellkartoffeln mit Butter und Salz und einem Glas Milch, donnerstags wieder Sauerkraut mit warmer Blut- und Leberwurst und endlich, am fleischlosen Freitag, Süßspeisen wie Kaiserschmarren – auf Schwäbisch: Duranand, also Durcheinander – mit Apfelmus, oder es gab den mehr als nur nahrhaften Ofenschlupfer, der aus alten Wecken bestand, die in Milch eingeweicht worden waren und mit Apfelscheiben, Rosinen, Zimt und viel Zucker im Herd gebacken wurden. Wenn die Brotmasse zu trocken war, lief man zwei Tage lang verstopft herum und hatte trotzdem Hunger. Oft gab es freitags auch Dampfnudeln mit Vanillesoße oder mit sauren Linsen, wobei in letzterem Fall die Dampfnudeln auf einer Kartoffelschicht gegart wurden. Sonntags wogten allseits Bratengerüche durch die Gassen, und meine Oma erzählte beim Essen immer wieder die Geschichte von Opa, der, wenn sie ihn fragte, ob ihm der Rinderbraten oder der gestopfte Gockel und die Spätzle schmecken, einsilbig geantwortet haben soll: »Wenn's nicht schmeckt, werd ich's schon sagen!« Damit war die Obergrenze seiner Herzlichkeit erreicht. Von wegen Sättigungsbeilage: Reis kam bei uns im Dorf erst in den Siebzigerjahren in die Läden. Ich kaufte mir damals ein mit Tuschezeichnungen illustriertes Reiskochbuch und las weniger deshalb darin, um die Rezepte nachzukochen, als um einen Duft dieser fremden Welt zu erahnen, in der die Leute mit spitzen Hüten durch wässerige Felder stapfen.

Sie: Reis hatte für mich nie etwas Exotisches. Als Kind dachte ich sogar, er wüchse auf einheimischen Feldern. Die Versorgung war ja immer abhängig von der weltpolitischen Lage. Als die Beziehungen zu China einfroren, bezog man den Reis aus Vietnam. In den Sechzigerjahren aß mein Großvater mit Vorliebe Kaviar. Aber den echten, russischen, der damals leichter zu importieren war als Bananen. Er aß ihn mit Esslöffeln. Im Grunde genommen verschlang er alles. Nicht nur Essen, auch Frauen. Je älter er wurde, desto mehr nahm das Verschlingen von Letzteren zu Gunsten des Essens ab. Zuletzt aß er nur noch und war so dick, dass die normale Waage sein Gewicht nicht mehr anzeigte. Dass Sexualität und Essen auf eigenartige Weise zusammenhängen, ist mir allerdings erst später aufgefallen, als ich Ankleiderin im Theater war. Es gab dort zwei ältere schwule Maskenbildner, der eine groß und fett, der andere zart und klein. Der Kleinere von beiden sang immer hinter der Bühne die Arien der Sopranistin mit, und er war immer besser als die Frau, die auf der Bühne stand. Wenn er nicht sang, saß er mit seinem Kollegen in der Garderobe, und sie unterhielten sich über Speisenfolgen. Bei Wagneropern ging das drei Stunden. Und sie haben sich nie wiederholt. Sie konnten sich so hineinsteigern, dass der eine, wenn der andere das Wort Lamm in Olivenkruste sagte, in Verzücken geriet, dabei gab es überhaupt keine Oliven damals. Jedes Mal sagte die alte Ballettankleiderin: »Ja, ja, Essen ist der Sex im Alter«, und das war dann das Stichwort, dass ein Aufzug beendet war und gleich die blöden Sängerinnen kamen, denen man nicht mit Essen kommen konnte, denn die meisten hungerten, um noch in die Kostüme zu passen.

Er: Im Nachhinein kommt es mir vor, als seien wir damals, als ich noch ein Kind war, vor allem mit Verdauen beschäftigt gewesen: Marmeladenbrote, Dampfnudeln, Pfannkuchen, Kässpätzle, Krautschupfnudeln, Blut- und Leberwurst, Grieben, Schwartenmagen, Sulz und Kutteln. Eine ständige Abfolge von Deftigkeiten, die schwer im Magen liegen. Im Grunde gab's nur im Frühjahr und im Sommer Obst und Salat und Gemüse, dann aber in Hülle und Fülle aus dem eigenen Garten. Aber damals existierte auch der Fitnesswahn noch nicht. Fast alles hat man in Schmalz gebraten und das meiste kam verkocht auf den Tisch. Ich sehe eine Bäuerin im Wartezimmer des Dorfdoktors vor mir, deren beide kugelrunde Kinder die eine Butterbrezel um die andere in sich hineinstopften und dabei die Mama ständig fragten: »Was hast du sonst noch zum Essen dabei?« Das dicke Weib schaute mit glänzendem Vollmondlachgesicht im Kreis herum und seufzte zufrieden: »Solang's ihnen schmeckt, sind sie gesund.« In manchen Weilern auf der rauen Alb, wie dieser Landstrich im Volksmund heißt, trifft man bis heute auf Wirte, die den Teller nicht abräumen, solange nicht alles leer gegessen ist. Die Hände in die Hüften gestemmt stellen sie sich dann vor einen hin und spielen in derb-jovialer, keine Widerrede duldender Art den herrischen Beleidigten.

Sie: Es gibt ja verschiedene Gründe, sich mit Essen voll zu stopfen. Als du Kind warst, hat man wahrscheinlich bei euch in der Landwirtschaft noch schwer gearbeitet. Und wer arbeitete, durfte auch essen. Bei uns war es eher die Erfahrung des Krieges. Wer wie meine Mutter als Kind den Krieg unmittelbar erlebt hatte, für den war Glück eine relative Angelegenheit. Dahinter waren immer grauenhafte Erinnerungen, die man vergessen wollte. Frieden war Fleisch und Butter. Wenn ich als Kind nicht aufgegessen hatte, dann kamen immer zwei Standardsprüche: »Wir haben im Krieg gehungert«, oder »Denk mal an die armen Kinder in Afrika.« Sie hat mich moralisch so unter Druck gesetzt, dass ich mich nicht getraut habe, die nicht gegessenen Frühstücksstullen wegzuschmeißen, sondern sie im untersten Fach des Kleiderschrankes deponierte, wo sie, als sie anfingen zu stinken, von meiner Mutter mit spitzen Fingern wieder hervorgezogen wurden. Weil sie in den praktischen Plastetüten verpackt waren, vertrockneten sie nicht, sondern waren in den Zustand der Verfaulung übergegangen.

In der Familie meines Vaters war das anders. Die hatten den Krieg im Kühlhaus verbracht. Da gab es immer etwas zu essen. Sie kamen aus Thüringen, und dieser Landstrich hat eine ausgeprägte Gasthauskultur. Für meinen Großvater gab es tausend Gründe, mal wieder schön essen zu gehen, und der Rest der Familie war die Statisterie. Irgendwann wollte niemand mehr mitkommen. Vor allem nicht meine Großmutter, die sich in Interhotels immer unwohl fühlte. Mangels anderer Interessenten musste ich ihn als seine Tischdame begleiten. Wenn mein Großvater Kaviar aß, musste ich auch Kaviar essen. Ich habe dann zu Hause behauptet: »Ich esse den roten Kaviar nicht, ich esse nur schwarzen«, meine Mutter fiel aus allen Wolken und schnauzte meinen Großvater am Telefon an, er solle ihr Kind nicht verwöhnen. »Dem Kind Kaviar geben, wo kommen wir da hin, wenn noch mal Krieg kommt, wird sie als Erste verhungern.«

Er: Von Hochzeiten und Leichenschmäusen abgesehen, ging man in unserer Gegend bis Anfang der Siebzigerjahre schon deshalb nicht zum Essen ins Wirtshaus, weil es so gewirkt hätte, als fange man plötzlich an, das Geld zum Fenster hinauszuschmeißen. Das hat sich in unserem Dorf von heute auf morgen geändert, als der »Schützen«-Wirt weit über die Tellerränder schwappende Riesenschnitzel zu Preisen anbot, die fast den Ladenpreis beim Metzger unterboten haben. Von da an war der »Schützen« jeden Sonntag gerammelt voll, aber leider kam nach zwei Jahren heraus, dass der Wirt mit einem Fleischer und einer Verkäuferin vom »Schlecker«-Markt unter einer Decke steckte: Er schleppte zentnerweise zerlegte Schweine und Rinder aus dem Laden, bezahlte aber an der Kasse nur Pfennigbeträge. Übrigens handelt es sich dabei um denselben »Schlecker«, der sonst nur als Drogeriekette bekannt ist, aber in Ehingen an der Donau, in meiner Geburtsstadt, Ende der Sechzigerjahre, gleichsam zum Auftakt seines Eroberungsfeldzugs, am Ortsausgang einen Supermarkt hingestellt hat, in dem es bis heute vom Straps bis zur Kettensäge fast alles gibt. Es dürfte damals eines der ersten dieser fußballfeldgroßen Kaufhäuser in ganz Süddeutschland gewesen sein. Jeder, der ein Auto besaß, fuhr von da an zum »Schlecker«, obwohl alle aus dem Dorf ein schlechtes Gewissen hatten, weil sie dann nur noch jede zweite Woche im Laden des Nachbarn das Allernötigste eingekauft und die im Kofferraum gehorteten Schätze bei Nacht und Nebel heimlich ins Haus geschafft haben. Bis heute herrscht vom öden Ehingen aus die Schlecker-Familie über ihr Imperium, und als ich zum ersten Mal auch im Elsass das Logo dieser Firma an den Fenstern entkernter alter Fachwerkhäuser prangen sah, ahnte ich, dass es zwischen Straßburg und Colmar bald genau so aussehen wird, wie es jetzt tatsächlich der Fall ist: Supermärkte links und rechts der Einfallstraßen und an jeder Ecke ein McDonald's oder eine Fastfood-Kebab-Gyros-Pitta-Würstchen-Snack-Stube oder eine dieser Pizzerien, in denen man welke Salatblätter aufgetischt bekommt, die in French-Dressing ertränkt worden sind. Übrigens saß eine der vier Töchter des Prokurators, der bei dem Schlecker-Entführungsfall die 10-Millionen-Geldübergabe organisieren musste, eine Zeit lang in meiner Klasse. Und weil ich bis dahin, im katholischen Internat, vier Jahre lang nur Jungs um mich gehabt hatte und in Anwesenheit von Mädchen blockiert bis zur Erstarrung war, habe ich kein einziges Mal mit ihr geredet, weil dieser eine und einzige Satz, den ich ihr hätte sagen müssen, mich so sprachlos gemacht hat, dass ich fast debil wirken musste. Dabei saß ich einmal bei einem Klassentreffen in der Kneipe einer Wirtstochter, die auch in unserer Klasse war, neben ihr, und zum ersten Mal habe ich an diesem Tag ein Steak gegessen, das mit eine Ananasscheibe und einer Sauerkirsche drapiert war. Fing bei euch damals auch dieser pseudoedle Unsinn an, selbst in Bauernbeizen jeden Happen Fleisch mit einem solchen Firlefanz zu frisieren?

Sie: Bei uns hieß das »Steak Hawaii« und war außerdem noch mit labbrigem Käse überbacken. Stand auf der Speisekarte immer bei den teureren Gerichten und war meistens aus, weil es wieder mal keine Ananasbüchsen gab.

Er: Wir hielten solche Kreationen für das Hoffnungszeichen einer sich raffinierenden Kochkunst, die endlich auch das abgelegene Land erobert. Wenn ich mir heute Kochbücher aus der Ludwig-Erhard-Wohlstands-Euphorie-Ära und den Jahren danach anschaue, schüttelt es mich vor so viel barocker Übertreibungsmanie. Dagegen wirkt ein zenbuddhistisch reduzierter Bocuse-Teller, auf dem drei Karottenjuliennes eine halbierte Morchel umrahmen, erlösend.

Sie: Ich finde diese riesigen dreiviertelleeren Teller, auf denen solche Gerichte serviert werden, ausgesprochen albern.

Er: Wenn's wie selten gut schmeckt, kann man den Hunger anstatt mit Spätzle auch mit Wein stillen. Kam denn bei euch damals auch die Mode auf, an Geburtstagen Geschenkkörbe zu überreichen, die von Wurst- und Fischdosen, Gurken- und Spargelgläsern, Camembert- und Pralinenschachteln, Likör- und Sektflaschen, Keksbüchsen, Kaffeepaketen und ellenlangen Schokoladetafeln überbordeten?

Sie: Bei uns hießen die Präsentkörbe. Sie wurden meistens von Kollektiven an Jubilare oder verdiente Werktätige verschenkt, die am Staatsfeiertag den Vaterländischen Verdienstorden bekamen. Es gab im Feinschmeckerladen auf der Karl-Marx-Straße eine Extraabteilung für Präsentkörbe. Man musste sie rechtzeitig bestellen und je nach Versorgungslage wurden sie dann mit so genannten leckeren Sachen gefüllt. Sie erinnerten mich immer an den Korb von Rotkäppchen, was wahrscheinlich daran lag, dass aus dem Korb stets eine Flasche Rotkäppchensekt, halbtrocken, hervorragte. Wenn die Präsentkörbe leer waren, standen sie immer im Weg. Man gab sie den Kindern, die darin ihre Plüschtiere deponierten oder benutzte sie als Blumenkörbe.

Der Wirt kommt, um die Bestellungen aufzunehmen.

Er: Ich nehm den Tafelspitz.

Sie: Ich probier den Saumagen mit Sauerkraut.

Er: Hielt bei euch Ende der Siebziger-, Anfang der Achtzigerjahre auch der Gesundheitswahn Einzug? Bei meiner Mutter fing das aus einem triftigen Grund an, aber wie viele andere war sie schließlich von Ernährungsfragen geradezu besessen. Nachdem sie 1974 einen Herzinfarkt hatte, lebte sie bloß noch mit Kalorientabellen, studierte ständig irgendwelche Ratgeber und unterhielt sich am allerliebsten über die Gefahren des Butterverzehrs und die Vorteile von Margarine und Hülsenfrüchten. Alle halbe Jahre wandelten sich manche dieser Wahrheiten, und was heute des Teufels war, galt morgen bereits als Allheilmittel, aber auf jeden Fall geriet das Essen zum Gesundheitsritual, bei dem Verdauungsreflexionen im Zentrum standen. Bei nicht wenigen Gesundheitsfanatikern, die heute die Makrobiotik und morgen die Trennkost anpreisen, kommt es mir so vor, als seien sie von einer metaphysischen Gier nach einem puristischen Lebenssinn getrieben, der auf manichäische Weise das Reine vom Unreinen geschieden wissen will.

Sie: Als meine Mutter Mitte dreißig war, fand sie sich plötzlich zu dick. Jedes Mal, wenn eine etwas beleibtere Frau an uns vorbeiging, fragte sie meinen Vater, ob sie auch schon so aussähe. Zu dieser Zeit gab es noch Werbung im DDR-Fernsehen. Darunter war ein Spot, wo ein sehr dicker Mann einen Trabant hinter sich herzieht. Nach einer Weile kam eine Stimme aus dem Off, die den

Mann aufforderte, es doch lieber mal mit »Redukal« zu versuchen. Das war ein Instantdiätpulver. Meine Mutter hat es dann mal eine Woche damit versucht, aber sie bekam so schlechte Laune, dass wir es heimlich weggeschmissen haben. Die DDR war ja ein Staat der Kampagnen. Als es zu viel Eier gab, wurde die Parole ausgegeben: »Jeden Tag ein Ei«. Die Ernährungswissenschaftler schrien auf und wiesen auf die zunehmende Anzahl von Herz-Kreislauf-Erkrankungen hin. Daraufhin wurde die Parole ausgegeben: »Jeder Mann an jedem Ort einmal in der Woche Sport«. In meinem Küchenbuch für junge Leute, das mir meine Großmutter mütterlicherseits zu meinem 18. Geburtstag schenkte, steht unter dem Kapitel »Richtige Ernährung – Gut ausgewogen« auch eine Tabelle »Sportlicher Gegenwert von ›nebenher Gegessenem‹«. 1 kleines Glas Vollbier hell verlangt den sportlichen Aufwand von 24 Minuten Kegeln, für 1 Liter Rotwein leichter Qualität muss man 65 Minuten Fußball spielen. Das mit dem Kegeln verstehe ich ja noch, auch wenn die wenigsten Kegler sich 24 Minuten Zeit lassen bis zum nächsten Bier, aber welcher Rotweintrinker spielt auch Fußball?

Er: Wegen des Asthmas hat mir meine Mutter das Fußballspielen verboten, was zwar blödsinnig, aber folgenreich war. Während die andern sich mit Sport austobten, saß ich in der Stube herum und kam mir wie ein Mädchen vor, das nicht mit den Jungs spielen darf. Als dann später die Gefahr drohte, dass ich wegen zu vieler Fünfen in den naturwissenschaftlichen Fächern die mittlere Reife nicht schaffe, dachte ich mir, dann wirst du eben Koch, obwohl ich damals fünf Stunden am Tag Klavier übte und mich bereits als Pianisten in den Konzertsälen zwischen Toronto und Tokio auf dem Podest sitzen sah. Als es aber in der Schule für mich eng wurde, kam mir ein sechs, sieben Jahre älterer, wilder, immerzu kiffender Langhaariger in den Sinn, den ich einmal beim Zelten am Baggersee unseres Nachbarorts mit seiner indianerhaften Freundin eine Woche lang ganz gebannt beobachtet hatte. Als es hieß, er sei Koch, wollte auch ich Koch werden.

Sie: Damals wollte ich immer Kellnerin werden. Das hat niemand verstanden. Meine Mutter hat immer gesagt, Kellnerinnen bekommen Krampfadern und haben Probleme mit der Wirbelsäule. Heutzutage bin ich der Meinung, der Tiefpunkt meiner Karriere ist erreicht, wenn ich gezwungen bin, kellnern zu gehen. Das heißt nicht, dass ich Kellner nicht schätze, im Gegenteil, das ist ein äußerst schwieriger Beruf, den ich einfach nicht beherrsche, wie leider auch 90 % der Kellner, die heute herumlaufen. Ich mochte es immer, wenn sie, wenn meine Großmutter ihren Wein verschüttet hatte, ein neues Tischtuch auflegen konnten, ohne dass man das Holz des Tisches sah.

Er: In Berlin sitze ich, ganz abgesehen vom Essen, auch deshalb am liebsten im »Papparazzi« und in der »Osteria Numero uno«, weil man dort erleben kann, wie schön es ist, wenn Kellner ihren Beruf lieben.

Sie: Die Extreme meiner Kindheit, was das Essen betrifft, reichten von Kaviar bis Schulessen für 55 Pfennig die Portion. Schulessen ist immer noch ein Schreckenswort für mich. Zwischen dem grünen Thermophorbehälter, in dem das zerkochte Essen war, bis zum grünen Thermophorbehälter, der die Reste sammelte, war es für mich nur ein kleiner Schritt. Montags war immer Suppentag. Am liebsten machten sie Kohlsuppe mit Fettaugen. Einziger Lichtblick war Grießbrei am Montag, wenn auch oft mit Klumpen. Dienstag war auch furchtbar, Dienstag war der Innereientag. Drei Gerichte, die ich nie wieder in meinem Leben anrühren werde: Nierenragout, Lungenhaschee und lose Wurst, entweder mit klumpigen Kartoffeln oder Spirellis zubereitet.

Er: Züngerl habe ich letztes Jahr, seit meiner Kindheit wieder zum ersten Mal, in Oberbayern gegessen. Es war geradezu ein Proustsches Erinnerungsereignis, nur dass es bei mir kein Lindenblütentee mit einer Madeleine, sondern eine abstoßende bleichbraune Masse aus gewürmähnlichen, in Brackwasser dümpelnden Tierchen war. Nieren mag ich übrigens liebend gern, solange sie nicht seicheln, wie meine Oma immer gesagt hat. In der bei Heideggers Messkirch gelegenen Kleinstadt Mengen gibt es im »Rebstock« mit Kerbel, Sauerampfer und Pimpernelle gefüllte Nieren, die auch hartgesottene Skeptiker bekehren könnten. Aber auch Kutteln gehören zum Besten, was die Kochkunst hervorgebracht hat. Dabei kommt es am wenigsten auf dieses widerlich wirkende Gekröse, sondern vor allem auf die so genannte Brennete – auf hochdeutsch: die Mehlschwitze – an, in deren aus Wein und Essig aufgekochter, mit Wacholder, Nelken und Lorbeer reichlich versehener Sauce diese Rindermägenschnipsel garen. In Italien werden sie in Tomatensauce serviert und in Frankreich, wo man sie überall als Fertiggericht in Dosen kaufen kann, werden sie, mit Karotten, Thymian und Estragon zusammen, in Cidre gekocht und mit Cayennepfeffer abgeschmeckt. Was ist eigentlich lose Wurst und was sind Spirellis?

Sie: Lose Wurst war Blutwurst ohne Darm. Sie lag wie die Kotze eines Lungenkranken auf dem Plasteteller und wurde von uns Schülern nur tote Oma genannt. Spirellis waren gedrehte Nudeln, die aber nicht mehr als solche zu erkennen waren, denn auf den Teller kam eine zerkochte Masse. Der Begriff al dente war unbekannt. Später wurde Kartoffelmus modern. Das war irgendein künstliches Stärkemittel, das aussah wie zu nass geratener Kartoffelbrei. Gemüse hieß immer Mischgemüse, und zwar Möhren und Erbsen zusammengekocht zu etwas Schleimigem. An die restlichen Tage erinnere ich mich nicht. Wahrscheinlich gab es da immer Schweinebraten mit Mischgemüse und Kartoffeln. Oder Jägerschnitzel. Weißt du, was Jägerschnitzel ist?

Er: Alles, was im Wald wächst, müsste auf diesem Lappen drauf sein. Außer Pilzen fällt mir aber nichts ein. Bei solchen Namen – ähnlich dem Zigeunerschnitzel – fürchte ich, dass die kaum zu zerschneidende Sau, die dahinter steckt, bloß mit abenteuerlichen Titeln angepriesen wird.

Sie: Anfang der Neunzigerjahre war die Definition von Jägerschnitzeln ein beliebtes Spiel von Ostlern, die herauskriegen wollten, ob ihr Gegenüber aus dem Osten oder aus dem Westen war. Später haben wir durch Zufall bemerkt, dass es noch ein viel unverdächtigeres Wort gibt: Hühnergott. Jägerschnitzel war ein gebratenes Stück Jagdwurst, eine Brühwurst mit großen Fettstücken. Im Gegensatz zu Soljanka ist das Gericht völlig ausgestorben heutzutage. Das Wort Zigeunerschnitzel habe ich auch schon lange nicht mehr auf Speisekarten gesehen. Ich nehme aber an, dass das Gericht aus Gründen der politischen Korrektheit heute anders heißt. Zigeunerschnitzel war ein kurz gebratenes Stück Schweinefleisch mit einer Kelle Letscho. Letscho war ein Ergebnis der Freundschaft mit Bulgarien. Es bestand aus nicht durchgerührtem Paprikaketchup. Die Freundschaft zur Sowjetunion drückte sich kulinarisch in Soljanka aus. Soljanka wurde im Osten auf der Speisekarte jeder Gaststätte geführt, weil man in ihr die Reste sämtlicher Gerichte unterbringen konnte, ich fürchte, auch das Übriggebliebene der Gäste. Die Grundfarbe war ein ins Bräunliche gehendes Rot, kam sie grün-blau schimmernd auf den Tisch, war es besser, sie nicht anzurühren.

Er: In Süddeutschland findet man Jägerschnitzel immer noch auf ländlichen Speisekarten. Übrigens habe ich von dem Ostausdruck »Broiler« erst sehr spät gehört, und dass man ihn tatsächlich ganz selbstverständlich verwendet, habe ich erst geglaubt, als ich vor zwei Jahren in der Gegend zwischen Finsterwalde und Hoyerswerda unterwegs war und an den Imbissbuden dieses Wort schwarz auf weiß lesen konnte. Da fällt mir ein, dass ich es als Festessen empfand, als mich ein Onkel und eine Tante zum ersten Mal in den »Wienerwald« eingeladen hatten und jeder von uns das von einer Dirndlkellnerin servierte halbe Knusperhähnchen mit einem ständigen Lobgestöhn verspeisten. Das war noch die Zeit vor der Vitamineuphorie. Zehn Jahre später stand der Hendl-König Friedrich Jahn kurz vor dem Konkurs.

Sie: Broiler sind überhaupt keine DDR-Erfindung. Die Züchtung von speziellen Grillhähnchen mit viel Fleisch, das sich leicht braten lässt, hatten sie bei den Amerikanern geklaut. Das sagt schon der Name, der kommt nämlich von broil, dem amerikanischen Begriff für Grillen.

Er: Obwohl es eigentlich nahe liegend ist, das Wort »Broiler« aus dem Englischen herzuleiten, glaubte ich, dieser Ausdruck sei eine kuriose DDR-Schöpfung. Ich hielt es für ein sächsisches oder aus purem Eigenwillen kreiertes, der bloßen Abgrenzung dienendes Idiom. Als besäßen eure gegrillten Hühner auch eine andere Substanz, und sei es nur dadurch, dass man beim Verzehr an ein lautmalerisch ungewohntes Wort denkt.

Sie: Gab es bei euch auch den Vitaminwahn? Auf die Milchpackung war eine Ansammlung von Buchstaben gedruckt, hinter denen sich Vitamine verbergen sollten, ich glaube, es war das halbe Alphabet. Es gab ja selten eine große Auswahl an Frischwaren, die noch Vitamine hatten, deshalb hat ja mein Vater sein Arbeitsleben der Gefrierkost gewidmet, denn im Gegensatz zum Eingekochten blieben beim Gefriervorgang die Vitamine erhalten – um dann nach dem Auftauen zerkocht zu werden. Vitamin C zu sich nehmen hieß immer Äpfel essen, später gab es manchmal kubanische Orangen, deren Fruchtfleisch so zäh war, dass das Gerücht durch die Republik ging, ein Kind sei mal an einer kubanischen Orange erstickt. Meine Mutter machte daraus Orangensaft, den gab es nämlich auch nicht.

Er: Gekauft wurde in meiner Kindheit nur Apfelsaft. Ansonsten gab es den selbst gemachten Johannisbeersaft, wobei der schwarze, ähnlich wie der Holundersaft, für die Grippetage im Winter aufgehoben und dann warm getrunken wurde, während der rote für den Alltag da war. Außerdem tranken wir so viel Milch, dass ich im Nachhinein denke, wir hätten bei dieser Menge eigentlich gar nichts anderes mehr zu uns nehmen müssen. Jeden Abend ging ich mit der zerdellten Milchkanne zum Bauern und trank die kuhwarme Milch bereits auf dem Nachhauseweg zur Hälfte aus.

Sie: Lose Milch gab es in meiner Kindheit auch noch. Ich bin bis heute der Überzeugung, dass lose Milch besser schmeckt als abgepackte, obwohl das in meinem Falle eigentlich Quatsch war, denn die lose Milch kam genauso aus der Molkerei wie die später in Flaschen abgefüllte. Meine Eltern hatten sich zu Beginn ihrer Ehe vollständig mit Designerwaren ausgestattet, und so war auch die Milchkanne aus formschönem Plaste, gelb, mit schwarzem Deckel. Den Milchkannenversuch mit der Schwerkraft habe ich allerdings nur einmal versucht, denn als ich die Kanne über meinem Kopf schleuderte, ging der Henkel ab und die Milchkanne flog über die Straße an die gegenüberliegende Hauswand. Anfang der Neunzigerjahre hatten wir in unserer Frauen-WG eine ausgeprägte Vorliebe für so genannte naturbelassene Lebensmittel. Die Kinder sollten gesundes Essen kriegen. Einmal haben wir in Mecklenburg unpasteurisierte Milch vom Bauern gekauft. Die Milch lief im Auto aus. Der Geruch ließ sich durch kein noch so ätzendes Putzmittel vertreiben. Schließlich haben wir das Auto verschrotten lassen, weil keiner mehr den Geruch ertragen konnte.

Er: Orangensaft galt bei uns anfangs auch als etwas Extravagantes, weil schließlich im Garten all die Beeren wuchsen, die den Bedarf eines ganzen Jahres deckten.

Das hat sich innerhalb von drei, vier Jahren vollkommen geändert. Wenn ich jetzt an all das zurückdenke, klingt es für mich selbst ein wenig märchenhaft, als sei es eine gute alte, leider vergangene Zeit gewesen, was mir aber bei aller Gefahr einer unfreiwilligen Idyllisierung nicht im Geringsten so vorkommt. Im Gegenteil: Es herrschte eine gottesfürchtige Demut gegenüber allem Althergebrachten. Die Zerstörung des damals noch halbwegs autarken Dorflebens brach wie eine Naturgewalt von außen über unser ländliches Abseits herein, und freiwillig hat kein einziger Bauer seinen Schweinestall gegen eine Fließbandarbeit bei Magirus-Deutz eingetauscht. Während der ersten zehn Lebensjahre bin ich in Verhältnissen aufgewachsen, die wie aus fernen Jahrhunderten herübergerettet wirkten, aber dann hat sich dort innerhalb kürzester Zeit mehr verändert als früher über ganze Generationen hinweg. Gerade an den Essgewohnheiten und am Einkaufsverhalten lässt sich das deutlich nachzeichnen. Eines Tages sagte meine Mutter zu mir: »Ab jetzt bringst du das Sauerkraut aus der Stadt vom ›Aldi‹ mit« – der damals noch »Albrecht« hieß –, »das ist nicht schlechter als das selber eingemachte und billiger dazu.« Auch für das umständliche Auskochen von Suppengrün und Knochen machte man sich, von besonderen Gelegenheiten abgesehen, keine Mühe mehr, sondern warf den Inhalt einer Knorr- oder Maggi-Tüte ins brodelnde Wasser und damit basta.

Sie: Bei uns zu Hause gab es nie Suppe. Meine Mutter war die älteste Tochter einer neunköpfigen Familie, die in der Nachkriegszeit gehungert hatte. Meine Großmutter hatte ein Schloss am Küchenschrank angebracht, damit niemand das Brot anrühren konnte. Aber mein Onkel hat die Rückwand entfernt und alles aufgegessen. Weil sie so viele waren, gab es meistens Eintopf, den musste meine Mutter kochen. In den Wochen nach der Hochzeit ist ihr alles angebrannt, weil sie immer noch die langen Garzeiten im Kopf hatte. Suppe erinnerte sie einfach an schlechte Zeiten, die kam ihr nicht in den Topf. Ihr Lieblingsgericht war Szegediner Gulasch, das ist die Variante mit Sauerkohl. Das Wichtigste war aber, dass das Fleisch scharf war. Da es richtig scharfen Paprika in der DDR nie gab, ließ sie sich welchen aus Ungarn mitbringen. Die ganze restliche Familie schnappte nach Luft und schrie: »Wasser«, währenddessen sie sich nichts anmerken ließ.

Er: Suppe gehörte bei uns zu jedem Mittagessen, als würde ohne sie nicht nur das Gesündeste, sondern auch die symbolträchtige, dampfende Schüssel in der Tischmitte fehlen. Immer war die Suppe, wenn sie auf den Tisch kam, zu heiß, und dann saßen wir da, über die Teller gebeugt, bliesen in sie hinein und schlürften zu dritt wie um die Wette. Omas Suppen bestanden aus Brühe, und drin waren entweder Grieß- oder Bratknöpfle, Maultaschen, Markklößchen, Hühner- oder Siedfleischstücke, und natürlich gab es auch die Buchstabensuppe, die zwar belanglos schmeckte, aber so etwas wie Spaß gemacht hat beim Essen. Was mich allerdings gewürgt hat, war Flädlesuppe, auf die ich längst nicht mehr verzichten möchte. Ich liebte natürlich wie alle Kinder Pfannkuchen, aber in Streifen geschnitten und in Brühe aufgeweicht, bekam ich sie nicht hinunter. Ähnlich war es mit Maultaschen und später mit Ravioli, die es im Internat mindestens einmal in der Woche gab.

Sie: Ravioli in der Büchse und Spagetti mit Tomatensoße im Glas sind grässliche Errungenschaften der Essbarbarei. Eigentümlicherweise sind ja die Essgewohnheiten der ärmeren Leute fast gleichzeitig in verschiedene Richtungen gegangen. Zum einen kochte man zu Hause plötzlich exotische Gerichte, zum anderen setzte sich das Fastfood durch.

Er: Solange Oma noch lebte, kam fast nur das, was schon ihre eigene Oma gegessen hat, auf den Tisch, während dann die Mutter anfing, Neues auszuprobieren, was natürlich auch damit zusammenhing, dass es plötzlich Kapern und Oliven zu kaufen gab, Dinge also, die wir bis dahin nicht einmal dem Namen nach kannten. Sonntags gab es manchmal Spargel aus dem Glas, der nahezu nach nichts schmeckte, nur dass danach der Urin intensiv roch, aber wir schnitten das wässrige Gewächs so andächtig wie jenen Lachsersatz auseinander, der an Heiligabend zu den mit Remouladehäubchen geschmückten, halbierten Eiern aufgetischt wurde. Wenn es ans gerechte Teilen der zirka sieben Lachsscheiben ging, hat Oma sich kopfschüttelnd zurückgehalten, weil sie nach dem Motto lebte, dass der Bauer nicht frisst, was er nicht kennt.

Sie: Meine Mutter war auch sehr für kulinarische Experimente. Sie war die Erste, die sich einen Fonduetopf kaufte. Leider verwechselte sie Primasprit mit Benzin, und beinahe wäre die ganze Wohnung in die Luft geflogen. Mein Vater hat den Topf in die Mülltonne geschmissen und gesagt, so was Gefährliches kommt mir nicht mehr ins Haus. Was sie aber nicht davon abhielt, bald darauf einen Frittiertopf zu kaufen, mit dem sie Pommes frites machte. Das war in einer Zeit, als Pommes frites noch eine absolute Seltenheit waren. Entgegen kam ihr, dass mein Vater gerade Experimente mit gefrorenen Kartoffeln machte, die er, bevor er sie einfror, in kleine Streifen schnitt.

Er: Mit dem Kauf eines Fondue- und eines Frittiertopfs verhielt es sich bei uns ähnlich: Plötzlich waren diese Dinger eine Zeit lang wichtiger als der gute alte Fleischwolf, den von heute auf morgen keiner mehr benutzte und mit dem doch die besten Fleischküchle der Welt hergestellt wurden, in denen nicht nur Rind- und Schweine-, sondern auch Hühnerfleisch, viel Petersilie und aufgeweichte Brötchen vermanscht worden waren. Doch nach einem knappen Jahr standen dann die Fritteuse und der Fonduetopf wie lästiges Gerümpel herum, das bloß Platz wegnimmt.

Sie: Ich finde in der Küche drei elektrische Geräte ausreichend: Geschirrspülmaschine, Wassertopf und Pürierstab.

Er: Ja, der Zauberstab, dieses Zwischending aus Zerstörungsfurie und Verfeinerungsinstanz, das zählt zum Wichtigsten, auch wenn ich ihn selten benutze. Apropos Wassertopf: In meiner Kindheit hatten wir noch einen esstischgroßen Holz- und Kohlenherd mit einem Wasserschiff, und über ihm hingen an der Wand die Kellen und Spickmesser und Bratengabeln. Verbindet sich bei dir die Kindheit auch mit unverwechselbaren Gerüchen? In manchen Bauernhäusern roch es bei uns jahraus, jahrein so, als lasse man gerade Schmalz aus und mache Grieben, und dieser ranzige Geruch vermischte sich in manchen Ecken mit dem stechend scharfen der Plumpsklos.

Sie: Die Gerüche meiner Kindheit haben mit Essen wenig zu tun. Der eindrücklichste Geruch war Ammoniak im Kühlhaus meines Vaters. Dazu kam der Geruch von Zweitaktern, den ich über alles liebte, an deren Auspüffen ich auch manchmal schnüffelte, genauso wie in Schuhschränken, im Winter rochen die Kachelöfen und im Sommer das brackige Wasser der Elbe. Und dann gibt es den fast ausgestorbenen Geruch in alten Mietshäusern des Prenzlauer Bergs, eine Mischung aus im Keller gelagerten Kartoffeln und Kohlen, Kohlsuppe und Außentoiletten. Ich habe neulich eines dieser heutzutage selten gewordenen unrenovierten Häuser betreten, das noch genauso roch. Es war wie eine Reise in die Vergangenheit. Der Geruch von Intershop ist völlig verflogen. Anfangs dachte ich, die ganze Bundesrepublik riecht nach dieser Mischung aus Lebensmitteln und parfümiertem Waschpulver. Vielleicht ist es ja auch so, und wir bemerken es nur nicht, weil es völlig normal ist. Es war für mich ein bunter Geruch, während die DDR immer schwarz-weiß roch.

Was hast du denn gegessen, als du nicht mehr zu Hause wohntest? Es fällt mir schwer, mich zu erinnern, was ich in meiner Studentenzeit gegessen habe. Ich war nie in der Mensa essen.

Er: Die Mensa habe ich von innen fast nur bei Konzerten gesehen.

Sie: Stimmt, ich war auch mal dort bei der Aufführung einer halblegalen Theatergruppe. Über der Szene hing ein grässlicher Geruch von kalter, dunkler Einheitssoße, der im Laufe des Abends in die Kleider wanderte.

Anfangs hatte ich noch einen Freund, dessen Mutter aus Österreich stammte. Der kochte für sein Leben gern österreichische Gerichte. Die Küche war ein Schlachtfeld, weil ich nicht einsah, dass ich als Frau den Haushalt machen sollte und er das grundsätzlich nicht tat. Wir aßen dann in diesem ganzen Chaos aus dreckigem Geschirr, Essensresten und Gläsern mit diversen Alkoholneigen die üppigsten Gerichte. Einmal fand ich unter meinem Wiener Schnitzel eine riesige Kakerlake.

Er: In meiner ersten WG, während des Zivildienstes, drückte man die Kippen in der Margarine aus, um den Anschein, auch nur einen Rest von Bürgerlichkeit mit sich zu schleppen, nicht im Geringsten aufkommen zu lassen, und das dreckige Geschirr ließ man so lange herumstehen, bis Schimmelwälder aus den Töpfen wuchsen.

Sie: Ganz besonders schrecklich ist für mich die Erinnerung an die Batterien von nicht ganz ausgetrunkenen Milchflaschen, an denen man den Säuerungsprozess von Milch bis zur völligen Zersetzung studieren konnte.

Er: Nachts, wenn einen der Suffhunger anfiel, machten wir in meiner ersten WG immer Erbsen aus der Dose warm, weil Ebbe im Kühlschrank herrschte und Nudeln eine zu lange Kochzeit gebraucht hätten. Am Morgen wachte man mit einer prallen Wampe auf und nahm sich vor, diesen Blödsinn in Zukunft zu lassen, was aber nichts bedeutet hat. Während des Studiums, als ich dann mit anderen Leuten zusammenlebte, war es ganz anders:

Wir haben fast täglich gekocht und nicht selten kamen rechtzeitig zum Essen scheinbar zufällig Leute vorbei, weil sie wussten, dass es bei uns besser als woanders schmeckt.

Sie: Im 4. Studienjahr wurde ich Stammkundin bei Frau Hohnke in der Danziger Straße: »Futtern wie bei Muttern« steht auf der Fahne am Eingang, auf der ein Schwein abgebildet ist. Das umreißt im Prinzip das Angebot. Den Imbiss der Familie Hohnke gibt es seit 1982. Früher haben sie immer die Gaststättenwettbewerbe der Zeitung »Neues Deutschland« in der Kategorie »Imbiss« gewonnen und die Urkunden an die Wand gehängt. Jedes Jahr kam eine dazu, und immer waren sie Sieger. Nach der Wende haben sie nur die Urkunden abgenommen, der Rest ist geblieben. Immer noch gibt es Nudeln mit Wurstgulasch am Montag und immer noch gibt es zum Frühstück Hackepeterbrötchen. Ich war Mitte der Achtzigerjahre mal mit einem Freund dort, der lauthals einen Vortrag darüber hielt, dass das Erlernen des Umgangs mit dem Feuer der Übergang von der Barbarei zur Zivilisation gewesen sei, währenddessen wir, die rohes Fleisch auf Brötchen essen, mindestens Halbbarbaren seien. Das kam da nicht gut an. Viele von Frau Hohnkes Stammkunden, die Anfang der Neunzigerjahre ausblieben, sind inzwischen wiedergekommen, weil sie sich durch das neudeutsche Fastfood von Döner bis Tofubrätlingen gegessen und irgendwann wieder Sehnsucht nach Hackepeter hatten.

Er: So geht es mir mit Leberkäse und Wurstsalat: Alle halbe Jahre überfällt mich eine plötzliche Gier danach, aber dann ekelt mich das Zeug auch gleich wieder an.

Sie: Mir geht es so mit Currywurst. Hackepeterbrötchen esse ich allerdings nicht mehr. Frau Hohnke besuche ich alle vierzehn Tage, weil es ein bisschen wie Nachhausekommen ist. In der Ecke sitzt immer noch das Mütterchen, das eine Tasse Suppe schlürft, die Handwerker haben ihre Teller voll gepackt und reden über die schlechte Auftragslage und dazwischen sitzt das Künstlervolk neben den ehemaligen Künstlern, die heute mit Anlageberatung oder Werbung ein Vermögen machen, aber von Stehempfängen die Nase voll haben.

Hierhin hätte Schröder mit Clinton gehen müssen, um ihm die kulinarische Vielfalt Urberlins zu zeigen. Ich fürchte nur, Clinton hätte gleich einen Cholesterinanfall bekommen.

Der Wirt kommt mit dem Essen: Tafelspitz mit Kernöl und Saumagen auf Sauerkraut.

Sie: Hat man dir als Kind beigebracht, dass man beim Essen zu schweigen hat?

Er: Zu Hause hieß es zwar: »Mit vollem Mund spricht man nicht«, aber nur im Internat wurden wir während der Suppe zum »Silentium« verdammt. Wenn ich bei mir daheim ungesellig vor mich hingeköchelt habe, schmecken die Spagettisaucen zwar meist besser als in der Kneipe, aber am liebsten würde ich täglich mit ein paar Leuten zusammen oder zu zweit essen gehen. Yoko Tawada hat mir erzählt, dass in China die Restaurants so billig sind, dass es sich nicht lohnt, selbst zu kochen. So stelle ich mir einen schönen Alltag vor: tagsüber allein, abends ein gemeinsamer Tisch.

Sie: Na dann mal ran an die Buletten, wie die Berlinerin sagt.

Kaugeräusche und das Kratzen von Besteck.

Quellennachweise und Kurzbiografien

Maxim Biller, 1960 in Prag geboren, lebt seit 1970 in Deutschland. 1990 erschien sein Erzählband »Wenn ich einmal reich und tot bin«, 1994 »Land der Väter und Verräter« und 1998 »Harlem Holocaust«. 1991 veröffentlichte er die Essaysammlung »Die Tempojahre«. Sein erster Roman, »Die Tochter«, erschien 2000. Maxim Biller lebt in Berlin.
Polanski, Polanski – Aus: Maxim Biller, *Land der Väter und Verräter.* Copyright © 1994 by Kiepenheuer & Witsch, Köln. Abdruck mit freundlicher Genehmigung.

Barbara Bongartz, 1957 in Köln geboren, war nach der Promotion in Theater-, Film- und Fernsehwissenschaft sechs Jahre wissenschaftliche Assistentin an der Universität Köln. Nach verschiedenen Prosaschriften, u. a. »Das Böse möglicherweise«, erschien 1996 ihr opus magnum »Örtliche Leidenschaften – Compilationes«, 2001 der Roman »Die amerikanische Katze«. Barbara Bongartz lebt als freie Autorin in Düsseldorf und Berlin.
Das russische Törtchen – Copyright © 2001 by Barbara Bongartz. Originalveröffentlichung

Ulrike Draesner, 1962 in München geboren, veröffentlichte nach ihrer Promotion Prosa und Gedichte und arbeitet als Übersetzerin. Zuletzt erschien der Roman »Lichtpause« (1998) und der Gedichtband »für die nacht geheuerte zel-

len« (2001). Die Autorin ist an mehreren medialen und Online-Projekten beteiligt. Für ihr Werk erhielt sie verschiedene Stipendien und Preise, zuletzt den Hölderlin-Förderpreis 2001. Ihr Roman »Mitgift« erscheint im Frühjahr 2002. Ulrike Draesner lebt als freie Autorin in Berlin.
Es heißt »Lebendiger Mund« – Copyright © 2001 by Ulrike Draesner. Originalveröffentlichung

Tanja Dückers, 1968 in Berlin geboren, studierte Amerikanistik und Germanistik und lebte u. a. in den USA, den Niederlanden und in Spanien. Seit 1988 ist sie als Schriftstellerin in deutscher und englischer Sprache tätig. Sie veröffentlichte Lyrik und Kurzprosa, 1996 »Morsezeichen« und »Fireman«, und den Roman »Spielzone« (1999). 2001 erschienen die Erzählungen »Café Brazil« und der Lyrikband »Luftpost«. Darüber hinaus schrieb sie für diverse Anthologien und Literaturzeitschriften. Sie erhielt verschiedene Preise und Stipendien, u. a. in der »Villa Aurora« in Los Angeles. Tanja Dückers lebt als freie Autorin in Berlin.
Lakritz (Warzawa) – Copyright © 2001 by Tanja Dückers. Originalveröffentlichung

John von Düffel, 1966 in Göttingen geboren, lebte zeitweise in Irland und in den USA. Er promovierte über Erkenntnistheorie und war danach als Theater- und Filmkritiker, als Hörspielautor, Übersetzer und Dramatiker tätig. Uraufgeführt wurden unter anderem »Das schlechteste Theaterstück der Welt«, »Shakespeare, Mörder, Pulp & Fiction« sowie »Sauriersterben«. Als Theaterdramaturg arbeitete er u. a. am Theater Basel und am Schauspielhaus Bonn. 1998 erschien sein Roman »Vom Wasser«, der mit dem »aspekte«-Literaturpreis ausgezeichnet wurde, 2001 der Roman »Ego«. John von Düffel lebt in Hamburg, wo er zurzeit Dramaturg am Thalia-Theater ist.

Sieger – Copyright © 2001 by John von Düffel. Originalveröffentlichung

Christine Eichel, 1959 in Buer/Niedersachsen geboren, studierte in Hamburg Philosophie und Musikwissenschaft und arbeitete nach der Promotion als Autorin, Regisseurin und Moderatorin fürs Fernsehen. 1993 erschien ihr Buch über die späte Ästhetik Th. W. Adornos, »Vom Ermatten der Avantgarde zur Vernetzung der Künste«, 1998 der Roman »Gefecht in fünf Gängen«, 2000 der Roman »Schwindel«. Im Frühjahr 2002 erscheint der Roman »Der Salon«, den sie zusammen mit Gerhard Meir schrieb. Christine Eichel lebt als freie Autorin in Berlin, wo sie eine Gastprofessur an der Universität der Künste hat.
Die Kunst der Konsistenz – Copyright © 2001 by Christine Eichel. Originalveröffentlichung

Annett Gröschner und Karl-Heinz Ott

Annett Gröschner, 1964 in Magdeburg geboren, studierte Germanistik in Berlin/Ost und Paris. 1992 bis 1996 arbeitete sie als Historikerin, seit 1997 ist sie Autorin von Lyrik, Prosa, Essays, Hörfunkfeatures und Dokumentarliteratur. 2000 erschien der Roman »Moskauer Eis«. Annett Gröschner lebt als freie Autorin in Berlin.

Karl-Heinz Ott, 1957 in Ehingen/Donau geboren, studierte Philosophie, Germanistik und Musikwissenschaft in Tübingen. Als Dramaturg arbeitete er u. a. in Freiburg, Basel und Zürich. 1996 begann er zu schreiben, 1998 erschien sein Roman »Ins Offene«. Karl-Heinz Ott lebt als freier Autor und Dramaturg in Freiburg.
Von Lungenhaschee und anderen Köstlichkeiten. Eine kulinarische Zeitreise – Copyright © 2001 by Annett Gröschner und Karl-Heinz Ott. Originalveröffentlichung

Jonathan Heine ist Student an der Berliner Universität der Künste. Alles Weitere entnehmen Sie bitte dem Text »Faki-Starter oder Wie das Essen mich formte«.
Faki-Starter oder Wie das Essen mich formte – Copyright © 2001 by Jonathan Heine. Originalveröffentlichung

Wladimir Kaminer, 1967 in Moskau geboren, absolvierte eine Ausbildung zum Toningenieur und studierte anschließend Dramaturgie am Moskauer Theaterinstitut. 1990 übersiedelte er mit seiner Frau und den beiden Kindern nach Deutschland. Er debütierte mit dem Erzählband »Russendisko«, darauf folgte die von ihm herausgegebene Anthologie »Frische Goldjungs«. 2001 erschienen der Roman »Militärmusik« und die Erzählsammlung »Schönhauser Allee«. Er arbeitet als Kolumnist u. a. für die »FAZ« und die »taz« und moderiert eine Hörfunksendung im SFB. Wladimir Kaminer lebt in Berlin.
Die lustigen Japaner in Berlin – Copyright © 2001 by Wladimir Kaminer.
Schweinekäse aus der Schweiz – Copyright © 2001 by Wladimir Kaminer.
Russisch kochen – Copyright © 2001 by Wladimir Kaminer.
Originalveröffentlichungen

Thomas Klausmann, 1957 in Ludwigshafen geboren, war zunächst Mode- und Werbefotograf, dann Standfotograf für diverse Kino- und Fernsehfilme. 1991 übersiedelte er in die USA, um in San Francisco ein Restaurant zu eröffnen. Derzeit lebt Thomas Klausmann in Irland.
To die for – Aus: Thomas Klausmann: *Suppenkueche Inc.* Copyright © 2000 by A1 Verlags GmbH, München. Abdruck mit freundlicher Genehmigung der Literatur- und Medienagentur Ulrich Pöppl, München.

Georg Klein, 1953 in Augsburg geboren, veröffentlichte 1998 den Roman »Libidissi«, der mit dem »aspekte«-Literaturpreis ausgezeichnet und in mehrere Sprachen übersetzt wurde. 1999 folgte der Erzählband »Anrufung des blinden Fisches«, für einen Ausschnitt aus seinem 2001 erschienenen Roman »Barbar Rosa« wurde ihm 2000 der Ingeborg-Bachmann-Preis verliehen. Georg Klein lebt mit seiner Familie in Berlin und Ostfriesland.
Spree-Novelle – Copyright © 2001 by Georg Klein. Originalveröffentlichung

Tatjana Kruse, 1960 geboren und in Schwäbisch Hall aufgewachsen, veröffentlicht seit 1995 Kriminalgeschichten und ist Mitherausgeberin der Anthologie »Mordsgewichte«. Neben einigen anderen Auszeichnungen erhielt sie 1996 den »Marlowe«-Preis der Raymond-Chandler-Gesellschaft für den besten deutschen Kurzkrimi. Weitere Veröffentlichungen: »Die Wuchtbrumme« und »Achtung: Wuchtbrumme«. Tatjana Kruse lebt als freie Autorin in Stuttgart.
Leckerschmecker – Copyright © 2001 by Tatjana Kruse. Originalveröffentlichung

Barbara R. M. Strohschein studierte in Regensburg und Hamburg Philosophie und Sozialwissenschaften. Nach der Promotion über Ernst Bloch war sie als Lektorin und Redakteurin tätig. Sie veröffentlichte u. a. den Roman »Die Reisen der Gerda Seidenwinkel« und den Lyrikband »Nach Sturz Mittag verlangend« sowie Vorträge und Essays. Außerdem entstanden Hörspiele und Theaterstücke, die in Hamburg, Kiel, Koblenz und Graz aufgeführt wurden. Sie erhielt verschiedene Preise und Stipendien. Barbara R. M. Strohschein lebt als freie Autorin auf dem Land und in Berlin.
Souper – Copyright © 2001 by Barbara R. M. Strohschein. Originalveröffentlichung

Joseph von Westphalen, 1945 geboren, ist Schöpfer des Womanizers Harry von Duckwitz (»Im diplomatischen Dienst«, »Das schöne Leben«, »Die bösen Frauen«) und des dazugehörigen Soundtracks auf 6 CDs: »Wie man mit Jazz die Herzen der Frauen gewinnt« und »Mehr Jazz, sagten die Frauen«. In jüngster Zeit erschienen die Romane »Im Zeitalter der Eidechse« und »Lametta lasziv« sowie der Briefroman »So sind wir nicht! Elf deutsche Eiertänze«. 2002 erscheint sein Roman »Der Liebessalat«. Joseph von Westphalen lebt als freier Autor in München.
Öl ist nicht so keusch wie Butter. Eine Dokumentation – Copyright © 2001 by Joseph von Westphalen. Originalveröffentlichung

Ulrich Woelk, 1960 in Bonn geboren und in Köln aufgewachsen, studierte Physik in Heidelberg und Berlin, wo er 1991 promovierte. Er wurde 1990 für seinen ersten Roman »Freigang« mit dem »aspekte«-Literaturpreis ausgezeichnet. Seitdem sind die Romane »Rückspiel« und »Amerikanische Reise« erschienen sowie das Theaterstück »Tod Liebe Verklärung« (1993 in Köln uraufgeführt). 2001 erschien der Roman »Liebespaare«. Ulrich Woelk lebt in Berlin.
Die Reaktion – Copyright © 2001 by Ulrich Woelk. Originalveröffentlichung

Mario Zuber, 1974 in Bayreuth geboren, studiert seit 1997 an der Berliner Universität der Künste Gesellschafts- und Wirtschaftskommunikation. Neben dem Studium arbeitet er als Model und erntete bereits Lorbeeren und eine goldene Schallplatte als Mitglied der Popgruppe »Passion Fruit«. Er ist freier Mitarbeiter für verschiedene Zeitschriften und war als Redakteur bei dem Berliner Privatsender »TV Berlin« tätig. Mario Zuber lebt in Berlin.
Just in time – Copyright © 2001 by Mario Zuber. Originalveröffentlichung